妹とあまいちゃ!

衣月敬真

illustration© 鷹乃ゆき

美少女文庫
FRANCE SHOIN

7月13日

妹はお兄ちゃん好きの甘えんぼ

「玲愛《れあ》……俺たち、今のままじゃダメだと思うんだ……」

「んぅ？　何が？」

ちょこんとこちらの膝に頭を預け、頭を擦りつけながら純真無垢な視線を向けてくる妹。今年で中高一貫校の中等部三年で、同じ学校の高等部一年の自分こと、里桜綾《りおうあや》人《と》は、この妹、里桜玲愛の甘えん坊ぶりに悩んでいた。

「距離感って言うか、玲愛ももう十五歳だろ？　登下校とか遊ぶのとかは今まで通りでいい。でも、膝枕とか抱きついてきたりとか……その、一緒にお風呂に入ったり、一緒に寝たりするのはおかしいって言うか……少し距離……おいてみないか？」

妹はばっと身体を起こし、信じられないことを言われたとばかりに瞳を潤ませ、

「お兄ちゃんは……お兄ちゃんは玲愛のこと……嫌いになったの？」

震える唇で言葉を紡ぐと……次から次へと頬を涙が伝っていく。

両親の再婚によってできた義理の妹だが、綾人と玲愛が物心つく前の再婚だったので、本当の兄妹のように育った。義理の兄妹であることは両親によって聞かされていたが、義理とか本当の兄妹とか、そんなこと二人には関係なかった。

玲愛が綾人に対して人一倍甘えん坊だったのが、一つの要因かも知れない。

玲愛の世界は綾人を中心に回っていて、中等部三年になった今も昔と変わらず甘えてくる。それも所構わず学校でも家でも甘えん坊っぷりは変わらない。

玲愛が中等部二年の頃はまだよかった……女子の平均身長よりも小さな玲愛に対して、ほとんど異性を感じなかったから……だが、中等部二年の冬休み辺りから身長が伸び（それでも女子の平均よりは少し低いが）、女性らしい成長を遂げ始めた。

身長百七十二センチの綾人よりも十五センチ定規一本と半分低い百五十センチだが、同級生よりも身体にメリハリが出始めた。有体に言って、胸が膨らんで腰が括れ、お尻もきゅっとなってきたのだ。元より、とても可愛らしい女の子だった玲愛だが、身体は大人に近づいていくのに自分に対する態度はまったく変わらない。

思春期にありがちな反抗期も、持ち前の甘えん坊根性の方がずっと多く精神の割合を占め、両親からも綾人がいるから玲愛には反抗期がないね、と言われるほどで……。

綾人も玲愛のことが大好きだ。自分でもシスコンは自覚している。しかし、それは

お兄ちゃんとして妹を守らないと、みたいな意識で……。考えてもみて欲しい。一番大事にしたい妹が、一緒に勉強しようと平然と部屋に入ってくる。そこまではまぁよいとしよう。しかし、玲愛はテーブルの対面でも横でもなく、自分の膝の上に座ってくるのだ。テレビを見る時も膝の上にちょこんと座ってくるか、膝枕を求めてくる。お風呂なんて、一緒の布団で寝るなんて、もう兄妹としてはアウトだろう……。

綾人自身、玲愛に勉強を教えてと言われれば教えられるよう勉強を頑張った。

玲愛が中等部に入学し、部活を選ぶ際、綾人がいるバスケ部を選び、勿論男女は別だが、家の庭に設置されたバスケットゴールを利用して練習に付き合って、綾人は玲愛よりも常に上で教える立場であることを半ば強要されてきて、玲愛が上手くなれば、それ以上に上手くならなければいけないので、綾人は気が気でない。

常に玲愛に憧れられる存在、頼られる存在であるための努力を綾人はしてきたのだが、玲愛が大人な身体付きになってきたとなれば、自分はお兄ちゃんとして妹を兄離れさせなければならない。自分も妹離れしなければ……そう思っての提案だったのだが、

「ヤダ……ヤダよ……おにぃちゃん……えっぐ……ぇぐ……」

目の前で涙に咽ぶ妹の姿に、自分の提案は正しいのかと自問自答するが、玲愛のためにはこれが一番なのだと意見は取り下げない。これが夏休み一週間前のことで……。

7月20日 初体験、玲愛は特別な恋人へ……

「おう……じゃぁ、帰るか……」

「んぅ……」

一学期の終業式を終えての下校、無論、校門で待ち合わせ、兄妹一緒にだ。

玲愛は綾人に提案された日から言われた距離感を守っていた。我儘を言えば、自分は本当に嫌われてしまうと思ったのかも知れない。今まで登下校する時は玲愛がぎゅっと綾人の腕にくっついていたため、そうしなくなった最初の日はクラスの連中に、何があったんだと本気で心配され、休み時間には玲愛のクラスメイトの女子たちに囲まれ、玲愛が元気ない、調子が悪そう、お兄さんが原因ですか？　なんて吊し上げられた。

玲愛の容姿は兄の自分から見ても大変優れていて、玲愛の祖母が外国人なのだが、その血を引いて髪は金糸のような金髪で、背中を覆うほどに美しく伸ばされた金色の長髪は、歩くだけで男女問わず視線を独り占めにするほどで、普段はツーサイドアップに、運動をする時はアップに纏め、寝る時はストレートと綺麗な髪のバリエーションを自分に見せてくれる。瞳はアクアマリンで、くりくりと大きな瞳で自分のことを純真無垢にじっと見つめてきて、とても可愛らしい。

勉強も綾人が熱心に教えるため、比較的よくできるし、バスケではいいコーチ（綾人）がいるため、中等部のバスケ部のエースとして地域大会で大活躍したこともあり、男女ともにファンは多いのだが、家と同じく学校でもこの妹は甘えん坊な態度を変えない。

なので、玲愛には綾人という大事な存在がいて、玲愛が綾人に向ける眼差しは自分には向けられないだろうと、また、妹（女の子）を大事に扱う態度から綾人に対するファンも存在するのだが、こちらも綾人が玲愛へ向ける眼差しは、自分へは向けられないだろうと、周囲のファンはわかっている。だから、二人の邪魔をしてはいけないというのが、学校での二人を取り巻く現状で、兄妹の様子が変で、綾人に事情を説明され、それは綾人が悪いと周囲が判断し、綾人を非難の目で見てくるのだ。

「…………」

「…………」

一週間前、綾人が玲愛に距離を取ろうと提案するまでは、その日あったことを帰り道に嬉しげに話していたのに……今は家に帰るまで沈黙が二人を支配する。

帰宅後、明日からは夏休みだというのに、綾人のテンションは果てしなく低かった。

この一週間、学校で玲愛の様子がおかしいことを周囲に責められ、家の中でも学校と同じく距離感を取り続ける玲愛と綾人に、口では言わないが、両親も早く仲直りしろと視線を送ってくる。なんせ、綾人が距離感について提案するまでは一週間に四日は一緒にお風呂に入り、同じベッドで寝ていたのだ。自分たちが仲良くしていることを喜ばしく思っている両親が、関係修復をと言ってくるかも知れないと思うと、複雑なのだ。

玲愛と距離感が生まれ、それは自分が提案したことだったはずなのに、綾人自身の心に隙間風と言うか……寂しいという気持ちが生まれていることを否定できない。

——俺が悪かったのか？　玲愛を傷つけるような言い方をしたからか？

思考は纏まらない。お風呂に入って就寝の準備を整えて自室に行くと、ベッドのタオルケットが膨らんでいた。十中八九、この膨らみは玲愛だろう……。

綾人はゆっくりと頭と思《おぼ》しき方を捲ると、予想通り玲愛がいた。

いたことはいたのだが……すぅすぅと寝息を立てていて……それも、

——ちょっ、夏場だからって薄着すぎだろ……。

ブラも着けず、ショーツとタンクトップだけのほとんど裸な格好で、綾人とて、別に女の子に対して興味がないわけではない。ただ、一番近くて一番大切な女の子が妹の玲愛で、その玲愛も、守る対象で、決して自分で穢してはいけないと戒めている。

上掛けを捲ったことで、眠った玲愛が自分の周りの変化に違和感を覚えたのか、寝返りを打ち、その寝返りでふにょんとタンクトップの下で谷間を作る胸に手が伸びそうになるのを、可愛らしい唇へと唇を近づけそうになるのを兄としての理性で乗りきり、

——まったく……自分がどれだけ魅力的な女の子なのか自覚してくれ……。

すぅすぅと可愛らしく眠っている玲愛を起こすのも可哀想だと、捲ったタオルケットを元に戻し、ベッドの脇に自分が寝るためにクッションとタオルケットを持ってきて横になる。夏だし、冷房もそれほど強くしていないので、ベッドでなくても大丈夫だろうと考えたのと、リビングのソファーで寝ようものなら、自室に玲愛がいて、部屋に一人きりにして、せっかく仲直りの機会かも知れないのに、お前は何をしているんだと言われるので、寝るなら自室でないといけないのだ。

——玲愛は妹……玲愛は妹……玲愛はすごく可愛い俺の妹……。

一週間ぶりに同じ部屋での就寝、残念？　ながら同じベッドではないが、すぐ隣に魅力的な女の子がいても、それは妹なのだと自分に言い聞かせ、綾人は眠りに就く。

「ん……んぅ……んぅ？」

夜半、玲愛はぱちっと目を覚まし、自分の状態を確認する。

お兄ちゃんに物申しに来たはずなのに、大好きなお兄ちゃんの匂いに包まれて、思わず眠ってしまったらしい。ベッドの脇を見るとお兄ちゃんが寝ていて、一応自分の衣服の乱れをチェックするが、残念？　ながら無事、何の変化もなかった。

――うぅ、言い分を伝えに来て先に寝るなんて……玲愛……迂闊すぎだよ……お兄ちゃんも男の人なんだよ？　オオカミさんなんだよ？　……なーんて……ね……。

綾人が自分にそんな真似をするならとっくの昔にしてくれている。お兄ちゃんに触られるのはとても嬉しいが、寝ている自分に、というのは少し寂しい。

「なんで……一緒のベッドで寝てくれないの？」

小さな声で責めてみる。この一週間、綾人の言う通り過激に甘えなかったが、玲愛は決してお兄ちゃんに対する気持ちを諦めようと思ったのではない。

自分と距離を取りたいと言ったお兄ちゃんのことを一週間観察し、決して自分のことを嫌いになったのではなく、自分との触れ合いがないことで、わずかでも寂しさを感じてくれているのを確かめ、嫌われているのではなく、自分の身体の成長が、お兄ちゃんに距離を取らせる理由になっていることがわかった。

自分が妹だから、お兄ちゃんは玲愛の成長した身体に対して欲情しないよう、興奮しないよう、今までのような密着する甘え方を禁じた。しかし、それは玲愛のことを考えているようでまったく考えていない。玲愛の気持ちを全否定するものだ。

だから玲愛は、お兄ちゃんに対して攻めの姿勢を取ることにした。

小さな時の玲愛も、成長した今の玲愛も、同じ玲愛だと、お兄ちゃんのことが大好きな玲愛なのだと、わかってもらわないと悲しすぎるから、玲愛は意見しに来たのだ。

今までのように、甘えさせて欲しいと訴えに来たのだが、お兄ちゃんのことが大好きな玲愛に、綾人の部屋、特に匂いが強く残ったベッドの中に忍びこむことは、幸せに包まれることと同義で、最も安心する匂いに包まれて、玲愛は不覚にも眠ってしまい……。

お兄ちゃんは自分を起こすことを躊躇《ためら》って寝かせてくれた。日付は変わり、今は一時、

——どうしよう……お兄ちゃんのこと……起こす？

玲愛のことを起こさずに、お兄ちゃんは自分のベッドを貸してくれた。そのお兄ちゃんは床で寝ているのに……起こすのは可哀想かな？　と、しばし逡巡。

——ううんっ！　ダメ！　玲愛はお兄ちゃんにちゃんと告白しなきゃいけないのっ！

お兄ちゃんの部屋に直訴しにきたときの気持ちを思い出し、明日明後日、同じように決意できるか、今日を逃してなるものかと、床に寝る綾人にそっと、雌豹のようにゆっくりと忍び寄り、綾人の上に覆いかぶさる。乗ると言っても体重は逃しているので、まだ玲愛が上に乗ってというのは感じていないはずで、しかし、お腹に感じる異変に顔を左右に少し動かし、眠りながらも周りの様子を探る綾人。

——すごい……お兄ちゃんやっぱりすごく格好いいよぉ〜♪

自分の大好きなお兄ちゃんは寝顔も格好いい……やはり、自分の思いを伝えなければいけないと決意。綾人を起こすため、綾人の胸元に手をやり、ゆっさゆっさと揺する。

「ん、んん……んぅ？……玲愛？　どした？　トイレか？」

——うぅ〜っ！　夜一人でトイレに行けなかったのは中等部二年までだったのにっ！

今この状況を夢か何かと思っているのか、昔の習慣を出してくるお兄ちゃん。玲愛は寝惚ける兄の頬をふにふにと抓《つね》り、ぺちぺちと軽く叩いて意識を覚醒させる。

「んっ！　いっ、痛っ！　なっ、え？　なんだ？　れぁ？」

「お兄ちゃん……起こしちゃってごめんなさい。でも、玲愛……伝えたいことがあって……言わなきゃ……ダメなことがあって……」

馬乗りになる玲愛に驚くも、玲愛が言葉を絞り出そうとするのを見て、綾人は何も言わず、玲愛を自分の上から退かそうともせず、耳を傾ける。

「玲愛は……玲愛はお兄ちゃんのこと、大好きだよ。この一週間お兄ちゃんに甘えられなくて、つらかった……寂しかった。でも、そのおかげで玲愛、お兄ちゃんがなんで玲愛と距離取りたいって言ったのか、甘えちゃダメって言ったのかわかったの……」

泣くつもりなんてなかったのに、

「玲愛の身体が成長したから……だよね？　背が伸びたから、お胸がおっきくなったから、一緒にお風呂に入ってくれなくなって、一緒に寝てくれなくなったんだよね？」

言葉を紡ぐ度に涙がぽろぽろと零れるのを我慢できない。でも、ちゃんと伝えたい。

「でもね……玲愛……ヤダよ……お兄ちゃんにもっと甘えたいよ……お兄ちゃんにもっと抱っこして欲しいし、お風呂も寝るのも……一緒がいいよぉ！」

ぽたぽたと玲愛の熱い涙が綾人の頬へと落ちてきた。大事な、大切な……大好きな妹なのに……そんな玲愛を二回も泣かせてしまった。今まで同じ内容で二度続けて泣かせたことはなかったのに、綾人は自分がどれだけ玲愛の好意から目を逸らそうとしてきたかを後悔してきて……えっぐえっぐと嗚咽を漏らす玲愛を下から抱き締める。

そして、

「玲愛……ごめん……俺、この一週間ほんと酷かった……玲愛の気持ち考えてなかった。考える余裕がなかったんだ……自分の気持ち抑えるのがやっとでさ……」

胸元に顔を埋めて泣く玲愛の背中をぽんぽんと優しく叩き、玲愛の告白に返すように自分の気持ちを告白する。告白せずにはいられなかったのだ。

「玲愛が言った通りだ。俺、玲愛の身体が成長して……勝手に意識して、玲愛を遠ざけようとして……こうやって傷付けて……俺さ、玲愛のこと好きなんだ……」

「えっぐ、んっく……ふぇ？」

玲愛にしてみれば、至極当然と思っていたこと、自意識過剰とかそういうのではなく、お兄ちゃんからの愛情はずっと与え続けられていたものだったから……。

玲愛が顔を上げ、視線がぶつかる。綾人は照れ臭かったが、視線を外さず、

「いや……妹として好きってのは当たり前なんだけど……」

「んぅ……」

「一人の女の子として玲愛のことを意識した。でも、成長する玲愛の身体で興奮する自分が許せなかったんだ。だから抑えこんだ。妹相手にそんな感情持つなんて最低だ。このままじゃ玲愛のこと滅茶苦茶にしそうだから、距離を取ろうとしたんだけど……」

妹が自分に向ける感情を、お兄ちゃんに対する愛情を利用するなんて、綾人には許

せなかった。純粋に好きという感情を自分へとぶつけてくる玲愛の甘えん坊を拒絶しなければ、絶対に玲愛のことを襲ってしまっていた。

だから、そろそろ甘えん坊は卒業しろなんて提案をして……しかし……、

「やっぱ無理だ……玲愛と距離取るなんて……」

「えっ、えっ？　ふぁうっ！」

綾人は玲愛の唇へと自分の唇を密着させた。

──きしゅ……してもらってる？　おでこでも……ほっぺでもなく……唇にきしゅ？

綾人が口にした言葉は、玲愛にも当てはまることだった。

妹として甘えることで、お兄ちゃんの意識を自分にだけ集めるようにした……それは好きな男の子に対する独占欲で、その独占欲は恋心から派生したものに他ならない。

お兄ちゃんが自分のことを最低だと言うなら、同じく自分だって最低だ。

「でも、これで最後だ。このキスで最後に……」

「ヤダっ！　勝手なこと言っちゃヤダ！」

起き上がろうとするお兄ちゃんを押さえつける。もし、ここでお兄ちゃんを離したら、お兄ちゃんは一人暮らしをすると言い出しかねない。玲愛を守るために、優しすぎるお兄ちゃんは玲愛の気持ちだって無視する。でも、そんなのは玲愛が許さない。

「お兄ちゃんが抑えられないなら、玲愛に全部吐き出してよっ！　玲愛の好きだって、お兄ちゃんと一緒なんだからっ！　お兄ちゃんの特別になりたいっ！　妹だけじゃなくてっ、一人の女の子としてお兄ちゃんの特別になりたいよっ！」

纏まらない思考で自分の思いを叫んだ先ほどと同じく、玲愛はお兄ちゃんと離れたくない気持ちを叫んだ。それも、ただ離れたくないというだけでなく、あなたの特別になりたいという告白までして……。

「玲愛……わかってるのか？　その、特別になったら、もう後戻りできないって……」

兄妹だから許されない……自分たちは義理の兄妹だが、義理の兄妹だから許されるというものでもない……普通の兄妹以上に仲がよい二人には、より重く伸し掛かる問題。

「玲愛は……お兄ちゃんの……こ、恋人に……なりたい……」

自分よりも身長が高く、膂力《りょりょく》も比べものにならないお兄ちゃんが本気で自分を退かせようとしたなら、そうしたはずで、最後まで自分の言葉を聞いてくれて……仮にだが、気持ちを隠し通し、以前のように甘えられて玲愛の身体の感触を楽しむことだってできたはずなのに、綾人は自分の告白に真摯に応え、さらには心の内を吐露してくれた。だから、特別という言い方から、そのものずばり、恋人という言葉を使った。

「ダメ?……妹は……玲愛は……お兄ちゃんの恋人にはなれない……かな?」

常夜灯の小さな明りに濡れ光る玲愛の大きな瞳に、拒絶されたらどうしようという恐れが宿っていて……綾人は玲愛への一度のくちづけで気持ちに区切りをつけようとした……しかし、それは綾人の側の区切りで、

「俺……すげぇシスコンだぞ?」

「うん……」

「玲愛に甘えられて……嬉しぃって思う変態だぞ?」

「……うん」

「今だって、大好きな妹に馬乗りされて下から抱き締めて……キスするようなお兄ちゃんだけど……玲愛の恋人になっていいのか?」

「うん♪　玲愛……お兄ちゃんの恋人になりたい♪」

嫌われれば考え直すかも知れないと、自らを敢えて卑下するような言い方で玲愛に問い掛け、その問い掛けすべてに応と返された。そこまで自分のことを思ってくれる玲愛に対し、自分も覚悟を決めた綾人は、伸し掛かられる状態からぐいっと玲愛を持ち上げて、先ほどまで玲愛が寝ていた自分のベッドに妹を逆に押し倒し、

「今……恋人同士がすることをしたいって言っても、玲愛は受け入れてくれるか?」

ちょっと強引に迫ってみる。甘えてくるにしても、度がすぎると怖い目にあうかも

知れないと教えるのも兄の、恋人の役目だと思ったのだ。

「恋人同士がすることって、キスとかだけじゃなく、えっと、せ、セックス……とか？」

こうやって押し倒されて、保健の教科書や少女マンガで見たほんのちょっと過激な描写で想像していた構図を思い浮かべる。

「そう……キスもだけど……セックス……性行為……玲愛としたい……ダメか？」

「その、せ、セックスしたら……玲愛……お兄ちゃんの恋人？」

教科書レベルの性知識しかない玲愛だが、いつもは自分が甘えるだけ甘えて、それを今までずっと受け入れ続けてくれたお兄ちゃんが求めるならば、自分も頑張る。

それでお兄ちゃんに恋人と認められるなら……なんて神妙な顔をしていると、

「逆だよ、逆……セックスをしたら、じゃなくて、玲愛はもう俺の恋人だ……だから、恋人の初めての男になりたい。玲愛を俺だけの玲愛にしたいって言ってるんだ……」

何かをしたから恋人なのではなく、恋人だからしたいと言うお兄ちゃんの言葉を聞き、すでに自分はお兄ちゃんに恋人だと認められていて、だからこそ、自分を求めてくれている。勘違いを正され、嬉しすぎる言葉を囁かれ、玲愛は顔を真っ赤にする。

「玲愛がそういうこと無理だって言っても全然大丈夫だぞ？　玲愛の気持ちはちゃんとわかったし、兄妹だけど恋人だから、今までみたいに甘えてくれていいからな？」

ただの兄妹なら玲愛の過激なスキンシップに物申すところだが、互いの気持ちを告白し、恋人となった今、綾人はいくらでも受け入れるつもりだった。玲愛は押し倒された状態で頭をなでなでされ、妹としてそれはすごく嬉しいはずなのだが、恋人と認めてもらったのに、彼氏の求めることを受け入れてあげられないの？　と自問自答し、

「お、お兄ちゃんっ！」

このまま押し倒していてはと、玲愛の上から退こうとする綾人の服をぎゅっと摑む。

「んっ、どした？　ああ、もっと撫でるか？　玲愛が満足するまで撫でてやる♪」

「そ、それはすごく、すっごく魅力的だけど、違うの、その玲愛も、したいって……」

「玲愛が俺の頭撫でてくれるのか？　それは照れるな、でも玲愛がしたいなら」

「ちがっ……その……なでなでじゃなくて……せ……っくす……」

押し倒し、押し倒される体勢で密着しているにも拘らず、いざそのものずばりの単語を口にしようとすると、吐息が漏れるだけで言葉にならなかった。

綾人は玲愛の言葉をちゃんと聞いてやろうと、金糸の髪を手櫛してやりながら待つ。

「玲愛も……お、お兄ちゃんと……セックス……したい……」

玲愛は小さくゆっくりと搾り出すように言葉を紡いだ。

「玲愛、女の子は初めてのセックスの時、すごく痛いらしい。それでもしたいか？」

一度は自分から求めたが、すぐにそれを取り下げたのは、性行為だけが恋人であることの証明ではないし、玲愛を自分だけの女の子にしたいと言ったが、本人の意思の尊重は大事だと思ったからだ。そして今も、改めて確認する。

「痛いのなんて……寂しいに比べたら全然つらくない……玲愛はお兄ちゃんの妹だもん……恋人……だもん……痛いのなんて……平気なんだもん……」

予防接種の注射も綾人が隣で手を繋いでいてやらなければ拒否するような女の子が、その痛みに対して恐怖を感じないわけがないのに大丈夫だと言う……その覚悟を受け取らなければ、今度は綾人が恋人と言えない。大丈夫と言ってもやはり怖いのか、かすかに震える玲愛の肢体をぎゅっと抱き締め、優しく囁く。

「そっか……わかった。じゃあ今からしよう……一緒に大人になろう……あ、するにしても、先に解してからの方が痛いの少ないかも知れないから……玲愛、触るぞ？」

「え、ぇ？　さ、触るって……どこを？」

「いや……だから玲愛の……ほら……自分でして気持ちよくなるとこ……」

「？？？」

綾人は敢えて曖昧な表現をして、玲愛のことを気遣ったつもりだったのだが、玲愛は首を傾げてよくわからないと言いたげ。まさかと思いつつも綾人は尋ねた。

「玲愛……その……自慰ってわかるか？」

「う、うん……保健体育の教科書に載ってたよね？　自慰、マスターベーション？　オナニー？　自分で自分を気持ちよくする行為？」

百点の解答をくれる玲愛……学校の保健体育のテストならそれで正解なのだが、どうして玲愛がこうやってその単語を恥ずかしげもなく口にできるかというと……、

「言い難かったらアレだけど……したことあるか？」

「ううん？　したことないよ？」

「なんて言うか……その、ムラムラってしたこととかはないのか？」

「あるけど……お兄ちゃんにぎゅって抱きついたら大丈夫だった♪」

性的な欲求が綾人へ甘えることで解消され、自ら慰める必要がなかったらしく、玲愛は自慰を知識としてしか認識していない。だから、普通なら恥ずかしい単語を口に出せるのだ。つまりは綾人の責任だ。もっと早い段階で玲愛の甘えん坊を拒絶していたら……いや、できないことを言っても仕方がないし、今さらすぎる……今から一つ一つ教えていくしかないのだ。

「玲愛……セックスするときに男と女が交わる場所ってわかるよな？」

「うん。女性器と男性器……股間にあるんだよね……おしっこする場所……」

「自慰っていうのは大体そこを刺激して快感を得るんだ。今から玲愛のそこに触る。

嫌だったり気分悪くなったらすぐに言うんだぞ？　これは我慢するな、絶対だ……」

　お兄ちゃんからの強い言葉に、玲愛は素直に頷いた。自分で洗う時も丁寧に、しかしあまり強くは洗いすぎないようにと、お母さんに言われた場所……だから、お兄ちゃんにも同じように言われて、まだセックスの準備段階なのに緊張に身体が強張った。

「触るぞ？」

「ん、んぅ……ひゃんっ！　え、えぇっ！　身体が……勝手に……」

　敷布団のシーツをぎゅっと握り締める玲愛の耳元へとそっと囁き、綾人は玲愛のショーツ越しにではあるが性器へと触れた……本当にただそれだけ、まだ動かしてもいないのに、ただ触れられただけで身体が浮いた。正確には、身体が本人の意思とは関係なく動く反射によって腰が震え、内股になったのだ。そして、遅れて触れられているという感覚が脳に伝わる。

「玲愛……知らなくてもちゃんと濡れてる……身体はちゃんと成熟してるんだ……」

　触れられた瞬間にくちゅっとショーツの布が液体を吸ったような感覚があった。

「ぬ、濡れる……って……なに？」

「エッチする時には怪我しないように性器から液体が分泌されるんだ。男の場合は先走り、女の場合は愛液っていう風に……俺が触る前から玲愛は少しだけど濡れてた。抱っこされて、キスされて、知らず知らずのうちに、オマ×コを濡らしちゃったんだな♪」

聞き慣れない言葉がお兄ちゃんの口から発せられた。

玲愛の反応を見つつ、綾人は少しずつ指に撫でる動きを加えていて、それに玲愛は今まで感じたことのない種類の感覚を味わいながら、

「おにぃちゃ……お、オマ×コ……って、なに？」

疑問をそのままにはできず、玲愛はお兄ちゃんが口にした単語を自分でも呟く。

「ああ、この言い方は教科書には載ってないか、オマ×コは今俺が触ってる場所……女性器の別称、別の言い方だよ。教科書には男性器って載ってるけど、オチン×ンとかチ×ポとか、言い方色々あるだろ？　それと同じで、女性器の場合はオマ×コだ」

ごくごく、いつも一緒に勉強するときと同じ言い方で玲愛に知識を与えていく。

「オマ……×コ……オマ×コ……？　んっ、なんかえっちっぽい……」

「実際エッチな言葉だし、チ×ポとかは普通に玲愛も知ってるだろ？　でも、オマ×コは今の今まで知らなかった。それだけエッチで恥ずかしい言い方だってことだ」

お兄ちゃんの言葉に玲愛はかぁっと赤面。自分の口から出した言葉に羞恥を感じる。覚えなくてはいけない言葉だった。だが、決して女の子が連呼していい単語ではないと教えられ、それまでに自分が囁いたその言葉が鼓膜に沁み渡り、綾人が触れる部分から与えられる感覚が強くなったような気がした。

「どうだ？　その……気持ちいい……か？」

玲愛よりも性知識に関しては一年分先輩なのと、年上の恋人だからリードしなければという意識があり、こうしてセックスの準備を整えようとしているが、綾人にとってもこれが初体験、一つ一つ、玲愛に確認しながらでないと進めることができない。

「んぅ……身体の中心が熱くてふわふわってなってて、指……すごい存在感で……きっとこれが気持ちいいって、ことなんだと思う……何より……お兄ちゃんが……玲愛の大事なとこ……オマ×コ……触ってくれて嬉しい♪」

恥ずかしい言葉だと言われ、理解し、それでも綾人の問いに答える上でその言葉を使った。初夜に挑もうとする不安と、覚えたての愉悦に身体を小さく跳ねさせる中で、いつもと同じ微笑みを綾人に向ける。それは、甘えん坊な妹が頭を撫でられてする反応と同じで、愛らしくて愛おしくて……玲愛が姫割れを弄られることに快感を覚え始めたのと同じく、綾人も弄る部位を確認しなくてもいいくらいには愛撫に慣れてきて……姫割れを弄りつつ、恋人となった妹の唇へと自分のそれを重ねる。

「おにぃちゃ……ふきゅ……んっ、んっ、むぁ……ぁっ、んっ！」

先ほどのくちづけは恋人になる前で、なので今重なるくちづけが恋人となって初めてのくちづけ、小さくて柔らかくて可愛らしい唇の感触……もっと味わいたいと思いつつ、呼吸はしなければならないわけで、唇を離した瞬間にそれを追うように玲愛の方からも唇を密着させてくる。

「んっぁむ……ちゅぷ……唇同士のキス……すごく気持ちぃね♪　玲愛……実は何回か……寝てるお兄ちゃんの唇にキスしたことあるんだよ？　んっ、ちゅぷ……」

衝撃の告白。自分が今まで悶々と抑えてきた欲望を、玲愛の方から解放されていた。

寝ているところへのキスで、された側の綾人に意識はないにしても、玲愛の今の様子を見るに、玲愛自身もキスするのに相当の勇気を発揮していたことは明らか、ああ、俺の妹はこんなに可愛いと、また、妹のそんな悪戯へのお仕置きとばかりに姫割れへの刺激を撫でる動きから股間の姫割れ部分全体を手で揉むような動きに変える。

「はぁあぁっ！　ぉにぃちゃっ、それ、すごいっ！　気持ちぃのすごぃよぉ！」

肩で息をするほど呼吸を乱し、この半年の間に育った胸元がタンクトップ越しにふにょんふにょんと揺れる。

「感じてる玲愛、すごく可愛いぞ？」

「ほんと？　もっと可愛くして♪　お兄ちゃん♪」

いつの間にか耐えるようにシーツを握っていた手は綾人の服を摑み、お兄ちゃんの唇を追ってくちづけたように、自分の方から綾人の手のひらへ姫割れを押しつける。

下から上へ押しつけようとする様は、覚えたての快感を必死に感じようとしているようで可愛らしい。そして、綾人の手のひらを太腿で挟み、

「お、おにぃちゃん……玲愛……おかしぃ……さっきまでとちがっ、んぅっ！」

今までの小さく快感に震えるのとは違い、そう、もっと大きな、身体全体を大きくくねらせ、ショーツから滲み出すほどの愛液を分泌し、じゅくっと綾人の指を濡らす。

ぎゅっとしがみつかれ、それが玲愛の生まれて初めての絶頂であると理解した。

「はぅ、今の……なんだったのかな……気持ちぃの……すごくて、うぅ……」

「多分だけど、女の子の絶頂……性的快感が高まって溢れ出す瞬間……らしいけど」

朦朧……とまではいかないが、意識を一瞬手放すような感覚を味わい、綾人にしがみつく手を緩め、太腿に入れていた力も抜く。

「んぅ……そんな……感じだった。お兄ちゃんの指、すごく気持ちよかった……」

息を乱しながら絶頂の余韻に、つーっと涙が目尻を伝う。

「これで、オマ×コ……解れたかな？」

性感を教えられ、次に待つのは破瓜の痛み……しかし、お兄ちゃんに愛撫されての絶頂に、お兄ちゃんに初めてのエッチは痛いと教えられて抱いた不安を取り払われた。

「ううん……解れてなくても……お兄ちゃんにあげられるなら、痛くてもいい♪」

なんて言われて……男冥利に尽きるが、逆に綾人の逃げ道がなくなった。

綾人は玲愛がまさか自慰経験すらないとは思っていなかったからだ。いや、逆に自慰経験豊富というのも複雑だが……もしかしたら、この絶頂で満足するか、疲労してセックスを先延ばしできたら……とか考えていた。勿論、怖気づいたわけではない。

綾人がお兄ちゃんとしての理性を発揮していなければ、もう無理矢理にでも自分にしがみつくように性感に身体を震わせたこの妹を犯している。

理性云々を無視させるほどに、常夜灯の小さな光の中で見る玲愛の魅力は凄まじい。だが、魅力をいくら発揮していても、身体は性感をまだ覚えたての初心初心《うぶうぶ》で……このまま初体験に移行していいものかと、綾人は思考を巡らせる。

「玲愛――」

「ダメっ……お兄ちゃんのこと受け入れるから……今日……するから……」

信頼というのは恐ろしい。今まで積み上げられてきた玲愛からの意識は、ちゃんと綾人の逡巡を予想し、綾人の言葉を遮って行為を懇願する。

「わかった……玲愛……パンツ下ろすぞ？」

「んぅ♪」

今日セックスするという共通認識がぶれかけたところを玲愛が修正し、綾人は玲愛の小さく可愛らしい本来は水色のショーツ（今は暗がりで濡れてクロッチの部分だけ黒く見える）をそっと腰元から抜いていく。玲愛も綾人を手伝うようにそっと、腰を上げる。

暗がりながら玲愛の下半身が露わになる。見慣れていると言えば、一週間前までは一緒にお風呂に入っていたのだから見慣れているが、それでも興奮が抑えられないのは、ここが浴室でも更衣室でもないからだろう。立場上、一緒にお風呂入る～♪と甘えてくる妹が相手だとしても、じっと凝視するわけにもいかなかったこれまでと違い、これからは恋人として妹の裸体を見られる……と言っても、今は下半身だけだが……、

「その、お兄ちゃん……お胸は見ないの？」

「ああ、玲愛の胸まで見たら……多分興奮しすぎて優しくできないと思うから……」

タンクトップは？　と聞く玲愛に、それは着たままでと言う綾人、タンクトップを着ていても、年齢の割に豊かな胸はタンクトップを突っ張らせ、興奮に硬くした乳首がその存在を主張するのを隠せずにいて、それはそれで非常にグッとくる。

「えっと、何回も見てるだろうけど……今までのと違うから……びっくりするなよ？」

綾人も部屋着とトランクスを脱ぎ、玲愛へのくちづけ、自分が愛撫し、玲愛の初めての絶頂を目の当たりにし、勃起した肉棒を露出させる。一緒にお風呂に入ったということは、綾人が玲愛の裸を見るのと同じく、綾人の裸を玲愛も見ていたということで、

「っ！　すごいっ！　いつものお兄ちゃんのオチン×ンと全然違うっ！　すごいおっきくて……硬そうで……あれ？　先っちょ濡れてる？」

いつものと言えるくらいには、綾人の肉棒の形状を観察していたらしい。

「ああ、男が興奮したら分泌する先走りだ。成分は違うけど玲愛の愛液と一緒だ……」

「玲愛で興奮して……濡らしてくれてるんだよね？」

「……玲愛が、ほんと可愛くて……綺麗で……え、エッチだったからな……濡れない方がおかしいだろ……あーもうっ、するぞっ！　脚開くからな！」

お兄ちゃんが自分の身体で興奮してくれたことを喜ぶ玲愛、その足元をそっと曲げてM字開脚させ、自分が入るスペースを作り、肉棒を愛液でびちょびちょになっている姫割れに当てる。少しでも、スムーズに肉棒を挿入できるようにするための処置だ。

「お兄ちゃん……玲愛のオマ×コ……変じゃない？」

「変かって聞かれても、俺、玲愛以外のオマ×コ見たことないから、電気点けてないし……でも、うん、玲愛のオマ×コ、すげぇエッチで……可愛くて……綺麗だと思うぞ？」

ベッドに横にされ、髪はベッドの上に放射状に散らばり、それを常夜灯の小さな明りがキラキラと反射させ……玲愛の濡れた瞳も綾人には光って見える。同じように、姫割れの愛液が光を反射し、姫割れ全体の様子を綾人に教えてくれるが、玲愛の姫割れは滲みの類がまったくなく、胸の成長を見るに、二次性徴に入っているはずだが、姫割れを覆い隠そうとする恥毛は産毛ほども生えてはおらず、陰唇の内側から襞の露出もないまっさらな、さながら子供の頃から何も変わっていない、純真無垢な姫割れで、

「お、お兄ちゃんのオチン×ンが……ふにふにって表面擦ってるの……わかる……」

「ああ、先走りだけだと……まだ痛いかもだから……玲愛のお汁をチ×ポに塗りたくってるんだ……気持ち悪いかもだけど……ちょっと我慢な？」

綾人の言葉に、ふるふると首を横に振り、

「気持ち悪く……ない……さっき、ショーツの上からで、今は直接……オチン×ンでふにふに……指でふにふにしてくれたときと同じで……気持ちぃよ？」

「ははっ♪　そうか……よし……準備できた……じゃあ、玲愛……痛いかもだけど……精いっぱい優しくするから……玲愛の初めて、お兄ちゃんにくれない？」

肉棒を玲愛の膣口へと宛がい、互いの顔が見れるように再び玲愛の上に覆いかぶさる。

女の子らしい成長を遂げ、スタイル抜群な玲愛だが、姫割れのサイズは小さくて、体格差的に考えて綾人の肉棒が少し暴力的に映るが、ここで止めるつもりは綾人にも、玲愛にもない。

「んぅ♪　お兄ちゃんのオチン×ンで……玲愛の初めてをもらってください♪」

亀頭に当たる膣口の柔らかく甘やかな感触を感じつつ、暴走してしまわないよう、綾人はゆっくり玲愛の膣口を広げるように内側へと肉棒を押し進める。

「できるだけでいいから力抜いとけよ？　かえって痛いかもだから……」

「う、うん……あっ、ゃ……か、硬いのっ、おにぃちゃんのオチン×ンがっ、玲愛の膣内にっ、挿入っててっ！　ふきゅぅっ！」

膣の中に……と言っても、まだ処女膜にも達していないのだけれど、玲愛にしてみれば、ほんの少しでもお兄ちゃんを受け入れられて嬉しいということなのだろう。

慎重に慎重を重ね、数ミリという単位で肉棒を挿入していき、ついに、

「ん、ぉにぃちゃ……な、なんか今ピリってしてして……」

「ああ……俺も感じてる……これが、玲愛の初めての証……処女膜なんだな……」

肉棒が処女膜へと達した。今まで自分でも触れたことのない場所に、お兄ちゃんの肉棒が触れている。ぴりぴりと……傷口へ触れられるような不思議な感触で、そして、その感触を、今から破瓜すれば一生味わうことのない感覚なのだと一瞬の感傷に浸る。

兄のTシャツを握り、ほんの少しだけ思いきりがつかずに身体を震わせ、意を決し、

「して……玲愛の初めて……破って……お兄ちゃんが玲愛の初めての人になって！」

玲愛の言葉に従い、綾人はできるだけゆっくり、しかし痛みを長引かせるような挿入はしたくないと、痛みが一瞬で終わるように力を入れて処女膜に肉棒を押し入れる。

「ぅあっ、んっく……ふぅぅっ！　ふみゅぅっ！　んぅぅ！　おにぃちゃっ！」

やはり相当に破瓜の痛みはつらいのか、Tシャツを掴む玲愛の手に入る力が強くなり、肉棒の挿入を拒むように膣内の感触が変化する。

「玲愛、痛いって我慢せずにぶつけてくれていいからっ！　思いっきり抱きつけっ！」

破瓜の痛みに晒され、身体が強張るのは仕方なく、挿入を拒もうと力を入れてしまうのも仕方がない。そこは貫く綾人が貫かれる側の玲愛を気遣い、解決すべきことで、

「うんっ！　ふぅっ！」

綾人の首へと腕を回し、ぎゅっと抱きつく。すると、ほんの少しだが処女膣の締めつけが緩み、それを好機と、綾人は玲愛の膣内へと肉棒を押し入れる力を強め……、

「んっ、あぁっ！　あぁぁっ！　おにぃちゃっ！　おにぃっ……ちゃ……ふにゅぅ」

絡まった糸を引き千切るように玲愛の処女膜を破り、綾人の肉棒が膣奥へと一気に挿入され、その衝撃に玲愛は抱きついた綾人の首に思いきり力をこめる。

「……っ玲愛……大丈夫か？」

「……大丈夫じゃない……すごく……すごく痛い……でも、ちょっとだけ……このまでいて？」

無論、綾人もそのつもりだ。首に物凄い力がかかり、ピクピクと抱きつく玲愛の腕が痙攣している。処女膜を破り、奥まで挿入する間は痛みを噛み殺し、呻きはするが

決して痛いとは言わずに綾人に身体を預け、破瓜を遂げた今、やっと痛みを口にした。

綾人は頑張った玲愛の頭を撫でる。それに玲愛は笑顔で……、

「ぉにぃちゃ……玲愛……恋人だから……お兄ちゃんに初めて……あげられたよ♪」

性行為をしたから恋人なのではない。恋人だからエッチがしたいという言い方をこの場で言うのは反則だろう……肉棒をびくんと脈動させてしまう。

「ぁっ、おにぃちゃんの……今玲愛のオマ×コの中で動いた♪　すごく……熱くて……硬いのが、玲愛の膣内に挿入っててるんだね♪」

「熱いのは玲愛のオマ×コの方だ……すげぇ締めつけてくるし……っく、ごめん……」

「ふぇ？　ひゃんっ！　あっつぃ！……ぁぅ……玲愛の中……何か広がって……」

破瓜直後とは言え、玲愛の膣奥は迎え入れた肉棒を激しく締めつけ、性的な刺激を肉棒に与えられて……綾人は挿入直後にも拘らず、どぴゅんどぴゅんと煮え滾る白濁を、膣奥に亀頭を密着させた状態で吐き出した。

「ぉ、ぉにぃちゃ、今のって……ぅわ……これ……」

「ごめん……我慢できなかった」

初めてのセックスでの射精量は凄まじく、玲愛の膣内はすぐにいっぱいになり、隙間などないように思える結合部のほんのわずかな隙間からごぴゅっと白濁が溢れ出す。

破瓜の痛みに玲愛本人は動けずにいたが、本人が意識しなくても膣内は微動していて、その微動に、膣圧に耐えきれず、挿入してすぐに綾人は膣中に射精してしまった。

抽送と呼べるような抜き挿しはまだ一回もしていないのだが……ただ、綾人を一方的に早漏と呼ぶこともできないだろう。

「玲愛のオマ×コ気持ちよすぎだろ……っく……あぁ、もぉ……ほんとごめん……」

「あ、謝らないで、うぅ……大丈夫だから、なんて言うか、うん♪　これが……男の人の……お兄ちゃんの射精……なんだね……オマ×コの中……熱いのどぴゅって……」

性知識に関しては玲愛よりも詳しいと言っても、綾人自身は玲愛と同じく、自慰すらもそれほどしたことがなかった。

「玲愛、告白するけど、俺だってそんな一人エッチとか……したことないんだぞ?」

それはなぜか……綾人の部屋の扉を開けるときにノックをしない玲愛、平然と綾人の部屋に入り浸る玲愛、就寝時すら一緒にいたいと甘えてくる玲愛……。

常時玲愛が近くにいるという状況で、オカズになるようなものを所持することは、玲愛の教育上よろしくないと、綾人は買おうともせず友達に渡されそうになってもそれを拒絶したのだ。そのことを話すと、当然気になるのは……、

「でも、その……したことがないわけじゃないんだよね?……一人エッチ……」

「ああ……どうしても我慢できないって時はあったからな……そんな時想像したの……玲愛のことだからな？　俺は……ずっと玲愛一筋だったから……」

無垢で甘えん坊な妹をそんな目で見たくない……しかし、どうしてもそういうときに思い浮かぶのは玲愛だった……その妄想が現実にならないよう……距離を取ろうと、あんな提案をしたのだ。無論……玲愛が受け入れるわけがなかったが……年上として、お兄ちゃんとして頑張って玲愛を絶頂させ、セックスもできるだけ優しくリードするつもりだったが、快感慣れしていない肉棒に玲愛の膣襞の感触は強すぎたのだ。

肉棒は射精直後だと言うのに小さくならず、破瓜直後で膣内射精されたての玲愛の膣内を相も変わらず押し広げ、硬さを保っていた。

「とにかく……ごめんな……こんな初体験で……もぉ……チ×ポ抜くか——」

「玲愛だってお兄ちゃん一筋だったよ？　エッチなことはよくわかんなかったけど、お兄ちゃんのこと好きって気持ちは……昔も今も全然変わらないから……ううん、強くなってるぐらいだから……お兄ちゃん……あのね……」

綾人にしてみれば、互いの気持ちを確認し、初体験はできるだけスムーズにしてやりたかったのに、そんな風に考える自分が先に射精してしまった。考えてみれば、肉棒が挿入されたままの今の状況が一番玲愛にとっては痛いのではないかと、だから、玲愛の膣内から一刻も早く肉棒を抜き取らなければと思ったのだが、言葉を遮られ、

「精液って……射精って……もう一回できる？」

「えっ？　あ、えっと……連続で二回したこともあるから……多分できる……ってか、射精した後にこんなに硬いの初めてだから……絶対できる……」

「そっか……じゃあお兄ちゃん……今度は玲愛のオマ×コの中でちゃんとオチン×ン動かして気持ちよくなって？」

「お、俺が気持ちよくなっても玲愛は痛いだけだろうがっ！」

「痛いの……なんだか平気になったから……大丈夫……」

痛くないという言葉が嘘だと、玲愛の頬を伝う涙で、小さく身体を震わせる動作ですぐに察した。背中に手を這わせるとタンクトップは汗びっしょりで、初体験をどう定義するかだが、破瓜して精液を射精したなら、もう十分ではないだろうか……。

「でもっ、玲愛お前っ——」

「ちゃんと……お兄ちゃんが納得するように動いて射精して欲しい。できれば……もう一回玲愛のオマ×コの中に……射精して欲しい……」

破瓜の痛みが消えていない玲愛に肉棒の抽送とは、傷口を擦ることと同義。痛い思いをさせてまで綾人は快感を得たくない。そう綾人が主張しても、こういう時の玲愛が強情なのは、誰よりも近く、ずっと一緒にいた綾人が一番よく知っている。だから、

「わかった……でも、玲愛が言ったように俺の納得するように動くぞ？」

「え？　えぇ？　それってどういう……ひゃわぁっ！」

綾人は妹の一番奥にまで挿入していた肉棒を挿入時と同じく慎重に抜いていく。

「玲愛の……動いてって言っといて、出ていかないでってすげぇ絡みついてくるぞ？」

「じ、自分の意思じゃどうにもできない場所のこと言っちゃヤダよぉ！　うぅ……」

挿入するときはあれだけ拒んだ膣襞が、抜くときには肉棒を追いかけるように、抜かせないようにと肉棒を締めつける。

「玲愛の膣内《なか》たくさん広げてたオチン×ンが抜けて……でも奥に挿入《はい》ったままみたいな感じも残ってて……うぅっ……変な感じで……あぁぁああっ！」

挿入するときと同じく、ミリ単位の動きで肉棒を抜いていくが、処女膜があった場所を肉棒の雁首の部分が擦ったらしく、玲愛は少しだけ痛みに震える。

まだ膣内を擦られることでは快感を得られずに痛みだけを感じてしまう玲愛は、少しでも痛みを逃がそうと、お兄ちゃんの首にぎゅっと抱きついて……、

「ふわぁぁっ！　ぉにぃちゃん！　おにぃちゃぁぁっ！」

亀頭の先が抜けるか抜けないかの膣の入り口で、肉棒を再び膣奥へと埋めていく。

一往復に一分掛けるようなゆっくりな動きで、できるだけ玲愛の破瓜の痕を刺激しないようにと気を遣い、大好きで堪らない妹に愛情をぶつけていく。まだ未成熟ながら抜群のスタイルを持っている玲愛だが、性器までは男を受け入れるようにはできて

いなくて、玲愛の膣内はまだまだ幼く硬い。しかし、玲愛は必死に綾人を受け入れる。

「お兄ちゃんが、お兄ちゃんのオチン×ンがまた玲愛の奥っ、きたぁ！　一番奥の、赤ちゃんのお部屋の入口をこつんって、ぐいぐいって、ノックしてりゅっ！」

肉棒に膣奥を抉られる感覚をまだ快感とは捉えられないため、自分の膣奥に肉棒がどのように挿入されているかを必死に綾人に伝えようとしてくれる。

「玲愛のオマ×コっ、やっぱすげぇ気持ちぃっ……今までの自分でしてきた一人エッチ全部足したのよりも、っく……ずっと気持ちいいっ！」

綾人も当然先ほどまでは童貞だった。年齢＝彼女いない歴、一歳年下で、自分の歳より一年短いが、ずっと一緒にいた妹の玲愛以外とそういう関係になるなんて考えられなかったから、今こうやって恋心を伝え合って恋人になって、初体験して……一緒に童貞と処女を捧げ合って……嬉しくて仕方がないと破瓜の痛みの中で微笑んだ玲愛と、綾人は同じ気持ちだった。嬉しくて、自らの性生活を暴露してそれを引き合いに出してでも、玲愛へ伝えずにはいられなかった。

「本当っ？　玲愛のオマ×コ、そんなに気持ちぃ？　ちゃんと気持ちよくできてる？」

玲愛以外の膣を味わったこともないくせに（否、味わうつもりなどないが……）、玲愛以上の名器の持ち主などいないのではないか……痛みに苛まれながらも、必死に自分を気持ちよくしようとする玲愛に対する愛しさがこみ上げてくる。

しかし、興奮によって抽送の速度を上げるわけにもいかず、

「気持ちぃに決まってるだろっ！　全然動かなくても射精するくらいなんだから！　今だって、動かしながら射精しそうなの……我慢してるくらいなんだぞっ？」

幼く肉棒を初めて受け入れる膣内の締めつけが激しく、動かさなくても射精させられるほど心地よい膣圧なのは経験済みだが、今射精を堪えているのは、膣圧の心地よさだけではなく、玲愛の表情、息遣い、肉棒を挿入され、抜き取られての身体の微動、漏れ出る嬌声、首に回された腕に入る力……一度射精して冷静になったからこそ見える玲愛の一動作一動作に綾人は悩殺されていた。

「我慢なんてっ、うぅんぅっ、しなくていいのに、ふきゅぅ……もし、一回で満足できないんだったら、ぁぅ……何回でも……玲愛の膣内に射精してくれていいんだよ？」

まったくだ……なんで我慢してるんだろうか……さっさと射精してしまえば破瓜の傷跡を肉棒で擦らず、玲愛を楽にしてやれるというのに……、

——俺、いつの間に我慢なんて、射精できるなら早くした方が玲愛は楽なのに……。

理由は明らか、綾人自身が口にした。玲愛の膣内が気持ちよかったからだ……。

「玲愛も……ね……痛いだけじゃなくなってきたよ？　あっ、これ嘘じゃない……本当だよ？　オマ×コの入口……オマ×コの奥……先に出してくれたお兄ちゃんの精液がね……オチン×ンで塗りこまれてく感じで……」

抽送の度に肉棒によって外へと掻き出され、押し出される白い精液や透明な愛液、処女を捧げた証である破瓜血が二人の下半身を、ベッドをにちゃにちゃにしていくのを、見えないながらも感触で感じ、それについては何も言わないが互いに意識はする。

二人の結合部を中心に広がる地球儀のような滲みを、どちらかのお漏らしだと言い訳して通じるだろうか……なんて考えも過《よぎ》った。

先ほどまでぎゅ～っとしがみつくように力を入れていたが、その力を徐々に緩め、こちらの視線に自分の視線を合わせてきて、恥ずかしげに微笑んで、

「これが、うん♪　気持ちいいってことなんだって、お兄ちゃんに指で気持ちよくしてもらったのと同じ感じで……また……あんな風になっちゃいそうで……」

常夜灯に照らされ、濡れたアクアマリンの瞳がじっと自分を見つめているのを見て、首にしがみついていた玲愛の手が、自らに覆いかぶさって四つん這いになる綾人の腕に這わされて、ぎゅっと握られる。

「玲愛、次を今日最後の射精にするから……玲愛の膣内に思いきり射精したい……」

「う、うんっ！　出して……お兄ちゃんっ！」

「あと、玲愛も絶頂させるから……」

え？　と返事をもらう前に綾人は玲愛の唇を奪った。

「っふぅ！　ん、ちゅぷっ……ん、ちゅ……れちゅ……」

絶頂しそうだと言われ、くちづけずにはいられなかった。指で姫割れを弄られて絶頂した折、くちづけでも性感を昂ぶらせていたように見受けられ、痛みが薄くなったとは言え、肉棒の抽送による性感もまだ薄そうで、より強い性感を感じさせるためと言うのは確かに理由だが、理由を抜きにしても綾人は玲愛にくちづけたいと思った。

「っん、どうだ？　セックス……しながらのキス……」

息が切れて深呼吸するまで唇を離さず、互いに唇を密着させる。

それを何度も何度も何度も、さながら唇でも下半身のように繋がっているような感覚を二人は覚えていた。そして、くちづけは、唇で得る快感はそれだけに収まらず、

「すごいっ、よぉっ！　擱み掛けてた気持ちぃの……お兄ちゃんがキスしてくれて、一気に手の中にあったみたいにっ、いきなりオマ×コ気持ちよくなっちゃったぁ！」

ゆっくりな抽送で解されたこともあるだろうが、くちづけによって玲愛の姫割れの性感もこじ開けられた。まだ抽送運動としてはごくごくゆっくりだが、一定のリズムを刻むような律動に玲愛の腕が痛みではなく、快感に晒されて擱むものを探し、これが最後だと綾人が腰を突き入れ、玲愛が伸ばした手をぎゅっと握った。

互いの指の間に自分の指を絡ませて、両手で恋人ツナギをして、

「出るっ！　精液っ、玲愛のオマ×コの膣内にっ！　玲愛の処女マ×コにチ×ポ溶かされてっ、二回目の精液っ、搾り取られるっ！　玲愛ぁああ！」

最後だから、綾人は玲愛の身体をこれでもかと褒め称え、一度目の射精も陰嚢が空になったのではと思わせる量の射精だったが、それ以上の白濁を玲愛の膣内、それも再び子宮口に亀頭を密着させた状態で果てた。

「あぁっ、あぁぁあうぅぅ！　ぉにぃちゃ……の出てるっ！　玲愛のオマ×コの中っ、またいっぱいにしゅるくらいたくしゃんっ、たくしゃんぅぅ！　おにぃちゃぁ！　あちゅぃのどぴゅってきてりゅっ！　おきゅっ、入ってきてりゅよぉ！」

破瓜したばかりの膣内に、これでもかと二度目の精液を解き放ち、十数秒に渡る長い射精を終え、最後まで彼女の膣内に出したいという綾人自身の意思か、雄としての本能か、肉棒をさらに膣の最奥へと擦りつけ、尿道に残った精液までを吐き出す。

「はぅうう！　んぁああっ！　おにいちゃ、おにぃちゃぁー！」

その瞬間に玲愛は綾人に施された指での絶頂の比でないほどに身体を痙攣……もう大きく仰け反ったと言うのが正しいだろうか……何度も大きく身体を仰け反らせ、身体に蓄積された性感を放出する。

綾人は絶頂する玲愛を手を繋いだまま上に圧し掛かるようにして抱き締め、互いに絶頂の余韻が落ち着くのを待つ……すると、玲愛の身体の震えが止まるとともに、ちょろちょろと生暖かい液体が二人の身体に砕けて流れ、布団に広がっていく。

「……初体験で挿入れただけで射精したの……これでチャラだな……」

「えっ？　えぇぇっ！　れ、玲愛は……だって、うぅ……」

痛みやら快感やらをこれでもかと与えられ、弛緩した尿道の筋肉は締まり具合を調整できなくなり、肉棒が挿入されたままの状態で水流を決壊させてしまったらしい。

「性感に慣れない間はそういう感じだって、なんかで言ってたぞ？」

「じゃ、じゃあ……玲愛……お兄ちゃんとエッチする度にお漏らししちゃうのかな？」

「慣れれば大丈夫になるって……今日初めて性感を覚えてセックスまでしたんだから……その……無理させてごめんな……それと……恋人になってくれてありがとう」

下半身で繋がったまま玲愛に再びくちづけた。今度は性感を覚えさせるためではなく、純粋に自分の思いを受け入れてくれてありがとうの優しいくちづけだ。

「お兄ちゃん……それ玲愛の台詞だよ？　玲愛も……お兄ちゃんの恋人になれて、すっごく嬉しいよぉ♪　ありがとう♪　お兄ちゃん♪　ちゅ♪」

まだ絶頂感が残っていて気怠い身体を起こして可愛らしくくちづける。

少しの間身体を休め、落ち着いた後、下半身の結合を解き、部屋の灯りを点け、布団に滲みこんだ諸々の体液を目撃し、先ほどまで繋がっていたところを目撃し……。

玲愛の姫割れから滴る自分の吐き出した白濁と、玲愛自身の愛液、そして、二人が身体を重ねた証である破瓜の血に、申し訳なくなったり、本当にしちゃったんだと照れてみたりして、どちらからともなくもう一度身体をぎゅっと寄せて抱き合って、

「ぉにぃちゃ……玲愛……頑張った？」

「おお……玲愛、よく頑張ったぞ♪」

「んぅ♪」

また少し時間を掛けて抱擁した後、互いの身体を清め、シーツは洗濯機に入れ、布団は干さなければダメだなと、では今夜二人はどこで寝るか……兄妹で恋人であるメリットの一つ、すぐ隣の玲愛の部屋に移動する。

初々しくも互いに相手を気持ちよくしたいと思っての初体験を経て、ぎゅっと玲愛は自分のベッドで一緒に横になっている綾人に抱きつき、

「お兄ちゃん♪　恋人なら、今までみたいに甘えてもいいんだよね？」

——あぁ……少なくとも今まで以上に過激なスキンシップを求められるのか……。

と覚悟する綾人だが、可愛い妹がすりすりとおでこを擦りつけてくるのだ。

応えないわけにはいかないと、頭と髪を一緒に撫で、言葉には出さないが、おでこにくちづけ、それが答えだと苦笑する。

「お休み、玲愛」

「んぅ♪　お休みお兄ちゃん♪」

背中をぽんぽんと軽く叩いてやると、初体験の疲れからか玲愛はすぐに寝息を立て始めた。それを確認し、綾人も目を閉じて睡魔に身体を明け渡す。

7月27日 頑張ったご褒美はパイズリ&クンニ

両親に早く仲直りをと無言に迫られていた二人が、照れながらもちゃんと仲直りしたからと報告し、さらには自分たちの関係がただの兄妹ではなく、恋人という形になったことも報告した。その辺りのことは、ちゃんとしておきたかったのだ。

反対などされた時には、綾人は投げ飛ばされてでも両親を説得するつもりだったが、両親は息子と娘が仲直りし、ちゃんと気持ちを確かめ合ったことを喜び、認めてくれた。

常日頃の玲愛のお兄ちゃんへの甘えん坊っぷりから、お嫁のもらい手があるかどうか……なんて不安を抱えていたが、玲愛を絶対不幸にさせない、一緒に人生を歩んでいく覚悟だ、という綾人の言葉を聞き、安心した、今日はお赤飯だな♪　なんて言って自分たちを祝福してくれた。義理の兄妹でも本当の兄妹、いや、本当の兄妹以上に仲良く育ってきた二人が、やっと思いを伝え合って恋人という関係になったが、今までのスキンシップが普通の恋人以上だったので、日常生活を送る上での変化と言えば、おはようのキスとお休みのキスがおでこではなく唇になったこと……ふとした瞬間にキスを求めることだ。初体験をした夜の寝る直前に玲愛が、

『恋人なら、今までみたいに甘えてもいいんだよね？』

と言ったが、玲愛の求めてくるスキンシップは、前よりは少しだけ過激になったが、それはあくまでもスキンシップのレベルで、そこから発展してペッティングになり、セックスする？　とはならなかった。

二人とも言い出し難かったのだ。なので、初体験からセックスしていなかった。

今日は七月二十七日。夏休みが始まって一週間が経ち、玲愛の所属する中等部女子バスケ部と、同じ地域の中学二校との三校合同練習試合の日で、玲愛は綾人に自分の勇姿を見ててね？　と告げていた。

玲愛は学校では部活、家では綾人の指導で、元々のセンスもあり、中等部に入ってからバスケットを始めたにも拘らず、バスケ部の中ではエース的存在になるまで実力をつけ、玲愛を中心としたプレイで他二校との練習試合に勝利した。

中等部女子バスケ部は玲愛が入学してからぽつぽつと勝ち星を上げてきた。

それまでは言ってみれば、仲良しクラブのようなところからのスタートで、新入生

の玲愛のポテンシャルに、チームメイトが刺激され、真剣に練習を始めたところがあり、チームメイトの誰もが試合の結果に喜び、玲愛の活躍を称賛し、仲間に囲まれる玲愛も二階の観覧席の綾人に大きく手を振ってきて、それに綾人も小さく手を振って応える。

「おうおう！　見せつけてくれるな～、兄貴と仲直りしてから絶好調じゃん♪　今日勝ったご褒美にキスの一つでもねだってみなよ？　お～い♪　お兄さ～ん」

「今日の玲愛、すっごい頑張ったんで、帰ったらぎゅっ～て抱っこしてあげてくださぃ♪」

「玲愛先輩の頑張りに応えたげてくださ～い♪」

なんて言ってチームメイトの女の子たちも綾人に手を振ってくる。

試合中はみんな集中しているし、玲愛も甘えん坊な態度の片鱗も見せないほど真剣なのだが、試合が終わって対戦相手に礼をした途端、玲愛だけでなく、チームメイトたちもテンションが上がっているらしく、綾人へとちょっかいを出す。

「は、恥ずかしいからやめてよぉ！　うぅ……」

人前で綾人にくっついたり頬ずりしたりする玲愛も、さすがに羞恥を感じるようで、

──ほ、他の学校の人もいるのに……玲愛のチームメイト声大きいって……くぅ……。

出されるちょっかいに赤面する兄妹を、チームメイトは微笑ましげに見つめる。

夏休みが始まる前の一週間、微妙な距離感は部活にも影響していて、玲愛の絶好調の時の実力からすると考えられないような凡ミスを連発していた。それが、夏休みに入っての部活ではなくなっていて、というか、今までの絶好調の時よりもずっと動きがよくなっていて、それが玲愛と綾人が仲直りしたことによるいい変化だと捉えられ、よかったよかったと、チームメイトの女の子たちも、玲愛とお兄さんはこうでないとね♪　なんて言って安心しているのだ。

綾人とのことをからかわれ、顔を真っ赤にし、アップにした金糸の髪をみんなに撫でられながら、上目遣いでこちらを見つめてきて、音を発さずに口だけを動かし、

『れ・あ・が・ん・ばっ・た？』

『おう♪　よ・く・が・ん・ばっ・た』

玲愛の口パクを解し、頷いてこちらも口の動きだけで返事をする。

ちゃんと伝わったらしくきらきら～っと瞳を輝かせ、さらに顔を真っ赤にしてもじもじする。バスケに関して師匠である綾人に褒められて照れているのだ。

「うわ、すごい……目と目で通じ合ってるって感じ？」

「「「「うんうん……」」」」

自分たちが焚きつけたのは確かだが、ここまで純な反応を返されると困るらしい。

試合後、女子バスケ部のロッカールームにて、

「消費した分のカロリー取り戻すためにケーキバイキング行こうか～」

「「「「賛成～……」」」」

「あ……玲愛は今日は遠慮しとく……」

「え～玲愛はＭＶＰなのに？　お兄さん一緒でもいいよ？　行くのいつもと同じ私の親戚の叔父さんの喫茶だからレディース割と併用は無理でも学割は効くよ？」

「そ、そうじゃなくて……その……うぅ……」

どう説明したものか、みんながからかいに言ったことを実行しに行くなんて言えず、

「あ～……うんうん、わかった♪　じゃ、シャワー先に使う？」

お兄さんと帰るなら先に、と玲愛の意思を察した部員が気を遣ってくれるが、

「ううん、玲愛は家のシャワー使う。お兄ちゃん暑い中で待たせるの可哀想だし……」

「はぁ……なんて言うか……うん……ご馳走様……」

「「「「ご馳走様で～す……」」」」

ユニフォームだけ着替えて荷物を持ち、足早にお兄ちゃんのところに向かう玲愛に、チームメイトは口を揃えておなかいっぱい発言をする。

帰り道、玲愛は運動するときは金色の長髪をアップに纏め、試合後シャワーを浴び

なかったので髪型はそのままで纏められ、白く覗く項が非常に色っぽい。さらに、試合中の自分のプレイをここはこうした方がよかったかな？　なんて考察する玲愛にどきりとしたり、試合後、ユニフォームから体操服に着替えてはいるが、先ほどまでバスケットコートの中を縦横無尽に駆けて、３Pを決める姿、他校のプレイヤーを一人二人と抜いていく活き活きとした姿が思い浮かび、何を今さらと思うかも知れないが、常にと言っていいほど一緒にいる綾人ですら、一秒ごとに美しくなるような玲愛の魅力に慣れることはなくて、妹としてだけでなく、恋人として意識すれば、それもひとしおだ。

「玲愛、動いて汗掻いたんだし、シャワー浴びてきてよかったんだぞ？」

玲愛はお兄ちゃんが待っているからと、シャワーを浴びずに体育館前で待っていた綾人のところに来た。綾人はシャワーの時間くらい待つつもりだったのだが、

「う、ううん……ほら、シャワー浴びても結局帰り道は暑くて汗掻いちゃうでしょ？　だったら家のシャワー浴びて冷房の効いた部屋で休みたいな～って？」

「いや、聞かれても……まぁ玲愛がそうしたいんだったらそれでいいけどな？」

気温は三十度を超えていて、じっとしていても汗ばむ陽気、玲愛の言い分もわかるが、なんとなく……それだけではないような気がする綾人だった。

帰宅後、父は仕事で母は町内会の奥様方と食事、家には帰宅してきた兄妹だけで、

「取り合えず玲愛、お風呂入るか？　汗びっしょりで気持ち悪いだろ？　洗濯機回すからユニフォームとか皺くちゃになる前に出し――」

「あ、あのねお兄ちゃんっ！」

恋人になっても、兄妹という立場上、妹をリードする綾人に玲愛が待ったをかけた。

「頑張ったし、ご褒美が欲しいかなって……」

「俺にできることなら、何でもいいぞ？」

「え、えと……その……部屋に来て？」

「うん？」

場所を玲愛の部屋に変え、玲愛は冷房をオンにし、暑くなった自室の温度を下げる。

「あのね……玲愛、あの日からずっと、お兄ちゃんを気持ちよくしたげたいって、考えてて……みんなに……それとなーく聞いてみたりして……」

自分の性知識に対する無知を克服しようと、部活のみんなにそういう話題を振った。

勿論そんなことを話題にしても、誰にするのかというのは内緒だが、玲愛がそんなことを聞いた時点でみんなにはバレバレで、それでも深くは追及せず、みんなは玲愛に色々とエッチな知識を教えてくれた。無論、綾人との関係が進んだことは知らない。

せいぜい頑張って唇にキスを……ぐらいに、部活のみんなは思っていたのだが、それ以上の知識も一応は必要だろうと、色々と玲愛に教えてくれたのだ。

その中で、自分の胸を使っての奉仕を提案されたので、

「あ、えっと……なんだっけ……ぱ、ぱい……ズリ？……とにかくお胸でお兄ちゃんを気持ちよくしてあげたくて……その……して……いい？」

頑張ったご褒美に、それを実行することを求めたのだ。

「…………」

「おにぃちゃ？」

「あ、ごめん……玲愛のチームメイトが言ってたキスとかかと思ってて……」

確かにご褒美がキスであるならば、綾人は一日に十回以上玲愛にご褒美をあげていることになる。玲愛が試合で活躍したことに対するご褒美なら、それ以上を求めてくるかも知れないと予想はしていたが、綾人が玲愛にするのではなく、綾人に玲愛がする許可をご褒美として求めてくるなどとは予想していなかった。

「逆に……玲愛にそんなことさせていいのかって……こっちが考えるんだけど……」

「れ、玲愛が……したいの……だから……いい？　しても……」

初体験の時のように夜で、常夜灯の小さな明りの下での行為ではなく、今は太陽が真上の真っ昼間、窓から夏の日差しが薄いレースカーテンを通り、部屋の中を照らす。

そんな中で、自分の身体をちゃんと見て欲しい。前回見てもらえなかった自分の成長の証を見て……そして、触れて欲しいのだと、これは玲愛から綾人への問い掛けだ。

綾人は玲愛の体操服越しの膨らみを見て、ごくんと息を呑み……、

「ああ……玲愛が思うように……してくれ……俺も玲愛としたい」

「んぅ♪　少しだけ向こう向いてて？　別に……見たかったら見ててもいいけど……」

一応断りを入れ、玲愛はスポーツバッグの中から先ほどまで試合で着ていたノースリーブのユニフォームを取り出した。着替えるのだと察し、綾人はさっと後ろを向いて玲愛の着替えを見ないようにする。玲愛と一緒にお風呂に入るとき、着替えを覗き見るようなことを綾人はしたことがない。玲愛本人に見てもいいと言われても、それは習慣と言うか、できる限り妹の前では紳士でありたいと思うのだ。

「い、いいよ……こっち……向いて？」

振り返ると、予想した通りユニフォーム姿の玲愛がいた。

「この格好でしたいんだけど……いい？」

「いいってか、皺とか汚れたりとかするぞ？」

「玲愛、次、お兄ちゃんとエッチするなら、ユニフォームでしたいって、思ってたんだ♪　初めてお兄ちゃんにユニフォーム着て見せた時、可愛いよって褒めてくれたから♪」

この格好でしたいなって♪……可愛く、照れたように微笑む玲愛、試合中は真剣で、

綺麗という印象を持つが、今、目の前にいる妹は可愛いの一言に尽きる。

その妹が、こちらへ一歩を踏み出し、しゃがみこんでかちゃかちゃと綾人のズボンを脱がしに掛かる。ズボンを脱がせ、トランクス一枚で自分のベッドへと綾人を座らせ、ユニフォームの上から自分の右手で左の乳房をそっと掴む。着替える時にスポーツブラを取り去ったらしく、ユニフォーム一枚越しにふにゅんと胸が指に歪まされる。

「このお胸が……お兄ちゃんとの距離感を作りそうになったんだよね……あ、パイズリする前に触る？　ううん……えっと、触って……くれる？」

なんて魅力的なことを口にして、初体験の時は興奮しすぎて暴走しないよう、胸へは極力意識を向けられなかったが、今回は玲愛の方から関心を向けて欲しいと誘惑する。

「触って……いいのか？」

「うん……お兄ちゃんの方から……触って欲しい……」

恥ずかしくて堪らないという風に頬を染めながら懇願する。胸が豊かになる行程を、綾人はずっと見てきた。見てきたと言っても、覗き見るような真似は一度としてなく、一緒にお風呂に入りたいと甘えてくる玲愛を甘やかす形で、一緒に入る時に視界に映ってしまったというだけのことだが、その回数が一週間に平均四回……成長具合も把握できようというもので、さらには、甘えてくる玲愛が胸をこちらの胸に、背中に押しつけてくるなども日常茶飯事。ただ、自分から触れようと思って触れたことはない。よく理性が暴走しなかったものだと、今さらながらに自分を褒めてやりたい気分だ。

目の前にある玲愛の乳房の膨らみに……兄でありながら恋人として手を伸ばし、

「ひゃんっ……」

「あ、玲愛ぐらいの女の子が胸触られるのって痛いのか？」

柔らかな膨らみの感触を指に、少し硬く尖った感触を手のひらに感じる。

小さな悲鳴を漏らしたが、自分から触れて欲しいと言った玲愛は兄の指から逃げようとはしない。ただ単純に、触れられることに対する反射のようなものだったようだ。

触れて……ただ触れただけで綾人はその手を動かせなかった。

中途半端に知る本当か定かでない知識が、綾人の手を固まらせた。

「お胸が大きくなり始めたときはちょっと……でも今は痛くないよ……んっ！」

玲愛の返答に安堵し、少しだけ指を折り曲げ、綾人の手に収まりきるかきらないかの膨らみを持つ乳房をふにふにと揉んでみた。

「は、はぅぅ！　お、おかしぃよぉ……自分で、触ってもこんな風に、気持ちいいって感じたことっ、ないのにっ、おにぃちゃんの手、指だからかな？　ぁっ、ふきゅぅ！」

「っと！　危なっ……おお、そうだと嬉しいな♪」

自分の身体の一部で、あまり強く洗ってはダメだと注意されていた姫割れと違い、ぺったんこのときも大きくなってからも普通に洗ってきた場所なのに、触れてきた場所なのに、大好きな人から触れられるということは、こんなに心地よいものなのかと、玲愛は生まれた快感に耐えきれず、ベッドに腰掛けるお兄ちゃんの方へと身体を崩れさせてしまい、それを抱き止めて全身をぎゅっと抱き締められる。夏場の体育館は蒸し、連続で二試合をこなしたユニフォームは汗を吸い、いかに風通し、発汗性を重視したユニフォームとは言え、抱き締める少女からは汗の湿り気と匂いが感じられて、

「ぁぅ……もしかして汗臭いかな？　やっぱりお風呂入ってからの方がよかった？」

快感に腰砕けになり、全身の体重を兄に任せた状態で、自分はシャワーを浴びていないし、ユニフォームも汗をたくさん吸っている。頑張って試合に勝って、ご褒美という単語をチームメイトに囁かれ、一刻も早く、お兄ちゃんに甘えたかった。

それはシャワーを浴びる時間も惜しいと思うほどで、お母さんが食事会を終えて帰ってくるまでに……なんて意識が玲愛にはあった。それで、汗を掻いた身体が兄にとって不快なら、今は身体を清め、また違う機会に……と考えたのだが、

「気にならないって言ったら嘘になる……」

「うぅ、やっぱり……汗臭いんだ……」

ちょっとだけしゅんとする……好きな人に臭いと言われたら、それはショックだ。

「でも、それは大好きな人の匂いって、どうしようもなく興奮するって意味で、臭いとか嫌って方向じゃない。だって玲愛の匂いだぞ？　興奮こそすれ拒絶するとか……」

ありえないだろ……と、抱き締める力を強くしてくれる。

「玲愛の匂い……お兄ちゃん好き？」

「おお♪　大好きだぞ♪　あっ、こういうの引くか？」

綾人の嬉しすぎる言葉に、玲愛は首を左右に振り、抱き締めてくれる兄の胸元におでこを擦りつける。お兄ちゃんの身体からも汗の匂いがした。大好きな人の匂いが凝縮されたような匂い……肺いっぱいに吸いこむと幸せいっぱいで朦朧としそうな匂い……、

——お兄ちゃんもそう感じてくれてるのかな？　そうだったら嬉しいな♪

「玲愛も……お兄ちゃんの匂い大好きだよ♪　安心するし……その……興奮する♪」

上を向くと、綾人は照れ臭そうに黙って、またぎゅっとしてくれる。そして、

「玲愛……もうちょっと胸……触っていいか？」

初体験の時には余裕がなくできなかった胸を触るという行為、だが、今日は胸を触ってと誘惑され、触ったら触ったでもうずっと触っていたいと思わせるほどの感触で、

「んぅ♪　いいよ♪　いっぱい触って？」

一度はこの育った胸によって開いてしまった距離感を、今度は距離感を埋めるために使いたい。一番心臓に近い場所に触れ、自分の心音、そして心の内を聞いて欲しい。

綾人はベッドに玲愛を寝かせ、再び胸元へと手を這わせる。

自分の指を受け入れ、沈みこんで形を変える玲愛の胸……ほんの少しだけ強く撫でると、悩ましげに吐息を漏らし、頰を上気させる姿はとても愛らしい。

「玲愛の胸……すげぇ気持ちいい……ほんと……ずっと触ってたいぐらいだ……」

自分を愛おしそうに見つめる綾人の視線が、自分に囁いてくれる言葉が嬉しくて、

「ふ、服越しじゃなくて……直接、触っても……いいよ？　ううん……触って？」

玲愛はそう言ってユニフォームをたくし上げ、ぷるんっ、と白い胸元を露出させる。

大きさは年齢的には大きい部類に入るが、巨乳を売りにするグラビアアイドルにはサイズで負ける巨乳よりワンランク下の豊乳サイズ……しかし、それを補って余りある体型との調和、ユニフォームをたくし上げて胸と同時に露わになった細腰の括れと、縦に切れ長に伸びた小さなおへそとのバランス、形と艶、張りの美しさは、お兄ちゃん、恋人としての贔屓目があるにしても圧勝していると思う。グラビア誌のような類の本を、本屋やコンビニでちらっと見ただけの判断だが、恐らく間違いはないだろう。

直前までノーブラのノースリーブユニフォーム一枚を押し上げていた胸の頂点でポチっと尖っていた乳首も、今はその姿を見せてくれていた。

白い乳房の頂点で薄桜色に色付き、小さく綺麗な乳輪と可愛らしく尖る乳首など、初体験の時に見ていたら暴走してしまっていたのではないかというほど魅力的だ。

「すげぇ綺麗だ……玲愛の胸……その、触るからな？」

触ってと言われているのに、いちいち許可を求める綾人、その一つ一つの確認が、玲愛には嬉しい。一方的でなく、一緒にエッチをしているのだと実感できるからだ。

玲愛がこくんと頷くのを確認し、綾人は服越しではなく、直接白い胸へと手を這わせた。

「ひゃううっ！　んっ、んぁっ！」

——うわっ、直接触る玲愛の胸……柔らかっ！　それも……ただ柔らかいだけじゃなくて……張りもすげぇし……ふにふにで……ふにょんふにょんで……。

服越しの時ですら、ずっと触っていたいと思わせる魅力を持つ玲愛の乳房は、一糸纏わぬ素肌でこそ本来の魅力を発揮していて、玲愛も、ユニフォーム一枚によって弱められていた綾人の手のひらの感触を直に味わわされていた。極めて優しく、綾人の自分への態度と同じく甘々な刺激、こちらの反応を見て、力を加減して触ってくれる。

「おにぃちゃんの手ぇ……しゅごい気持ちぃ♪」

胸全体をぎゅっとしてみたり、上から下、下から上へと捏ねてみたり、可愛らしく形を変える玲愛の胸に心を奪われながら、綾人は玲愛へ聞いてみたいことができた。

「その気持ちいいって、オマ×コみたいに触ってたら絶頂できそうなくらいか？」

　快感に対しての耐性がゼロに等しい玲愛は、初めて感じた姫割れへの性的快感に絶頂した。快感の感じ方も性感帯によって異なるだろうが、敏感な玲愛ならば胸だけで姫割れの時のように絶頂できるのか、それを聞いてみたかった。

「お兄ちゃんが触ってくれるんだもん♪　玲愛……お胸でだって、オマ×コみたいに気持ちよくなっちゃうと思うよ♪」

　それが当然とばかりに笑顔を向けてくれる。

「そうか♪　じゃぁ――」

「あぁっ！」

「ど、どした？」

　たくさん触って絶頂させてやる……と言葉を続けようとした綾人に、玲愛が何かを思い出したように大きな声を上げて上体を起こす。

「気持ちよくて忘れちゃうところだった！　今日は玲愛が気持ちよくしてもらうんじゃなくて、玲愛がお兄ちゃんを気持ちよくしなきゃいけなかったのにっ！」

「いや、俺は別に……」

「玲愛、していい？　って、お兄ちゃんもしていいって……」

　玲愛が触っていいと言い、その言葉に甘えて妹の乳房に恋人として触れて、玲愛が胸で可愛らしく絶頂するところを見てみたいという欲を覚え、初志を忘れていた。

「玲愛……じゃぁ、最初に玲愛がしたかったこと……してくれるか？」

玲愛が自分に求めたのは、胸を触って絶頂させて欲しい……ではなく、胸を使って自分を気持ちよく射精に導きたい、だったのだ。

「んぅ♪　お兄ちゃんにいっぱい感じて欲しぃ♪　だから、さっきみたいにベッドに座って？　玲愛がお胸で気持ちよくしてあげるから♪」

綾人をベッドの縁に座らせ、その前に座り、綾人が下半身に着けていた最後の一枚、トランクスをすっと脱がせる。

「興奮してくれてるね……」

「玲愛で興奮しなかったら男としておかしいから……」

下着の上からでもお兄ちゃんの興奮は見て取れたが、直に見る肉棒は迫力が違った。

「お兄ちゃんが興奮してくれたら十分だよぉ♪　触ってもいい？　オチン×ン……」

「ああ、いいぞ……でも、妹にチ×ポ触らせるとか……ほんと……最低って思うけど……ごめん……すげぇ興奮する……」

「お兄ちゃんは玲愛のオマ×コたくさん触ってくれたよね？　お兄ちゃんは玲愛のに触って……玲愛がお兄ちゃんのに触るのはいけないことなの？」

自分が気持ちよくしてもらい、お返しに同じようなことをするのがなぜいけないことなのかと尋ねられると、返す言葉が見つけられなかった。自分が玲愛を気持ちよくしてやりたいと思うのと同じく、玲愛も綾人を気持ちよくしたいと純粋に考えているだけなのだが、兄が妹にするのと、妹が兄にするのとは少し意味合いが違うのだ。

「いけなくはないけど……悪いと言うか……女の子には怖くないか？　コレ……」

この一週間、以前のように一緒にお風呂に入ったが、その時はまだ恋人と言うよりも兄妹としての意識の方が大きくて、特別なことはなく、いつもと同じ距離感での入浴で、

「怖いっていうのとはちょっと違うけど……うん……」

一週間前、自分の姫割れへと挿入され、破瓜の痛みと絶頂の愉悦を与えてくれたモノ、大好きなお兄ちゃんのオチン×ン……自分から気持ちよくしてあげたいと、その許可を求め……怖くないかと聞かれると、否定はできない。できないが……、

「でも、おっきくなってるのは、お兄ちゃんが興奮してくれてる証だもん♪　怖いのより……嬉しいの方がずっとおっきぃ♪」

少し閉じ気味だった綾人の太腿の間に自分の身体を滑りこませ、そっと肉棒の幹に両手を包むようにして触れてくれる。

「っく！」

「い、痛かった？　ごめんなさいっ……」

「いやっ、痛いんじゃなくて……人に触られるのに慣れてなくて……玲愛の手……気持ちよかったんだ……ごめん……変な声出た……」

「オマ×コ触ってもらった時の玲愛と一緒だね♪　えっと、どうするんだっけ……ふにふに？　ふみゅふみゅ？　っわぁ！　オチン×ンぴくぴくってしたぁ！」

自慰経験皆無の玲愛ほどではないが、自慰経験が少ない綾人の肉棒も十分すぎるほどに敏感で、自分以外の手の感触に耐性など当然なく、肉棒に初めて触れるような玲愛の拙い指使いにも敏感に反応を示し、性的快感による反射でぴくんぴくんと震える。

「ぉにぃちゃ……どんなふぅにしたら気持ちぃのかな？　ねぇ、教えて？」

「に、にぎにぎもいいけどっ、ゆっくり上下に、動かして、っくぁ！　そぉ、先の柔らかいところ、亀頭と竿の溝とか、擦って先走りとか、全体に塗り広げる感じで……」

「こ、こう？　こんな感じ……かな？　んしょ……んっ、玲愛、上手にできてる？」

「おお、すごいっ、上手……あと、見えるか？　亀頭の先の割れ目……尿道の縦筋……優しく触ってみて……っくぅ！　うぁ！　そうっ、指の先で、玲愛上手ぃ！」

「ほんと？　えへへ♪　玲愛、おにぃちゃんのこと気持ちよくできてるんだ♪」

触れられるだけでも快感になる敏感な肉棒に、数少ない自慰経験の中で見つけた特に性感の鋭敏な場所を教え、それを呑みこんでいく玲愛。綾人の表情や反応を見て加える力加減を工夫、さながら、先ほどお兄ちゃんが自分にしてくれたことの模倣をする。

それは、普段の表情と性的興奮の強弱を絶妙に感じ取れるからこそできる愛撫で、兄を思う妹の愛撫に、綾人が玲愛から受ける快感は何倍にもなって、

「ああ、玲愛……すげぇ上手だ。こんなに気持ちよかったらすぐに射精しそうだ……」

「射精……初体験のとき、お兄ちゃんが玲愛のオマ×コの中にしてくれたやつ……だよね？　どぴゅって……すごくオマ×コが熱くなって……」

初体験での膣内射精の感覚を思い出したのか、玲愛の表情がトロンと蕩ける。

「このまま……お手々でしたげたいけど……今日はお胸でって言ったから……」

「俺はとにかく玲愛で射精したい。手でも胸でも、玲愛がしたいやり方でして欲しい」

「んぅ♪　玲愛、頑張ってお兄ちゃんのこと気持ちよくする♪」

玲愛の指の中で硬く勃起し、先走りを次々に分泌させる肉棒に、んしょっと、膝立ちして胸の位置を肉棒の先に合わせ、緊張しつつも胸の膨らみに肉棒を押し当てた。

「お兄ちゃんの方からも玲愛のお胸にオチン×ン押しつけてきて……擦りつけてきていいからね♪　たくさん気持ちよくなって♪」

拙くも熱烈な手淫によって分泌された先走りを墨に見立て、玲愛は肉棒を筆のように使い、先走りを自身の胸へと塗り広げていく。

「すごっ、柔らか……っくぅ！」

玲愛の手のひらだけでなく、穢れを知らない純白の胸元を男の分泌物で穢していく。玲愛自身には穢されているなんて意識は皆無……雨上がりの水溜まりを長靴を履いてちゃぷちゃぷちゃぷと踏んで喜ぶ子供のように、胸に広がる先走りを愛おしげに見つめる。

「あは♪　玲愛のお胸、お兄ちゃんのオチン×ンでにちゃにちゃにされちゃったね♪　おしっこの穴からたくさん我慢汁出てきてる……」

「が、我慢汁って！　そんな言い方どこでっ！」

「こ、これもやっぱりすごくエッチな言葉なの？　部活のみんながね……色々教えてくれたんだけど……我慢汁、先走り……えと、カ……？」

「カウパー液？」

「そうそう♪　それ、カウパー液♪」

今さらながら、玲愛を純粋培養で育てすぎた……なんて少し後悔、そして、中等部でも、女子の性の話題は過激なのだなと、改めて実感した。

「お兄ちゃんも教えてくれたけど、男の人が気持ちよくなったら出てくるお汁なんだって……精液への呼び水？　みたいな？　えへ　玲愛のお胸、気持ちいぃんだね♪」

ぬりぬりと、左の乳房が先走りでテカテカと妖しい光を放ち、右の乳房へも、と調整しながら肉棒を押しつける。

「お手々でしたげた時も先っぽ気持ちよさそうだったけど……お胸の感触、オチン×ン喜んでくれてるね♪」

玲愛の言う通り、肉棒は玲愛の豊かな胸に擦られ、張りのある乳肉に埋められ、ぴくんぴくんと反応してしまっている。

「玲愛も……お兄ちゃんの硬いオチン×ンで、気持ちよくなっちゃう……いいよね？　お胸……乳首……オチン×ンでツンツンしても……ひゃぁあぁ！」

胸の大きさに対して玲愛の乳首、乳輪は小さく可愛らしくて、自分たちの行為に興奮し、硬く尖っていて、そこへ肉棒をツンツンと擦らせると、玲愛はにゃ～っと蕩けた表情を浮かべ、膝立ちになった身体を床にペタンと座らせてしまう。

「れ、玲愛？　大丈夫か？」

「お兄ちゃんに手でなでなでされた時もそうだったんだけど、玲愛……乳首、お兄ちゃんので擦れると……電気が通ったみたいに、身体中の力抜けちゃって……ふわぅ～」

一瞬密着して離れた乳首と肉棒の間に、粘度のある先走りがつ～っと銀色の橋が架かり、ぷつっと途切れる。

「ダメだよね……気持ちよくしたげたいって言っといて、しゅぐに、続きするから……」

身体中を駆け巡った電気というのがよほど応えたのか、玲愛は瞳を潤ませる。

「ゆっくりでいいぞ？　玲愛の胸の感触……何度も言うけど、すっげぇ気持ちいいから っ……玲愛のペースで……嫌だったら止めてもいい――」

「大丈夫っ！　ただ、気持ちよすぎて、身体がふわってなっちゃっただけだからっ！」

もし、ほんの少しでも不快感を感じたのであれば、行為を途中で止めることさえも選択肢に含める。それが妹のことを思うお兄ちゃんで……恋人というものだろうという意識が綾人にはあるから……しかし、玲愛は綾人の言葉を遮り、続けると言った。

身体を駆け巡った電気は不快感の類ではなく、強すぎる快楽の類だったのだと……、

「す、するね？」

震える両手で肉棒を支え、胸元に一度二度擦りつけ、再び胸の性感帯の頂点である乳首へと肉棒を擦りつける。

「ひゃんっ！　ん、んぅうっ！　あ、あちゅいよぉ……お胸が、乳首が……ぉにぃちゃんのオチン×ンでっ、火照っちゃうよぉ！」

乳首周りのふにょんふにょんな乳房に肉棒を押し当てた時にも、肉棒の熱さが胸に広がる感覚があったが、乳首を亀頭で擦るのは段違いに熱くなる。乳首の先から上半

身、そして下半身に熱さが伝わっていくようで、弄ってもいないのに姫割れが、もっと言えば子宮がきゅんきゅんと疼きを訴える。肉棒に小さく尖った乳首を乳房の内側へと埋めるように自分から擦りつけ、玲愛は気持ちよくなってもらうため、射精してもらうためにご奉仕するという目的が、いつしか自身の身体の疼きをどうにかしたい、胸で得られる快楽が全身に浸透していく感覚をもっと味わいたい……なんて目的にすり替わって、行為の速度が上がり、敏感な亀頭を筆のように扱われるこの行為に……当然、

「くぁっ！　うあぁっ！　玲愛っ、玲愛っ！　強すぎっ！　気持ちよすぎだからっ！」

玲愛が得る愉悦と同等、もしくはそれ以上の快楽を綾人は感じていて、止めはしないが、もう少しゆっくりな奉仕をと訴える綾人の言葉に、

「は、はうぅ……そ、そうだ。これ、ご奉仕じゃない……玲愛、暴走しちゃってて……」

ほんの数分の暴走を経て、正気を取り戻す。目の前の快楽を優先し、大事な相手のことを考える余裕を失っていた。お兄ちゃんが自分に対して一番大切にしていたことを……自分は放棄しかけていた……玲愛はそっと乳首へ押し当てていた肉棒を離して、

「やっぱりお兄ちゃんはすごいよ……」

「す、すごいって？　何が？」

相手が自分よりも非力な女の子なのに、暴走しそうなシチュエーションなら、お兄ちゃんの方がずっとたくさんあったのに、初体験のときも、それどころか、それ以前もずっと自分のことを第一に考えてくれて、そのお返しをするなら……今しかない。

「おにぃちゃん……玲愛、いっぱい頑張るから……頑張る間、玲愛のこと撫でてくれる？」

何を決意したのか、ずっと一緒にいた兄妹はお互いの心をある程度推し量れるが、決して完全に読み取れるわけではないので、今の玲愛の心中を綾人はわからない。

しかし、こうやって何かと引き換えにでも頑張ると言葉に出すときは、何かを決意したときなので、綾人は兄として彼氏として、妹の、彼女の思いを受け止めるだけだ。

「ああ、玲愛が頑張るのちゃんと見ててやる。頭もいっぱい撫でてやるから、したいこと思いきりやってみろ」

「んぅ♪　んっ、しょ……」

玲愛は自らの胸を寄せ、谷間を作り、その谷間へとお兄ちゃんの肉棒を挟みこむ。

「んっ、んんっ……しょ……ぅんしょっ……」

体重を掛け、身体を上下させ、手淫のときのような摩擦を生み出す。

玲愛の胸のサイズでは、肉棒すべてを谷間の内に埋めさせることはできないが、手コキ奉仕のときに見つけたお兄ちゃんが特に感じるポイントを刺激するように動く。

「これが……ん、本当のっ、パイズリだよね？　本当は……これするはずだったんだけど……乳首、オチン×ンで擦るの気持ちよくて……自分が気持ちよくなることしか考えられなくなって……ひゃわぁ！」

懺悔ではないが、自分が暴走してしまい、一緒に気持ちよくなると言えば確かにそうだが、ご奉仕ではなく、ただの自己満足になってしまいそうになっていた。

それを告白すると、綾人はパイズリ奉仕を試みる玲愛の頭をそっと撫で、

「さっきのも、気持ちよすぎるぐらい気持ちよかったんだけどな……うん……今のもすっげぇ気持ちいいぞ♪　玲愛のふわふわな胸の感触をチ×ポ全体で感じて……玲愛の胸のこともっと、ずっと好きになった♪」

玲愛の胸にできる谷間だと、肉棒すべてを包むことはできず、亀頭部がちょこんと谷間からはみ出て、それだけで射精してしまいそうな光景で、先ほどの無茶な愛撫によって溜まった性感も相俟ってかなりやばい。可愛らしい妹彼女が、必死に左右から胸を寄せ、ふにふに、むにゅむにゅと柔らかく若く張った乳房の感触は、自慰では絶対に得られない感覚だ。ただ、手コキや一度味わった膣圧と比べると、ややソフトな部類に入るが、妹の胸を穢しているという思いと、先走りが徐々にぬちょぬちょと谷間に広がって感触が変化し、さながら、柔らかな膣内へと挿入しているような感覚を覚える。

「ん、乳首よりはっ、弱いけど……オチン×ンのあったかいの……お胸の谷間で感じて、気持ちぃよぉ！　あと、頭なでなでされてっ、すっごく嬉しくてぇ、ふにゅう～！」

　先の暴走の時とは趣の違う形で、玲愛も性感を覚え始めた。

　自分の得る性感は弱くなったが、だからこそ、大好きな人が喜んでくれているというのを、なでなでで、肉棒の震えで、溢れ出る先走りの量で実感し、それに快楽を見出したのだ。膝立ちになって肉棒を挟んでの上下運動は激しくなり、

「玲愛っ、ちょっと、もぉ限界っ、射精しそうだっ！」

　快楽の貯蓄があったとは言え、本当のパイズリ奉仕に移行してまだ数分で、

「んぅっ！　出してっ！　玲愛の、玲愛のお胸でっ、気持ちよくなってぇ！」

　ちゅぷんちゅぷんと水音が激しくなる胸の谷間からぴょこぴょこと見え隠れする亀頭部から、玲愛の柔らかな頬へ、可愛らしい口元へ、美人な首筋へ、セクシーな鎖骨へ、そしてたゆんたゆんな胸元へと、様々な愛撫で滾り、心の通ったパイズリ奉仕をトリガーにして精液をどぴゅんどぴゅんと勢いよく吐き出した。

「ひゃ、ひゃんぅ！　あちゅいのっ、あっちゅぃのが、出てっ、射精してぇ！」

　十数秒に渡る長い時間、びゅくびゅくと肉棒を痙攣させ、数回のスパンでずっと同じぐらいの量の精液を吐き出し、ユニフォームをたくし上げたセクシーな格好の玲愛

を白く染める。玲愛も、吐き出される精液の勢いと熱さを感じながら、頭を撫でていた手で頭をぎゅっと抱き締められ、綾人の絶頂が伝染し、胸元に広がった精液の熱さに身を震わせ、小さな絶頂を味わう。

そんな可愛らしい絶頂を終え、息を乱しながら吐き出された精液を零さないように気を遣い。乳房に挟んでいた肉棒を最後にぎゅっと一擦りし、尿道に残っている精液を押し出してから離し、自分に吐き出された白濁を不思議そうに見つめる。

「はぁふぅ、これが、精液……初めての時、オマ×コの中にどぴゅってしたやつ？」

「ああ、っく、オマ×コには二回……搾り取られたな……」

「外で射精すると……こんなに勢いよくどぴゅってするんだ……中に射精してくれた時、オマ×コがきゅんきゅんしちゃうわけだよね♪　うわぁねばねばだぁ♪」

不思議そうに見つめたかと思うと、指先に白濁を掬い取り、コネコネしたり、にちゅにちゅしたり……どれほど伸びるのかを試してみたり、そして再びじっと見つめ、

「玲愛？」

「………っ……はぁむっ」

止める間もなく、掬い取った精液をぱくっと口へと運ぶ。

「あむあむ……ふにゅ……ほとんど味しないけど、お兄ちゃんのだから美味しい♪」

なんて……無邪気に、純真無垢に、自分の頑張りによって射精させることができた

のだと、嬉しげに微笑まれて……、

——ヤバい……玲愛可愛すぎるから……。

玲愛の行動はコメントには困るが、男心をくすぐるには何よりも強力な一撃で、放出された精液を次々にぱくん、れちゅれちゅと舐めていく姿に、今度は自分がこの少女を絶頂させたいという欲求を抱かせる。

「玲愛がさ……俺のこと気持ちよくしようって、部活のみんなに聞いたりしたみたいだけど、俺だって玲愛のことを気持ちよくしてやりたいって、色々考えてたんだぞ？」

「今日はご奉仕させてもらうだけで十分だよ？　胸でご奉仕……ぱ、パイズリしてる時もね……お兄ちゃんが射精するタイミングで一緒に絶頂、イっちゃったんだよ？」

絶頂をイクと表現するのだということも、部活のみんなに教えられたらしい。

「これだけ気持ちいいご奉仕で射精絶頂させられて……それで何のお返しもしないのを許せる彼氏だと思ってるのか？」

「ふにゅぅ……玲愛も……気持ちよくなっていいのかな……」

「おお♪　玲愛のご奉仕には敵わないかもだけど、頑張るから、してもいいか？」

吐き出された精液を大方舐め取り、こくんと喉を鳴らして飲んでくれた少女に、その精液を極上の奉仕で射精させてくれた少女に、お返しをせずにはいられない。

「お兄ちゃんがしてくれるなら、ううん……して欲しい……して？　お兄ちゃん」

お兄ちゃんが、恋人が自分からエッチな奉仕をしたいと言ってくれる。

夏休み前は、玲愛が抱っこして、撫でて、キスしてと、一つずつ言ってから行動に移していた兄が、自分から玲愛の身体に触れたいと言ってくれた。

「じゃあ、ベッドに横になって？」

「んぅ♪　またオマ×コなでなでしてくれるの？」

——そ、それとも……セックスしてくれるのかな？

期待と、同じぐらいの緊張……そして、一番多くの割合を占めるお兄ちゃんへの愛情で胸が高鳴る。ベッドに横になりながら、性知識を蓄えても、まだ綾人よりも初心な玲愛は、お兄ちゃんにどんな愛撫をされるのかとドキドキして待つ……。

「指で撫でるのは前にやったから……違うの考えたんだけど、変態すぎるって引かれないかって、ちょっと心配なんだけど……」

ベッドに横になる自分の横に陣取り、アップに纏められた髪を撫でて、困っちゃうよな……と、困り顔ながらも自分へ向けられる優しい瞳が、玲愛のことが大好きで、不快な思いをさせたくないと語っているようで、玲愛はその瞳を見ただけでも、お兄ちゃんにならすべてを預けられると、自らの身体をピタッと綾人に預け、

「大丈夫だよ？　お兄ちゃんがしてくれることだもん♪　玲愛の身体は、お兄ちゃんで気持ちよくなっちゃうようにできてるって……何回も言ったよね？　玲愛のことを

受け入れてくれるお兄ちゃんを玲愛は受け入れる。だから、して?」

一度小さく絶頂してしまうと、次は大きな絶頂を迎えたいと身体が訴えるものだ。してくれるのがお兄ちゃんでさえあるなら……自分はどんなことをされても受け入れたい……そういう思いでお兄ちゃんに行為を促すと、

「じゃ……してくぞ? ユニフォームのズボンとパンツ下ろすからな?」

玲愛はこくんと頷き、それを確認した綾人は少女の足元へと移動、横になり、投げ出された脚をそっと持ち上げ、試合中に穿いていたハーフパンツを脱がす。

「エッチぃこと覚えても、身体はまだまだ慣れてないんだな……パンツ……色変わるぐらい愛液滲みちゃってるぞ? 自分で気付いてたか? と、よく見るとユニフォームの方にも♪ 玲愛、エッチなお汁滲ませすぎだろ♪ ほら、ここ とか♪」

脱がせたハーフパンツの股間部分を見せつける。別に言葉責めをしたいわけではないのだが、玲愛がこういう綾人の言葉に対してなんと返すか興味がある。

「だ、だって、ずっとしたくて……お兄ちゃんに触って欲しくて、ぁう……初体験の時にお兄ちゃんにしてもらったの気持ちよくて……玲愛、何度も触りそうになった……でもここは、お兄ちゃんの場所だから……玲愛、触らなかったんだよ?」

快感を得るための方法は、初体験で絶頂に導かれてわかってはいたが、大好きな人が愛してくれる場所だから、自分では触れてはならないと、玲愛は心に決めていた。

そんな心遣いが男心をくすぐらないわけがなくて……、

「その言い方反則だ……すげぇ興奮して……玲愛のこと、何度でも、何度でも可愛く絶頂させたくなる……それこそ……前みたいにおもらしさせるくらい……」

「お、おもらしはやだよぉ！　大好きな人の前で……大好きなお兄ちゃんの前でおもらしなんてしたら……うぅ……嫌われちゃうかもだし……」

初体験の最後の最後で、玲愛は絶頂による身体の弛緩でお漏らしをしてしまった。お兄ちゃんは自分のことを責めず、痛いだけの初めてではなく、お漏らしを我慢できないくらい気持ちよくなってくれてよかったと、喜んでくれて……それ自体は嬉しかった。嬉しかったが……甘えん坊な玲愛にも羞恥心はあるのだ。

我慢できなかったとは言え、恋人の前での放尿はさすがに恥ずかしい。

「玲愛は俺に嫌われるって、本気で思ってるのか？」

「思ってない……思いたくないし……お兄ちゃんが本気で玲愛のこと嫌いになるのは……玲愛がお兄ちゃんのことを嫌った時だもん……えっぐ……ひっぐぅ……」

嫌いになるなんて例えばの話なのに、玲愛が見上げる綾人の顔がぼやける。

涙が瞳に溜まったからだ……そんな玲愛を、綾人はぎゅっと抱き締め、

「おう……玲愛の言う通りだ……俺が玲愛を嫌いになるなんてこと、絶対にあり得ないだろ？　だから、気持ちよくて、我慢できなかったら……ああ、我慢のしようがな

いのか……とにかく、絶頂しておもらししても、喜びこそすれ、嫌うなんて絶対ない」

だから、いいか？　と、愛撫を施す許可を求められ、玲愛は再び首を縦に振る。

「まずは……パンツの上からするぞ？」

「んぅ？　ショーツの上ってっ……」

先ほどは一瞬自分を抱き締めるために伸し掛かり、ぎゅっとしてくれた綾人だが、今はまた、玲愛から見て足元にいる。そこからどうやって自分のことを気持ちよくしてくれるのか……どうやって、愛してくれるのか……お兄ちゃんはそっと玲愛の脚を開かせると、ゆっくりと顔を太腿の根元へと近づけていき、お兄ちゃんへの奉仕、及び小さくも絶頂した後の濡れたショーツへと唇を密着させた。

「……ひゃぅんぅ！」

楕円形に広がった濡れ色の濃い場所へと唇を這わせたが、どうやらそこが姫割れだったようで、玲愛は下着越しのくちづけに、快感よりも驚きの方が強い悲鳴を上げる。

「お、おにぃちゃ、そこオマ×コだよ？　おしっこ……する場所なのに……そ、そんな場所にキスしちゃ汚いよぉ！　お兄ちゃんのお口、汚れちゃうよぉ！」

様々な性知識を部活仲間から教えてもらったが、それは女の子の側から男の子を誘惑、奉仕する方法と、基本的な愛液やら精液、先走りの名称などの教科書に毛が生えた程度の知識で、大好きな兄の唇がまさか、ショーツ越しとは言え姫割れに密着させられるとは予想だにせず、玲愛は数センチ飛び退き、ショーツと唇の接吻を解く。

「汚れるって、玲愛の身体に汚い場所があるわけないだろ？　ずっと守ってきた妹の身体が、本人にだからって汚いって言われたら、守ってきた方がショックだ……」

あ、うぅ……と、玲愛は押し黙る。確かに、咄嗟のこととは言え、お兄ちゃんに捧げる身体が汚れていると発言することは、お兄ちゃん自身を軽んじる発言でもある。

「それに、こういう愛撫はちゃんとあるんだぞ？　恋人同士なら、大好きな相手の身体に汚いところなんてあるわけないって、そういうの証明する行為でもあるし……」

まぁ、ちゃんと説明しなかった俺も悪いんだけど……と自分の非も認める。

「俺は今日、明るいとこで、玲愛のオマ×コ……ちゃんと見たい……こないだした時は、ほら、暗かったしさ、やっぱ俺も恋人の大切な部分……見てみたい……」

恋人の一番異性を感じる場所を見てみたいと思うのは恋人ならば当然の心理だろう。玲愛とて、お兄ちゃんの肉棒を昼の明かりの中で見つめ、手で触れ、胸で触れ、最後は精液を搾り取った。そして次は、綾人が玲愛を絶頂させるべく、奉仕したい。

その過程で、以前は常夜灯の小さな明かりの下、今はレースカーテン越しとは言え、昼間、陽の光のある場所で、綾人は玲愛の姫割れをじっと見たいと言っているのだ。

「き、キスするの……ショーツの上からだけ？」

「いや、取り合えず玲愛が嫌じゃなかったら……直接したいって思う……」

「玲愛のオマ×コ……今お兄ちゃんにご奉仕して興奮して……えっちなお汁でグチュグチュだよ？　そ、それに試合終わってシャワー浴びてなくて……汗の匂いだって蒸れてると思うしっ！　あ、朝から二回はおトイレで……おしっこもしたんだよ？」

ああ、自分で言っていて気付いてしまった。お兄ちゃんは自分の匂いなら、どんな匂いでも大好きだと、行為を始めるときに告白してくれていた。たとえ、汗の匂いでも、おしっこの匂いでも、エッチな行為によって滲み出した愛液の匂いであろうとも。

「恋人の体臭が気持ち悪いって……そんなの意識したら付き合えないだろ？　玲愛が試合で頑張った匂いも、エッチで乱れちゃった匂いも……おしっこの匂いだって、お兄ちゃん平気だぞ？　ってか、玲愛の匂いなら、全部好きだから……」

な？　と、優しく視線を合わせて微笑むお兄ちゃん……玲愛が綾人の奉仕を思い留まらせるために色々と言ったが、そのすべてをお兄ちゃんに受け入れられてしまう。

お兄ちゃんは自分の嫌がることは絶対にしない。

したとしても、それには玲愛のことを守るためという確固たる理由があり、自分と距離を取ろうとした一週間の最後の夜も、玲愛が何よりも望んだ一緒にいたい、抱っこして欲しい、頭を撫でて欲しい、キスして欲しい……お兄ちゃんに甘えたいという願いを、理想を叶えてくれた。叶える上で、ただの兄妹という関係性ではその願いは許されないから、普通の男女としての恋人という関係を結び直したわけだ。

告白から初体験までの流れは、本当にあっという間だったけれど、恋人になりたいからエッチをするんじゃなくて、恋人だからエッチしたいという台詞は嬉しかった。

今回も、兄が自分を気持ちよくしてくれようとするのは、とても嬉しい。

ただ、玲愛は姫割れを見られるのが嫌なのではない、姫割れへくちづけされるのが嫌なのではない。もし、自分の姫割れの匂いが、味が、お兄ちゃんの気分を害したらどうしようと、そこが不安で仕方ない。乙女としては、なかなかに複雑なのだ。

——玲愛の匂い……全部好きだよって言ってくれてても……ふにゅぅ……。

「ぁ～っと、さっき一回ちゅってしただけだけど、あんまり気持ちよくなかったか？」

「あぅ……気持ちよくないわけないよ……お兄ちゃんがしてくれてるんだもん……」

大好きなお兄ちゃんに、身体の中で一番敏感な場所へとくちづけられたのだから、性的にも心情的にも感じないわけがない。玲愛の言葉を聞いて、そうか♪　よかったね♪　と微笑んでくれるお兄ちゃんに、玲愛も覚悟を決めた。

「でもね……お兄ちゃんがチュッてしたの一瞬だったから……よくわかんなかったって言うのが本当かも……い、嫌じゃないか確かめるから……も、もう一回ショーツの上からでいいから……してみて？　お兄ちゃん……」

飛び退いた分の距離をそっと詰め、再び姫割れへのくちづけ奉仕をねだる。ここで綾人も、確かめてみるという台詞とは裏腹に、すでに綾人の奉仕を受け入れる覚悟ができたのだとわかり、差し出されてきた玲愛の股間へ顔を寄せ、そっとくちづける。

「っん！　ひゃんっ……」

一度は施された姫割れへのくちづけ、その一度目に散々びっくりしていたので、今度は困惑やら驚きやらよりも快感を感じられた。初体験後、唇同士でのくちづけを覚えたが、その一週間後、姫割れへもくちづけされるとは、玲愛も考えていなかった。

施されるくちづけは、唇へと施されるものとなんら変わらず、ひたすらに優しく、玲愛のことを大好きだと証明するようなくちづけで、唇から伝わる玲愛を気持ちよくしたいという感情が、姫割れを着火点に、全身に快楽の火が燃え広がっていくようで、

「ひゃ、んあぁあ！　んぅっ！　んふぁああ！」

その気がなくても、条件反射と言うのか、快感に対し、身体が勝手に動く。

手は布団のシーツを掴み、腰はお兄ちゃんのエッチなくちづけの度にふわっと浮き、もっともっととねだっているようで恥ずかしいが、自分の意思と関係なく動いてしまうものは仕方がない。

お兄ちゃんを挟むようにして投げ出していた両足も、快感に突っ張ったりびくんと跳ねたり、お兄ちゃんに強く当たってしまっていたりするが、綾人もそれを抵抗からの攻撃ではなく、快感に慣れぬ故の反応であるとわかっているので、咎めはしない。

――やっぱりすごい気持ちぃ……唇でちゅって、してもらうの、すごく感じちゃうっ！

これで、まだ布越しの感覚……布一枚残しての唇の感触がこれほどに気持ちよいなら、直接くちづけられたら一体どれほどの快感を生むだろうか……自分は一分絶頂を我慢していられるだろうか？　次から次へと流れこんでくる快感の奔流に、飲みこめば気管に入ると口に溜まりっ放しだった唾液が口の端からこぽっと零れた。

眦からも同じように、お兄ちゃんにオマ×コちゅっちゅされて感じちゃってますと言わんばかりに快楽の涙がシーツへとぽつぽつ落ちていく。そして、ショーツ越しにふにふにと密着したままの唇を動かされ、玲愛はびくんと身体を震わせ、絶頂した。

「んっ、はぁあぁぁん！」

胸の性感帯で味わった絶頂も気持ちいいが、やはり味わった回数の差か、玲愛には姫割れを刺激されての絶頂の方がお気に召しているらしい。

「玲愛、今の絶頂しただろ？」

ショーツ越しに、刺激する度に滲み出してきてはいた愛液の量が、その瞬間だけ少しだけだが増えた。絶頂したと言っても、それほど大きな絶頂ではなかったのだろう。もっと大きな絶頂を求めたくなる、求めずにはいられない……そんな絶頂で……。

「いっちゃった……ちゅっちゅって、はみゅはみゅって……されて……はふぅ……」

「あのさ、絶頂したばっかで悪いってか……アレなんだけど……今のショーツ越しにしたやつ……今度はオマ×コに直接したいんだけど……いいか？」

それはもう予め言っていた奉仕……これは本来は布一枚阻まない姫割れへと直接唇を這わせる行為なのだ。玲愛は少し乱れた息を整えるために数回深呼吸し、

「初めてしたあの夜……玲愛、自分のオマ×コが変じゃないかって聞いたよね？」

「ああ、覚えてるぞ？　暗がりでも玲愛のオマ×コ……滅茶苦茶エッチだった……」

「玲愛も恥ずかしくないわけじゃないんだよ？　一緒にお風呂に入ってる時も、一応は、だけど、一緒に入りたいって方が大きくて、それと同じでね？　部屋が暗かったから聞けたことだった。でも、お兄ちゃんが見たいって言うんだったら……明るい場所でも……オ、オマ×コ見て……欲しい……玲愛の全部は、お兄ちゃんのだからっ！」

軽くても二度の絶頂を体感した頭で、玲愛は必死に考えた誘惑の言葉を囁いた。

してもいいよ？　ではなく、して欲しいというスタンスでありたいのだ。

綾人は改めて玲愛の姿を見た……髪はアップに纏められているので、方々へ散ることなく頭の周囲にふさっと垂れていて、手はベッドの上でシーツを掴み、羞恥からか興奮からか、恐らくその両方で頬はおろか全身を本来の澄みきった白い肌を薄桜色に染め、じっと青よりもずっと澄んだアクアマリンの瞳でこちらを見つめている。

先ほど奉仕に使った胸は、ユニフォームをたくし上げたままなので そのまま、見ら

れることに対しての羞恥はあるが、それでも姫割れと同じく綾人にはすべて見て欲しいという理由から隠さずにいる。

「あーほんと……俺の妹可愛すぎだから……お兄ちゃんは理性を保つのが大変だ♪エッチなお兄ちゃんでごめんな……玲愛……」

ずっと守って、甘えられて、撫でてやれば満面の笑みで喜んで……勉強もスポーツも、自分が教えることはどんどん吸収してきた妹が、こんなに可愛らしく、綺麗で、美人で、魅力的に育ってしまって……、

「おにぃちゃんが……エッチで玲愛……嬉しぃよ？　だって、玲愛のこと、たくさん気持ちよくしてくれる……こうやって、いっぱい愛してくれるんだもん♪」

「愛しすぎて、おなかいっぱいでこれ以上はってなっても、俺は愛すの止めないぞ？」

「玲愛は甘えん坊さんだから、なかなかいっぱいにはならないよ？　今日は満足しても、明日もう一回、もう一回って、求めちゃうよ？」

「それこそ、慣れてるって……お兄ちゃんが毎日どれだけ玲愛に甘えられたと思ってるんだ？　ほら、ショーツ脱がすからな？」

「んぅ……あ、あのねっ……玲愛は別にオマ×コ見せるの、恥ずかしくないわけじゃないんだよ？……見せるのだって……お兄ちゃんだから……だよ？」

お兄ちゃん以外の人には、死んでも見られたくない。ここは、お兄ちゃん専用なの

だ。お兄ちゃんだけが玲愛のここを見て、愛していいのだと、何度も言葉を重ねる。

「おお♪　俺以外のやつが玲愛にちょっかい掛けないよう、お兄ちゃんも玲愛のこと、ずっと守る……玲愛のすぐ傍に、ずっといてやる♪」

玲愛の勝負下着（バスケの試合に好んで穿くと言う意味の勝負下着）、ちょっと大人なレース地の純白ショーツ（今は愛液でビチョビチョになってしまっているが）へと手を伸ばし、すっ……しゅるしゅると脱がしていく。

玲愛もちゃんと腰を浮かせて綾人が脱がすのを手伝ってくれる。

しかし、やはりいざ見られるとなると恥ずかしくて、内腿をきゅっと閉じる。

「うぅ……ごめんなさい……ちょっと……ほんとちょっとだから……待ってて？」

この逡巡が、綾人にしてみれば非常に玲愛を愛らしく見せる。

自分にはすべてを見てもらいたい。しかし同時に、捨てられない羞恥もある。

いや、普段お風呂場では開けっ広げなのだが……やはり兄妹としてお風呂に入っているのと、こうして恋人として愛を確認する場では緊張というか、躊躇いを覚えてしまうらしく、開こうか開くまいか、そのウジウジと困った感じが綾人には完全にツボで……愛くるしくて堪らない。そして、やっと決意してそっと太腿を開く。

ショーツ以上に愛液でビチョビチョの姫割れを見て、綾人は息を呑む。

初めてを経験し、自分の太い肉棒を受け入れた姫割れは、処女のときとまったく変わらない純真無垢な穢れない様相を呈していて、自分の肉棒が本当に挿入されたのかと疑問を覚えるほどだが、確かに自分はこの玲愛の幼い無毛の姫割れへと肉棒を挿入し、破瓜させたのだと、一本の縦筋以外見えない姫割れを指でそっとなぞり、左右に開き、一週間前にはこんなに凝視できなかったなと、感慨深く観察する。

「あぅぅ……そんなにじっと見ちゃ……うぅ……はぅぅ……」

羞恥に絶えないとばかりに、元々薄桜色にまでなっていた顔が真っ赤に染まる。

「お兄ちゃん……明るいところで見て……玲愛のオマ×コ……どう？　おかしくない？」

「おかしいとこなんてない……すげぇ綺麗だよ……エッチで……匂いも玲愛の汗をちょっと強くしたみたいな感じだけど、言ったように俺、玲愛の匂い好きだからな♪」

「はぅっ！　じっと見てるから、どこかおかしいのかって思い掛けちゃったよぉ！」

熱烈な視線に耐えながら、同時に好きな人に自分の最もいやらしく、エッチな場所を見せているという興奮を感じているのか、ひくんひくんと姫割れが妖しく微動する。

「まぁ、視線を釘付けにさせるくらい玲愛のオマ×コはエッチだってことだな♪」

「れ、玲愛のオマ×コ……エッチなの？」

「目を離すことを許さないくらい観察させてるんだから、エッチなんじゃないか？」

「お、お兄ちゃんが見たいって言ったからじゃん！　うううぅ！」

首を左右に振っていやいやをするが、決して太腿を閉じて姫割れを観察する手を、綾人の視線を遮ろうとはしない。頬は膨らませて非常に可愛らしく不満だと主張しているが……ああ、なんだこの可愛い生物は……あぁ、なんだ……俺の妹だ……。

「エッチなオマ×コっていうのは悪口じゃないぞ？　俺は、妹のオマ×コがエッチで、すげぇ嬉しぃ……それで、このエッチなオマ×コの初めてを恋人としてお兄ちゃんに捧げてくれて、俺だけの玲愛になってくれて、すっげぇ嬉しいんだから♪」

さすがにフォローの仕方がキザすぎたか？　なんて思いもしたが、これを聞いて玲愛はエッチなオマ×コという単語に対して不満を感じなくなった様で、熱っぽくこちらをじっと見つめてくる。

「ねぇ……ぉにぃちゃ……み、見られてるだけでもね……すっごくオマ×コむずむずってするんだよ？　これも、玲愛のオマ×コがエッチだからかもだけど……き、気持ちよくして欲しいというか……指でもして欲しいけど……さ、さっきみたいに唇で……お兄ちゃんが嫌じゃなかったら……直接……して欲しいよぉ……」

確かに、ショーツを脱がせた時よりも括れた腰がそわそわとしている。

実際にはそんなに時間は経ってはいない。玲愛がショーツを脱いでもじもじと逡巡し、決意して姫割れを綾人に晒してから、せいぜいが三、四分と言ったくらいだが、緊張やら羞恥心やらで時間感覚が麻痺しているらしい。

胸奉仕のときの絶頂と、先ほどのショーツ越しの姫割れへのくちづけでの絶頂により、玲愛はもう表面張力で零れずにいる水と同じ状況、あと一押しの快感を与えてあげないと深い絶頂ができず、もどかしいばかりなのだ。

「キスだけじゃなく……舐めたりとか……甘噛みしたりとかもしていいか？」

明るいところで恋人のこんなにいやらしく綺麗な姫割れを見てしまうと、味、匂い、感触をすべて味わいたいと思ってしまう。

「な、舐めたり……？　お兄ちゃんが玲愛のオマ×コをペロペロ……って？」

キスだけならばまだ、愛液が唇についたとしても仕方ないし、汗やらおしっこの残滓やらも、まぁ大丈夫という一線を越えていないと玲愛は設定していたが、舐め、直接舌で味わっていいかなんて……しかし、玲愛も覚悟を決めたのだ。

「……い、いいよ？　オマ×コ……いっぱい舐めて……味わって？　いっぱい気持ちよくして？」

早く気持ちよくなりたいと言う焦燥感と、お兄ちゃんにしてもらえるんだから、当然何でも気持ちいいんだという甘えん坊な妹根性で、玲愛は羞恥心をかなぐり捨てた。

熱烈な返事を頂いた綾人は、玲愛の下腹辺りにまずはくちづける。そして唇を密着させたまま徐々に股間へと降りていき、可愛らしい縦筋へとそっとくちづける。

「ひぃぁああああん！　や、やっぱりすごいよっ！　ショーツ一枚、あるのとないのとっ、直接、玲愛の一番エッチな場所にお兄ちゃんがチュッてぇっ！」

ただ本当に唇をチュッと密着させただけだったのだが、玲愛の反応は著しかった。

敏感な器官である姫割れへのくちづけはそれは気持ちいいだろうが、お兄ちゃんが本来はくちづけするような場所でないところに直接くちづけてくれたというプラスアルファゆえに全身へと浸透していく快楽なのだろう。

綾人はゆっくり、数秒に一回というペースで姫割れへとキスの雨を降らせる。

初めは単純に唇を押し当ててるだけだが、徐々に唇で姫割れの肉を擦ってみたり、

——すげぇ柔らかいっ！　玲愛の唇と同じで……キスしてる俺もすげぇ感じるっ！

肉薄な玲愛の姫割れは、綾人の唇を受け入れつつ、極上の反発で唇を押し返していた。そして、唇をふにふにと押しつける中で、ほとんど滑らかな姫割れにぷっくりと唇に当たる引っ掛かりを見つけ、その正体に綾人は当たりをつけ、ことさらに優しくそこへ重点を置いて刺激を与えると、先ほどまでの敏感な反応に、さらに輪をかけて鋭敏な反応を示す。端的に言って、嬌声の音量と身体の震わせ方が激しくなった。

「あっ、あぁっ！　あふぅっ！　なんでっ、なんでお兄ちゃん、玲愛の気持ちいい場所がそんなっ、わかっちゃうのぉ？　ふぁうぅ！」

玲愛の問い掛けに答えるため、綾人はくちづけ奉仕を一時中断し、

「玲愛は今まで一人エッチしなかったし、お風呂場でオマ×コ洗うときに慎重に、丁

寧に、でも弄っちゃダメだって言われてたからあんまり見たりもしなかっただろ?」

　気怠げに頭を上げ、こくっ、と一つ頷く玲愛。

「今重点的にキスしたところは陰核、クリトリスって言って、女の子の身体の中でも一番敏感な場所だって聞いたことがあったから試してみたんだ。結果は聞くまでもないな」

「うん……お兄ちゃんの……ちゅっちゅ……今まで感じたことない刺激だったんだけど、その刺激がぎゅ〜って凝縮されたのが続いた感じだった……」

「自分でちょっと触ってみるか? ほら……」

　玲愛の手を取り、玲愛自身の股間へと導く。そして姫割れの縦筋を下からなぞり、

「ひゃう! ん……ここ……オマ×コ……膣口……で、ん……おしっこの穴……その上……ひゃんぅ! そ、そうこの感じっ! さっき感じたのっ……これが、ク、クリ?」

「クリトリス……玲愛のはほんと小さくて、摘まめないぐらいだけど……ちょっとだけ手に引っかかる感じがあるだろ?」

　玲愛の陰核は年の割に大きな胸とは違い、小さな姫割れと同じく小さい。

「指が感じる感覚よりもっ、クリトリス? 触られてるって感じの方が強く、ぁぅ!」

「これ、男にとってのチ×ポみたいなモノなんだって、こんな小さいのにチ×ポと同

じ性感中枢が詰まってるんだから、キスされて、擦られて感じなきゃおかしいよな？」

自分の身体で、自分の知らない部位の名前を教えられ、なぜそこへのくちづけがずば抜けて気持ちいいのかの理由を教えられ、

「おにぃちゃ……自分の指で触るのも気持ちぃけど……やっぱりお兄ちゃんにして欲しい……お兄ちゃんにちゅっちゅしてもらって……気持ちよくなりたい……」

玲愛は羞恥心よりも快感を優先し、綾人に奉仕を懇願する。自分の指では、お兄ちゃんがくちづけてくれた時ほどは快感を感じなかったらしい。

それに応え、綾人は玲愛の姫割れへと再び顔を近付け、超敏感な陰核へ、くちづけたり、陰核を唇と唇の間でふにふにしてみたり、

「ひゃあああぁああ！　おにぃちゃっ、おにぃちゃぁあん！　クリっ、トリシュ気持ちぃっ！　あ、あぅうっ、あっふぅうぅ！」

もう奉仕を再開させたところから嬌声を上げて感じてくれる玲愛が可愛すぎて、綾人は一生懸命に妹恋人の陰核を愛撫し、数分もしないうちに一際大きな嬌声を上げ、

「ふ、ふきゅぅうぅうう！　イッキユゥウゥ！」

背中を仰け反らせて痙攣し、一瞬硬直……どたんとベッドの敷布団に落ちる。

綾人が刺激する姫割れからは愛液がぼたぼたとベッドへと染みていっていた。

「どうだ？　クリトリス……気持ちよかったか？」

目の焦点がちょっと定かでない玲愛に問いかけ、数秒ゆっくりと呼吸を整え、

「はぁ……はぁ……絶頂したんだよ？　気持ちよかったに決まってるよぉ……」

「でもおもらししてないよな？　それに俺、まだキスしてただけで、一回も舐めてないし♪　じゃあ玲愛、二回目頑張ってみようか♪」

へ？　と聞き返す間もなく、綾人は今度は唇の間からチロッと舌を覗かせ、絶頂間もなくちょっと疲労した玲愛の姫割れへと舌を這わせた。

「あぁぁあああぁ！　だ、ダメぇ！　イッたばっかりのオマ×コっ、ちろって、れろって、ぺろってしちゃヤダァ！　ちょ、まずは一旦落ち着いてから、きゃぁぁ！」

一度目二度目のような軽い絶頂ではなく、三度目の陰核を愛撫されての絶頂は凄まじく、愛液がたくさん分泌され、今がきっと一番えっちぃ味がしているに決まっているからと、必死の制止を懇願するも、綾人は玲愛が本当に嫌がっているのは、舐められる行為自体ではなく、味わわれ、その味によってお兄ちゃんが自分を拒絶するかも知れないことだと、ちゃんとわかっている。なので、絶対に拒絶しない。

「玲愛のオマ×コ、すごいエッチな味してるぞ？」

口の中に玲愛の味が広がる。玲愛の体臭を煮詰めたような濃い味……汗の味に愛液の味、すべて玲愛だった液体の味を感じつつ、綾人はさらに舌を動かす。

一度は舐めていいと言ったのだ。玲愛の方から舐めて欲しいと言ったのだ。

ある意味、どちらの玲愛の意思も本人の意思なのだけれど、ここはエッチに積極的な玲愛の意見を優先させ、恥ずかしい台詞でクンニリングスを懇願した勇気に報いねばと、綾人も必死に舌を動かした。

「んっちゅ、れちゅっ……ちゅぱ……れるれる……ん……れちゅん……」

溢れ出てくる愛液を舌で舐め取るように執拗に、そして精いっぱい優しく。間違っても歯など立てないよう注意を払って、少女の姫割れへと愛撫を加えていく。

「ひゃ、ひゃうぅ！　そ、そこおしっこの穴ァっ、こ、今度はオマ×コっ、お膣の穴？」

舌の居場所を敏感に感じ、声で自らのどこを舐められているのかを認識する。

「お、オマ×コにっ、あ、あ、入ってきてるっ！　オマ×コの、おにぃちゃんにオチン×ン入れてもらった場所に、今度はお兄ちゃんの舌ぁ入ってきちゃったぁ！」

無論、舌など肉棒と比べれば挿入できるところは知れているのだが、それでも綾人は舌を尖らせ、必死に妹の幼い膣内を舌で掘削抽送する。自分の肉棒がこう挿入されただろうと想像し、顔を愛液でびちゃびちゃにしながら綾人は玲愛の膣肉を尖らせた舌でこじ開け、舌にぎゅうぎゅうと締めつけを加える膣圧を感じる。

肉棒にはない舌のざらざらが膣襞をこそぐのが気に入ったようで、玲愛の方からも悲鳴に近い嬌声を上げながらも自ら腰を綾人の顔へと押し当ててくる。

玲愛にしてみれば、大好きなお兄ちゃんに股間を押しつけるなんて……と、戸惑いは強いのだが、快楽を得ようとする割合が心の中で幅を利かせているらしい。

愛撫の方法が変わり、綾人の最初の紳士的だったくちづけ奉仕は、舌で姫割れを味わい、貪るような奉仕へと変わり、しかしそれをお兄ちゃん大好きな玲愛も受け入れて、最後には、再び身体を仰け反らせて絶頂に至り、

「あ……あっ、だ、ダメ……出てきちゃダメ……ダメだったらっ！　ひぃぅうう！」

直前まで試合をしていたためか、少しだけ色の濃い黄色い液体を、股間からちょろちょろと溢れさせ、ベッドを濡らし、勢いがよすぎてお兄ちゃんの顔も濡らす。

「と、止まってよぉっ！　お兄ちゃんのお顔に、はぁあ……玲愛のおしっこが、か、掛かっちゃってるよぉ……」

今日、一番最初は頑張ったご褒美にお兄ちゃんにご奉仕させて欲しいということだったのに、そのお返しをしてもらって、今度はお兄ちゃんの顔を汚してしまった。

玲愛は恥ずかしくて居た堪れなくて情けなくて、穴があったら入りたい気分だった。

一方で綾人は、エッチな知識をつけ、ご奉仕したいと言った玲愛へのお返しで妹がおもらしするほど大きな絶頂を与えることができたと、恋人として嬉しく思い、誇らしかった。女が男を絶頂させて嬉しいように、男も女を絶頂させれば嬉しいものなのだ。

「うぅ……気持ちよくなっておしっこしちゃうの……癖になっちゃってるのかな？」

「慣れるまでは仕方ないからなぁ～♪　俺にしてみたら、ちゃんと気持ちよくなってくれたって証だし、見れるうちに何回もさせちゃおうとか思ってるんだけどな？」

「もぉ……うぅ……お兄ちゃんも射精しすぎたらお漏らしとかするのかな……？」

この発言に綾人はびくんと背筋を跳ねさせ、冷たいものを感じた。

察してしまったのだ。玲愛が何を考えているかを……。

「いや、それは聞いたことないから多分ないんじゃ……？」

「た、確かめて──」

「みない！　ほら、おしっこで濡れたとこ拭いて、シーツ外して、風呂行くぞ？　うわっ、もぉこんな時間か……エッチしてると時間感覚おかしくなるな……玲愛、母さん帰ってくるまでにお風呂入るぞ？　先入るか？」

「一緒に入ってって……甘えてもいい？」

ぎゅっと綾人のTシャツの裾を摑んでくる玲愛に、そっと自分の手を重ねて、

「おお、って、玲愛絶頂しすぎて腰抜けてるじゃん……ほら、抱っこして運んでやる」

「んぅ♪　お兄ちゃん♪　大好き♪」

綾人は半裸の玲愛をベッドから抱き上げ、階下の浴室へと運ぶ。

お風呂に入っているとき、母が帰宅し、二人が入浴しているところを見つけ、バス

ケの試合が終わり、帰宅後にお風呂に入るところで、玲愛が一緒に入りたいと言ったのだと説明したが、玲愛のベッドのシーツが体操服やらユニフォームやらと一緒に洗濯機で回っているのをじーっと見て、浴槽に二人で入る自分たちをじーっと見て、

「玲愛は今日試合頑張ったのね♪　でも、ご褒美にあんまりお兄ちゃんに無理させちゃダメよ？　若いってことは、暴走しやすいってことなんだからね？」

なんて教訓を言って浴室のドアを閉めた。玲愛が綾人に背中を預けるように浴槽に入っていた兄妹は、お母さんにはばれたみたいだと苦笑い気味の笑顔を交わす。

浴室を出てリビングのソファーで母が作り置きしてくれていたお昼ご飯を温め直してくれたのでそれを食べ、玲愛はさすがに疲れたのか、綾人の膝枕ですやすやと寝息を立てる。母にタオルケットを掛けてもらい、お風呂に入って下ろされた金髪を撫で、

「本当によく頑張ったな……今日は偉かったぞ？」

「んぅ……うん♪」

と、寝ていても言われたことがわかったのか、玲愛は綾人の言葉に、にこっと微笑んで返す。起きていても寝ていても、この妹は自分にとって天使だと思いながら、綾人も玲愛の睡魔を伝染させられたのか、ソファーで眠りに就いた。

8月8日 海水浴、水着姿の妹と汗ドロエッチ！

パイズリや手コキ、クンニリングスなど、ペッティングというセックスと同じように互いの愛情を確認する方法を見つけた兄妹は、朝のバスケの特訓の後、一緒に汗を流しながら、その日のワンオンワンや、フリースローの成績によって（男と女の体格の差やらを加味し、綾人と玲愛ではまだ実力に若干開きがあるので、ハンデはありで）、どちらが愛撫するかを決め、何度となくペッティングを重ねた。

元より甘えん坊な玲愛が、過激なスキンシップを取っていたことから、そのスキンシップの延長のような行為に兄妹は嵌っていた。玲愛が勝った時は手コキやパイズリ、それに加えて脇コキなど、自分の身体を使って愛撫し綾人を絶頂させた。勝ち負けは主導権をどちらが持つかを決めるだけで、結局は二人とも相手を気持ちよくするのだけれど……。

そんな甘々な愛情確認をほぼ毎朝して、先日は玲愛の練習試合だったが、その三日後には綾人の所属する高等部男子バスケ部の練習試合が行われた。

一年生でありながらも綾人はその実力から第一から第四クォーターまで出ずっぱり、高等部男子バスケ部にはエースは別にいるが、主戦力としてプレイさせてもらい、勝利にかなり貢献しただろう。試合後、待ってましたと言わんばかりに子犬張りに抱きつき、汗がつくからっ！　と離そうとするが離れない玲愛を、綾人のチームメイトも玲愛のチームメイト同様にやんわりな感じに微笑ましく見守っていて、なんだこの羞恥プレイは……と恥じ入りながら、ぱたぱたと尻尾を揺らすような玲愛の愛らしさに負け、髪を撫でてやり、

「お兄ちゃん頑張ったか？」

「うん！　すごい頑張ってた♪　ご褒美、何にする？」

自分のときのように、何かご褒美をくれるらしいのだが……。

「あぁ～取り合えず眠いから……家帰ってシャワー浴びたら、膝枕してくれ……」

普段はあまり玲愛相手に甘えない……と言うか、甘やかす側であり続ける綾人が、ほんの少しだけだが、玲愛へと甘えを零し、

「んぅ♪　玲愛のお膝の上でお兄ちゃんのことぎゅ～ってしたげるから♪」

――いや、別に普通に膝枕してくれたら……。

甘々な会話に、チームメイトやら試合相手やら、微笑ましく見守る連中も呆れ、

「あ～もう、ご馳走様……なんかすげぇ胸焼けしそうなもん見たわ……」

「いつものことだけど、夏休み前よりもパワーアップしてねぇか？」

「まぁ、人の恋路を邪魔して馬に蹴られて死にたくないからな……しかし、あのラブラブっぷりは兄妹としてちょっと激しすぎだろ……」

「「「うんうん」」」

「さて消費カロリー補うためにバイキング行く奴～」

「「「はーい」」」

「バカップルは置いといて、さっさと食いに行くぞ。うちの叔父さんの喫茶店、運動部大歓迎だからな。払った料金の二倍分は頑張って食えよ！」

「「「おぉぉーっ！」」」

周りに関係を訝しがられながら、また、そこはかとなく優しい距離を保たれつつ、兄妹は今日も蜜月っぷりを周りへと振りまいた。

そして、今日は夏休み開始から二週間経った八月の八日。

玲愛と綾人は最寄りの海水浴場に来ていた。

さすがは夏休み真っ只中、シーズン真っ最中、海水浴場は大盛況。

今日は週に二回の部活の休みの日で、プールか海か、デートとしてどちらに行きた

いかを二人で話し合い、玲愛の意見を優先して海にやって来たのだ。

去年着ていた水着が今の玲愛に合うはずもなく（主に胸の部分が……）、一緒にデパートへと水着を買いに行って、女性ばかりの空間に自分がいて針のむしろ状態に心を砕いたのはつい先日のこと。だが、その気苦労など、玲愛の水着姿に吹き飛ばされた。

去年まではスクール水着のように上下の繋がった可愛らしいワンピースタイプを着用していたのだが、今年はその育った肉体を武器に綾人を悩殺しようと少し頑張ってツーピースタイプの刺激的なビキニの上下（布地面積はちょっと多めの白を基調に桜の花弁を数枚散らしたシンプルなモノ）を試着して見せてくれたのだが、恋人目線ではとても魅力的で、玲愛の頑張りは嬉しいのだが、兄目線ではまだ布地面積少なめで、海で他の男の視線などに妹を晒したくないと言う気持ちがあって（まぁ、恋人目線でもそれは同じなのだけれど）、なので、青色を基調に水着と同じ柄のパレオを装着させた。

玲愛もそれを気に入ってくれたので、それを購入したのだが……。

海水浴場の更衣室前で先に着替え終わった綾人は妹恋人が出てくるのを待ち、

「おにぃちゃん……変じゃないかな？　お兄ちゃんの隣にいて、おかしくないかな？」

デパートの水着売り場では見て見て～とはしゃいでいたのに、いざ人の目の多い海に来ると、お兄ちゃんのために買ったビキニが少し恥ずかしくなってしまったらしい。

――あーよかったパレオ買っといて……。

もし、パレオも買っとけと言わなければ、人前に出ていけなかったかも知れない。

「すげぇよく似合ってる。まぁ、俺の妹は何着ても似合うんだけど、今日は特別可愛いぞ♪　人目が気になってるんだったら俺だけ見てろ、他の奴の視線なんて気にならないくらい、玲愛のこと、穴開くくらい見ててやるから、俺の視線だけ感じてろ」

――……これ台詞だけ聞いたらストーカーだぞ？

しかし、思考が綾人を中心に世界が回っている玲愛にしてみれば、お兄ちゃんからのその台詞は熱烈な大好き宣言以外の何物でもなく、

「んぅ♪　玲愛、お兄ちゃんだけ見てる♪　おにぃ～ちゃん♪」

水着姿の玲愛が人目のある中で綾人へと抱きつく。豊満な胸元も、すらっと引き締まった腰元も太腿も、自身のすべてを擦りつけるような、猫のマーキングを思わせるような抱きつき方に、さすがに周りの目が気になる。普段の浴室で裸で抱きつかれることを考えれば、布地面積的には今の方が厚着だが、他人の目があることを加味すると、

「こらっ、水着でくっつくなっ！　周りの視線がアレだからっ！」

「玲愛だけ見てるんだから、お兄ちゃんも周りなんて気にならないでしょ？」

――いや……視線なんて気にするなって言ったのは俺だけど、うぁ～藪蛇だった！

自分の台詞でこうして躊躇いを振りきって水着姿を人前に晒す玲愛に、今さら人目を気にしろとは言えないし、こうやって甘えてくる玲愛を拒まないと言ったのもまた、綾人自身なので、綾人は玲愛に甘えられる姿を衆目に晒す他なく……玲愛ほどの可愛い女の子に抱きつかれる男が、いかに周囲から悪意ある視線に晒されるか……、

――うわっ、視線がすげぇ痛い……。

学校では二人のことを兄妹、それも、ちゃんと周囲は事情を知っているため、綾人がいかに玲愛を大事にしているか、玲愛がいかに綾人のことが大好きかを周囲が理解しているからこそ、悪意ある視線は向けられず、微笑ましく見守られている。

こうやって痛い視線を向けられると、学校の連中が自分たちにとってどれだけ得難い大事な存在であるかがわかる。

玲愛を説得し、密着度を手を繋ぐぐらいに抑えさせることに成功し、波に足が浸かるか浸からないか、波から逃げたり追いかけてみたり、足の運びはバスケの切り返しのようだが、手を繋いだ状態で上手に対応し続けられるはずもなく、二人して足首までを濡らして笑い合ってみたり、濡れたら濡れたで、今度は水の掛け合い、体格で勝る綾人が玲愛を抱き上げてざっぱーんっと海へ放りこんだり、やっていることは毎年やっていることとほとんど何も変わらないのに、兄妹として遊んでいるのと、恋人と

して戯れているのとでは、夏休み前と後では感じ方が違う。

勿論、兄妹として過ごしてきた時が灰色だったわけではまったくない。むしろ極彩色だったが、恋人という関係が綾人と玲愛をさらに多彩に彩っているのもまた事実。

浅瀬で遊び、少し深いところで泳ぎ、海中で抱き合って、人目がないことを確認してくちづけしてふざけ合って、遊び疲れたところでちょうどお昼の時間になり、海の家へ……。

「はーいっお客様にめぇって、玲愛っ！」

「はーい二名様っ……ただいまお水お持ちっ！　綾人っ！」

「「あぁー！」」

簡易シャワーで海水を洗い流し、海の家のテーブル席に座り、店員さんの挨拶を受けた時、兄妹は驚愕した。見知った顔がいたからだ。それぞれ、中等部女子バスケ部の部長と、高等部男子バスケ部の部長が海の家のバイトとして働いていたから……事情を聞くと、喫茶店を営む二人（この二人は親戚）の叔父は、事業拡大の一環として海の家の経営を決め、バイトにと甥っ子と姪っ子を引っ張り出してきた次第らしい。

「ってなわけで……ここは叔父さんの第一支店なのよ、夏限定のだけどね」

「部活が休みの日にずっと海の家でバイトしてりゃ、そりゃいい色に焼けますわね」

「俺より叔父さんの方がすげぇけどな……アレ強がってるけど相当痛いって……」

指差す方を見ると、確かに、先輩よりもずっと黒く焼けた体格のいいおじさんが一動作一動作に気を遣いながら、それでも匠《たくみ》の域の手際で料理の腕を振るっていた。

「料理には自信ありだから♪　何でも頼んで？　どれもめちゃ美味しいから♪」

「炭酸もサービスしとくから、何杯でもお代わり自由だぞ♪　まぁ、その分学生には料理料金高めだからな、遠慮せずに受け取っといてくれ」

確かに、海の家、シーズンとプラスアルファで料金を高く設定しているところもあるが、ここはそんなに高い方じゃないんじゃ？　と思いつつ、冷製パスタと豚しゃぶしゃぶ冷製丼を頼む……キンキンに冷えた炭酸が先に出てきて、料理もそれほど待たずに出てきたのだが、喫茶店での料理をアレンジした海の家オリジナル料理は、そこらのレストランで出される下手な料理よりも美味しくて、他のお客さんの接客の合間にどうだ？　うまいだろ♪　なんて微笑まれ、激しく首肯する兄妹。水着姿で食事をすることが、なんとなくだがおかしくて、食べている最中にクスクスと兄妹は笑ってしまったり、そっちの一口と、互いの料理をあ～んして食べさせ合ったりした。

料理を食べ終え、炭酸の二杯目をごちそうになっている時、玲愛が眠いと言い出し、

「家まで我慢できそうか？」

「んぅ……」

返事らしいものをしたが、会話が成り立たず、うとうとと船を漕ぎ始めて、

「玲愛眠いの？　ねー、二階使って大丈夫かどうか、叔父さんに聞いて～」

海の家の二階は物置とスタッフルームらしく、二人の叔父さんは二つ返事で眠気が覚めるまで寝かせてやんなと言ってくれた。

綾人が玲愛を抱っこし、荷物を玲愛のチームメイトに運んでもらい、二階へと上がる。二階は畳が敷かれ、小さな和室といった風情で、大きな窓からそよそよと心地よい潮風が入ってきて、レースカーテンの向こうには、海と浜が広く見れるようになっていた。

部屋の中は風が通ってごくごく涼しく、しかし風邪を引くほどは寒くもなく、これなら水着で寝ても風邪は引かないだろうと安心した。いざとなれば、綾人は玲愛を着替えさせるつもりでいたからだ。

バスタオルを枕にと玲愛の頭を上げると、ぎゅっと玲愛は綾人の胴へと手を回し、

「おにぃちゃ……ひざまくらがぃぃ……」

と甘えてきて、部屋に案内してくれた玲愛のチームメイトがクスクスと微笑み、

「玲愛は本当に甘えん坊さんだな♪　可愛い奴め♪　じゃあ、ゆっくり休んでください♪」

なんて言って襖を閉じ、階下へと降りていく。

——まったく……はしゃぎすぎちゃったか？

可愛らしくねむねむと頭を預ける少女の頬をふにふにし、無言の内に問い掛ける。

――お昼ご飯が美味すぎたか？　ボリュームもあって、確かに俺もちょっと眠気が……。

恋人として初めての海デートで、自分たちは確かに少しはしゃぎすぎたかも知れない。

綾人も玲愛に膝を貸しつつ壁に背中を預け、襲ってきた睡魔に身体を任せる……。

――少しだけ……少しだけだから……。


「……――っん！　ぅおっ？」

眠気に負け、玲愛に膝枕しながら午睡を貪った綾人は、快感によって目を覚ます。

壁に掛けられた時計を見ると、二階へ上がってから一時間が経とうとしていた。

いつの間にか開かれた足の間に玲愛が入りこみ、股間へと顔を埋めている。

――っちょ、え？　これ一体どういう状況？

綾人は慌てて、何してるんだと言おうとするが、自分たちが今いる場所を思い出した。

階下は海の家を商い中、大声は出せない。そこで、小さな声で、

「玲愛、何してるんだ？」

と聞くと、玲愛は寝ぼけ眼で、

「お兄ちゃんは玲愛のオマ×コをたくさん舐めて気持ちよくしてくれたけど……そう言えば玲愛からお兄ちゃんのオチン×ンを舐めたことなかったなって……」

一週間前から始めたペッティングは、手コキにパイズリ、脇コキ……肉棒には大分慣れたが、確かに奉仕レパートリーの中にフェラチオはなかった。一方で綾人は玲愛の姫割れへのくちづけや舌愛撫、指刺激やら身体全体への愛撫をしてくれて……足腰が立たなくなるまで愛撫され、あれから三度ほどおもらし絶頂してしまった。

二人の絶頂回数を比較すると、綾人が一度射精する間に玲愛が三度、四度は絶頂していて、それは男女の絶頂感の違いで仕方ないのだが、それを抜きにしても、玲愛は綾人に絶頂させられすぎな気がして、たくさん気持ちよくしてくれるのは嬉しいが、玲愛もお兄ちゃんにたくさん感じて欲しいのだ。

そして、海デートの合間に、そうだっ！　玲愛もお兄ちゃんのオチン×ンをぺろぺろちゅぷちゅぷはむはむしたげればいいんだ♪　と思いついたのだが、はしゃぎすぎて眠気が身体を襲い……今、寝ぼけ眼で眠気を孕んだ思考の中で、お兄ちゃんを気持ちよくしたいという思いが玲愛を突き動かした。それが今の惨状を形作る要因だ……。

「な、何もこんな場所で……っくぅ……玲愛ぁ……」

玲愛は肉棒を直接愛撫しているわけではない。普段穿いているトランクスとは感触の違う太腿までを覆う男性用水着の上から、可愛らしい相貌を擦りつけてきている。

海デートの最中というシチュエーション、寝惚けているところに綾人の生理現象（朝勃ち、今は昼過ぎだが）に興奮したのかも知れないと、ここは下手に抵抗するよりも、流れに任せた方がいいのか？　と、綾人は水着を押し上げる肉棒に頬擦りする玲愛に、

「玲愛……お口で気持ちよくしてくれるのか？」

「んぅ♪　ねむねむってしてたら……ツンツンって、このコが玲愛のほっぺにぶつかってきたから……気持ちよくして欲しいのかなって……」

眠たげな瞼をしょぼしょぼさせながら、綾人の問いに答える玲愛。

白く透き通った肌に、頑張って大好きなお兄ちゃんを誘惑するために着た純白の水着は映え、海の中でも砂浜でも、ずっと綾人の目を釘付けにしていた。

今は室内だが、真夏の日差しがレースカーテンの向こう側から差しこんで室内は十分明るく、股間に顔を押しつけて息を乱れさせる恍惚とした玲愛の顔も姿もすべてが晒されて、性的刺激ではなく、睡眠によって引き起こされていた生理現象が、今は玲愛によって性的興奮を催されての勃起へと意味を変えていた。

「玲愛がお口でしてくれるなら……滅茶苦茶嬉しいけど……嫌じゃないか？」

簡単にシャワーは浴びたが、新しく掻いた汗で肉棒は水着の中で蒸れていて……、

「んぅ～でも、お兄ちゃんはいつも玲愛とバスケの練習して……汗掻いたおまた……ペロペロしてくれるでしょ？　おしっこも……お、おもらししちゃったあとでも、綺麗に舐めてくれて……だから……平気だよ♪」

これはお返しのご奉仕、なぜ今までこの奉仕をレパートリーに入れなかったのかが不思議なくらいだ。朝のバスケの特訓の後、夜の就寝時やその直前の入浴などで、両手では足りない回数の絶頂を重ねたが、お兄ちゃんは一度として自分の身体が汗を掻いて汚れているからと敬遠したことはない。お兄ちゃん自身が玲愛に汗がつくからと遠ざけようとしたことはあったが、それも玲愛が甘えん坊のスタンスを行使すると、仕方ないな～と甘えさせてくれた。だから、お兄ちゃんの身体が汗で蒸れていても、お返しの奉仕を拒絶する理由にはならない。お兄ちゃんが自分にしてくれることを返すだけ、それだけの愛情を自分はお兄ちゃんからもらっているのだから……、

「いい……よね？　しても……オチン×ン舐めても……」

すっと、顔を上げてこちらを見つめる玲愛の瞳には、迷いの類や、しなければ相手をしてもらえないかも知れない……だからする……というような強迫観念などまったくなく、ただ単純にお兄ちゃんに気持ちよくなって欲しいという意思だけが感じられて、綾人はそんなエッチな妹の、まだ湿り気の残っている髪を撫で、

「ああ、玲愛にしてもらえることは……お兄ちゃんには全部幸せだからな……」

玲愛が以前に言ったことを、自分の言葉に直して口にする。するのはよくて、されるのは嫌だというのは我儘だろうし、今も玲愛に頬擦りされるだけでも脈動のリズムを早める肉棒も、玲愛の口腔内を味わいたいと主張しているようだ。

大好きな女の子の口に、自らの肉棒を押し入れて興奮するような嗜虐心を、生憎と綾人は持ち合わせていないが、ペッティングの一つとして、玲愛が自らしたいと言っての行為なら、してもらいたいと思うのもまた男心で……。

「ぬ、脱がすよ？　んっしょ……んっ、ふぁうぅっ！」

トランクスなどよりもずっと肌に密着し、生地自体に弾性のある水着は、勃起した肉棒自体の膨張を押さえていて、水着を脱がせようとする玲愛の指も自然と慎重になる。水を吸った水着はなかなかに脱がせづらいらしく、下手な脱がせ方をして、お兄ちゃんのオチン×ンを傷つけたら目も当てられないと、玲愛は慎重にも慎重を重ねたが、押さえられるように脱がされ、肉棒は露出する折、勢いよく玲愛の頬をぺちんと叩く。

「もぉ、エッチなオチン×ンなんだから♪　そんなに舐めてもらえるの嬉しかった？」

「おい……玲愛……チ×ポに意思はないから……」

「んぅ♪　面白いから話しかけてるだけ♪　あ、でもほらっ！　びくんびくんって、なんか返事してるみたいだよ？　これってお兄ちゃんが動かしてるの？」

「……ほんの少しなら自由に動かせるけど、今のは玲愛に興奮して勝手に動いたんだ……チ×ポに顔近いし……ってか、今から舐めてもらうんだけど……」

兄妹という関係が恋人という関係に発展し、肌を見せ合っているが、恋人になる以前にも裸の目撃は数えきれない。と言うか、玲愛の甘えん坊癖のために普通の兄妹の比ではなかった。それでも、じっと性器を観察されるのは恥ずかしいものがある……自分も玲愛の姫割れを穴が開くほど観察しているから玲愛のことは言えないが……。

「お兄ちゃんのオチン×ンが射精するの、気持ちよくなってくれるの、何回も見たから……玲愛、オチン×ン怖くないよ？　あるのは、大好きって気持ちだけ♪　ちゅっ♪」

なんの躊躇いもなく、玲愛は亀頭へと唇を密着させる。思春期で成長した肉棒と、穢れなく思い人への思慕を貫く純粋な唇は、触れることなど許されないように思うが、そんな認識をいとも簡単に覆してくれる……そんな思いきりのいいくちづけで……。

「っうぅ、ぁああ！　玲愛……玲愛ぁ……」

亀頭部へと降る柔らかなくちづけに、綾人はぷくっと先走りを尿道から溢れさせる。

「ちゅぷ……ぇへへ♪　オチン×ン……先っぽから気持ちいいって、ちゃんと教えてくれてるね♪　いい子いい子♪」

自分のくちづけ奉仕へと素直な反応をしてくれる肉棒を指先で撫でる。

――よかった……玲愛の唇……ちゃんとお兄ちゃんを感じさせられてる♪

肉棒が逃げないように押さえる手に肉棒の脈動が伝わる。

自分の奉仕で、ちゃんと興奮を催し、もっともっととねだるような鼓動……、

「大丈夫だよ……玲愛のお口で、舌でたくさん感じさせてあげるからね♪」

「なんて言うか……自分のだけど……チ×ポに玲愛取られたみたいだ……」

「そんなこと全然ないよぉ？　お兄ちゃんのだから、玲愛、こんなに大好きなんだもん♪」

自分の肉棒に嫉妬しても仕方がないのだが、玲愛の笑顔が向けられるのがこちらの顔ではなく、肉棒に向けてというところで引っ掛かりを覚える。

「おにぃちゃんだって……オマ×コ弄るときオマ×コに話しかけてることあるよ？　でも玲愛、寂しいとか感じたことない。お兄ちゃんが愛してくれてるって、すごく伝わってくるもん♪　玲愛の気持ち……伝わってない？」

大好きーっと念じるように目を瞑り、肉棒をぎゅっと握る。

「いや、伝わってるけど、玲愛が相手だと貪欲になるって言うか、我儘になる……」

甘えん坊になるのは玲愛の役回りなのに……一方的に性感を与えられる奉仕をされているからだろうか……。

「玲愛はいつもお兄ちゃんに甘えさせてもらってばっかりだから……玲愛がご奉仕し

てるときは……玲愛に甘えてくれていいから……たくさん感じて？」

小さくチロッと舌を出し、亀頭部から尿道口にかけての溝を掃くように這わせる。

「っく！　玲愛……それ、ヤバすぎっ……っくぁ！」

指とも、胸とも、ましてや腋や膣の感触とも違う舌の感触に、身体を跳ねさせ、背中を預けていた壁から一度背中が離れ、再び、どんっ！　と強い衝撃と共に着地、

「っちゅぷ……れちゅ……れろん……これが……お兄ちゃんのオチン×ンの味……」

「う、美味いもんじゃ……ないだろ……そんなとこ……」

舌から感じるお兄ちゃんの味、身体の中でも体臭の強い場所で、若干だが海水の味もするが、他は何度か味わった先走りの味、そして、汗などが蒸れた味、肉棒本体の味だ。お兄ちゃんの言う通り、決して美味しいモノではない……しかし、同じように姫割れを舐めてお兄ちゃんは美味しいと言ってくれた。興奮する味だと……感じてくれた証の味だからと……なら、自分もお兄ちゃんにする返事は決まっている。

「ううん……美味しぃ♪　お兄ちゃんのオチン×ンだもん……玲愛にとっては……世界で一番美味しく感じちゃうモノだよ♪」

思考を口に出した瞬間に、肉棒の味が、本当に美味しく感じられて……刺激すれば溢れてくる先走りをもっと舐め取りたくて、玲愛は無心に舌を肉棒へと絡ませていた。

「れろんれちゅ……ペロっん、んっく、オチン×ン美味しすぎだよ♪　この味なら、

毎朝、毎晩……ううん、お兄ちゃんの部活の後のオチン×ンもペロペロしたいかも……」

「そ、それ毎回精液搾り取られてたら……俺凋れるかも……」

「じゃあ、舐めるだけで、精液は射精してくんなくてもいいよ？」

「それこそ土台無理だって……玲愛の、っく、舌っ、気持ちよすぎだから……」

肉棒の亀頭部、先走りを溢れさせる尿道口に重点を置いての玲愛の舌奉仕、一週間のペッティングで綾人の性感を摑みつつある妹は、どこをどう弄れば感じてくれるかをちゃんと学習している。そんな積み重ねを綾人にお披露目するような、どう？ちゃんと、気持ちぃ？ 恍惚とした上目遣いでじっと見上げられ、心拍数が跳ね上がる。

「れちゅ……ぺろ……我慢……なんてしないでいいからね？ 玲愛、お口に射精してもらうつもりでごほーししてるから……今から、舐めるだけじゃなく……パクって咥えるから……玲愛のお口……いっぱい感じてね？」

「お、おいっ！ 無理しなくていいぞっ？ 玲愛の顎が、喉が痛くなったらっ——」

「えへへ……大丈夫……奥までは、多分無理……お兄ちゃんの大きいから……でも、先だけでもって……頑張るから……歯……たてちゃったら……ごめんなさい……」

何分初めての口奉仕、くちづけするように唇を肉棒へと密着させると、

「ん、あむ……はむ……」

唇を密着させたままの形で亀頭部から雁首までをゆっくりと口腔内へと収める。

大好きなお兄ちゃんに決して痛い思いはさせたくないから、綺麗に生え揃った歯が万が一にも肉棒に当たらないよう気を遣っているのが見て取れて、少女の口腔内の熱さと、優しさとを一緒に感じ、危うく暴発させてしまうところだった。

——ああ、まただ……玲愛につらいこと……苦しいことさせてるのに……なんで、なんでもっと感じたいって、味わいたいって思うんだっ！

男の性《さが》とでも言うのか……射精は目前まで迫っているというのに、そのトリガーを引きたくないと、必死に快感の享受を拒もうとする。我慢すれば、我慢するだけ、心地よく激しい射精を迎えることができると、数少ない自慰経験と、それよりももっと刺激的な玲愛との情事で綾人は学んでしまったのだ。

長年玲愛の甘えん坊を一人受け止め続けたことでわかるように、綾人は玲愛に大甘で、優しすぎるきらいがある。男性として当然の、より心地いい射精を求めることにすら、玲愛を苦しめているのではと、躊躇を覚えてしまうほどに優しい。それに対して、綾人にされるなら、どんなことでも受け入れる覚悟の玲愛は、より長く、より強く自分を求めてもらえて嬉しいと感じる女の子。限りなく相性はいい。綾人が罪悪感を募らせていることを除けば……。

——しゅごいよぉ……オチン×ンの味が……お口にいっぱい広がってりゅ！　お兄

ちゃんのオチン×ンにお口をいっぱい広げさせられて……オマ×コ濡らしちゃってりゅ……。

本来なら、水に入るためにある水着……濡れることに対する違和感はそれほど感じないように作られているはずなのに……そんなデザイン構造を無視するように、肉棒を口に含む玲愛の姫割れからは愛液が緩やかに溢れ出て、お兄ちゃんに解される感触を水着特有の締めつけ感に模倣させるように、自ら腰を揺らして姫割れをきゅっとする感触を楽しむような痴態を演じてしまっている。

――か、感じしゃせなきゃいけないのにっ！　玲愛は……お兄ちゃんを感じさせることを最優先にしなきゃいけないのにっ！

あむあむと肉棒を口の中の肉で、唇で、舌で刺激し、肉棒の味が口の中に広がる度に、身体全体の感度が上がっているようなのだ。

――い、弄りたいよぉ……お胸も、オマ×コもっ、ど、どうしたらいいの？　お兄ちゃん……早く射精させたら……玲愛のことも気持ちよくしてくれるかな？　してくれるよね？　と言うか、玲愛が甘えたらいいんだよね？

直接的すぎる男性器の味に、玲愛は正常な思考が難しくなってきて、

「玲愛……もしかして、自分の身体……弄りたい？」

もどかしげに身体を揺らす妹が、自身も性感を得たいのだと綾人は察し、

「俺の方、もうちょっとゆっくりでもいいから……ってか、玲愛が自分で自分の身体触ってるとこ……自慰……してるとこ、見たいって言うか……」

触りたかったら触ってもいいぞ？　と、免罪符を与えると、肉棒から口を離し、

「玲愛も……気持ちよくなっていいの？　オマ×コ自分で触って……いいの？」

性感を求め、もどかしさばかりが募り、目元に熱い涙を溜めた瞳でじっと見つめてきて、おお♪　玲愛の思うようにしてみろと、頭を撫でてやると、玲愛は肉棒を固定していた両手のうち、右手を離して自らの下半身へと這わせた。

水着の上からでも姫割れから溢れ出した愛液の感触を感じ、お兄ちゃんにご奉仕して、自分の身体はこんなに興奮してしまうのだと認識。水着の上から、一枚分の布の厚みの上から姫割れを揉みこむように愛撫する。お兄ちゃんに何度もしてもらったやり方の模倣、拙いながらも性感を貪る。勿論、お兄ちゃんへの奉仕も忘れていない。

一度離した唇を再び亀頭へと密着させ、滑りこませるように肉棒を口腔内へ収める。

「んっちゅ、ん、あ、あむっん、はむっ、んっく、んく……」

先ほどと同じく、亀頭部から雁首の窪みまでしか口の中には収められないが、それでも必死にお兄ちゃんに感じてもらいたいと、玲愛は頑張る。口内の唾液を尿道口から溢れる先走りと混ぜ合わせ、こくんと喉奥へと飲みこむ、お兄ちゃんの先走りの混ざった唾液の存在感は凄まじく、喉、食道、胸元と、流れていくのを実感できるほど

だ。

それは、これまでに射精してもらった精液を口から呑みこんだ時の感覚に近い。

お兄ちゃんだったモノが、自分の中で溶ける、吸収される、お兄ちゃんが自分の一部になってくれる。そんな思いが、玲愛を激しく歓喜させ、同時に性感を高めさせる。

「玲愛っ、ゆっくりでいいって言ってるのにっ！　っくぅあぁああ！」

肉棒に集中させず、自慰紛いなことをさせれば意識も拡散し、射精までの時間稼ぎができるかもと思ったのだが、姫割れを弄りながらでも、玲愛のフェラチオ奉仕はゆっくりになることはなかった。否、むしろ、激しさを増していた。

「っふちゅん……れちゅ……あっむ……」

――おにぃちゃ……いっぱい、感じて？　玲愛のお口で、いっぱい気持ちよくなって？

口腔内へと頬張った肉棒に舌を這わせ、雁首の溝、亀頭、尿道口と舌のざらざらで溶けないアイスを溶かそうとするような、そんな奉仕……初めてのフェラチオ奉仕で、玲愛に技巧などあるはずはない……しかし、なぜ玲愛がここまで巧みに綾人を感じさせられているのか、それは、玲愛は自分がお兄ちゃんにしてもらったことを模倣しているから、いつも、おもらしをしてしまうほど強く感じさせられるお兄ちゃんの舌愛撫、唇愛撫を、必死に模倣し、どうすればお兄ちゃんをもっと感じさせられるか、お兄ちゃんの顔を見て、肉棒のわずかな痙攣も見逃さないよう神経を研ぎ澄ませているから……大好きなお兄ちゃんに、たくさん感じて欲しい……自分が自分を気持ちよくしている痴態も見て、興奮して欲しいと、お兄ちゃんの前で自らの姫割れを弄る。

「っく、ぁ、玲愛、玲愛ぁっ！」

玲愛が自らを弄っている場所は、フェラチオをしている体勢だと、綾人からは見えない。それでも、玲愛が気持ちよさげに性感を積み上げる表情に、背中から見える水着の皺に、張りに、玲愛の手がどのように姫割れを弄っているのか、想像に難くない。

玲愛ほどの綺麗で可愛い女の子が、水着姿で自分の肉棒を頬張り、さも美味しげに咀嚼を繰り返しながら、姫割れを自らの指で弄っている。綾人はお兄ちゃんとして妹を思いやるのとは裏腹に、何とか奉仕を長引かせ、より長く性感を味わっていたかったが、大好きな妹の奉仕姿に感化され、我慢やら駆け引きなど何も考えられなくなり、

「うぅっ、もぉ、無理、だ……玲愛……っく、口に……」

たとえ、妹相手でも、否、大好きな妹相手だからこそ、お兄ちゃんという立場が邪魔をして、口の中に直接射精したい……その言葉が言えない……しかし、今素直になれない綾人の性格を一番理解しているのも、十五年間妹として傍にいた玲愛で……肉棒を咥え、愛情たっぷりのフェラチオを続けながら、恍惚に蕩けた瞳でこちらを見上げ、いいよ……玲愛のお口に……遠慮なんてしなくていいから、お兄ちゃんの思うタ

イミングで射精して？　言葉に出さなくても、視線から玲愛の声を聴いたような気がした。

「玲愛……出すからな……玲愛の口の中……一滴も残さず……全部、飲んで──」

飲んでくれ……最後まで言えないうちに綾人は玲愛の口腔内へと肉棒を挿入した状態で、玲愛の頭をぎゅっと抱き締め、妹恋人の喉奥へと勢いよく白濁を吐き出した。

「んんっ！　ん、んっく、ぁんむっ！　こくんっ！」

どぴゅどぴゅどぴゅどりゅんどりゅんと、脈動に合わせて吐き出される白濁を、綾人の希望を叶えるため、口を窄め、咽せて吐き出してしまいそうになるのを必死に我慢し、大好きな人が絶頂した証を受け止めていく。先走りを溶かした唾液を飲みこみ、その存在感に身体を熱く火照らせていたが、今まで精液は一度空気に触れたモノを口へと運んでいたが、ゼロ距離での口内射精によって尿道口から直接口の中に広がる煮え滾った精液の味に、気持ちではどうしようもない身体の反射を抑えるのに必死で、涙が溢れてくるが、その息苦しさが愛おしくて、ふっ……と身体がびくんびくんと痙攣……口の中に直接精液を射精され、絶頂に至らされたのだ。

十数秒が一分にも二分にも感じる……兄妹はそんな圧縮された時間を味わい……。

「くはぁ！　玲愛……玲愛っ！　大丈夫か？　苦しくないか？」

一瞬、意識を失ったのではと思わせる力の脱力があり、自分の我儘で玲愛に苦しい

思いをさせてしまった……自分はお兄ちゃんなのに……年上の恋人なのに……なんて後悔が胸に突き刺さるが……玲愛は心配する綾人の声に返事をせず、

「っちゅぷ……れちゅ……ん、じゅぱ……じゅぷ……れちゅ……ちゅぱっ」

射精して敏感さを増し、若さゆえに硬く血流を集中させたままの肉棒へと、さらに口で刺激を与え、尿道に残った分の精液も貪欲に搾り取る。

玲愛は綾人の言葉を無視したのではなく、先の綾人の希望を叶えている最中なのだ。

『玲愛……出すからな……玲愛の口の中……一滴も残さず……全部、飲んでくれ』

という希望を……そして、ちゅぱちゅぱと一滴残らず今の射精によって吐き出された精液を喉奥へと飲みこみ、顔を上げ、

「はぁ、はぁ……おにぃちゃ……れぁ……がんば……た？　おにぃちゃんのこと、ちゃんと……きもちよく……できた？」

まるで幼子が甘酒を初めて飲んだような、仮にもお酒と名のつく甘酒を恐る恐る味わい、その緊張が仄かな甘みに解されたような蕩けた顔を綾人に見せて……。

慣れないフェラチオ奉仕から粘度の高い精液を飲み干し、絶頂に身体を震わせての体力の消費は激しかったようで、元々は疲れて眠気を覚え、休ませてもらうためにここに上げてもらったのだが、時計を見ると、一時間はお昼寝できていたようだが、それでも蓄積した疲れを癒すには足りなかったようで……しかし、それでもなお、自分

はちゃんと奉仕できていたか、気持ちよくできていたかを息も絶え絶えの状態で尋ねてくる。こんなに頑張った少女に掛ける言葉など、考えるまでもなく決まっている。

「おおっ！　すげぇ頑張った……すげぇ気持ちよかった！　玲愛の口も、舌も、唇も、全部、全部っ！　気持ちよすぎておかしくなりそうだった！」

綾人は玲愛への思いをぶつけるように奉仕への感謝を口にし、ぎゅっと力いっぱいに抱き締める。玲愛も、綾人の力強い抱擁に応えるように、お兄ちゃんの背中に手を這わせ、ぎゅっと抱き締め返す。そして、

「あのね、お兄ちゃんがよかったらなんだけど、したいなって二回目のセックス……」

まだ息も乱れ、鼓動も乱れ、その心音が抱擁する綾人に伝わるほどで、そんな妹を相手に……と、綾人は躊躇いを感じるのだが……、

「無理じゃないよ？　こういうのって、やっぱりしたいって思った時の気持ち大事にしないとダメだと思って……」

それは綾人も同じ気持ちだ。だからこそ、初体験後、ペッティングで互いの身体を絶頂させても、セックスにまでは至らなかった。

初体験の破瓜の痛みが、どうしても二度目の行為への気持ちを鈍らせていた……。

だから綾人は玲愛が次にセックスしたいと言い出すまではと、自分から行為を求め

なかった。しかし、玲愛から求められるにしても、今この状況はいかがなものか……。

海の家の二階……それも、いつ自分たちのチームメイトのいずれかが様子を見に来てもおかしくない状況。年上の恋人としてお兄ちゃんとして、性欲が暴走しそうな状況において、リードすることも、はたまた諌めるのも大事なことではないだろうか?

「お兄ちゃんの精液飲んで……おなかの中で、すごく熱くて……ごほーししてる間、ぐちゅぐちゅになったオマ×コにもね……お兄ちゃんの欲しくなっちゃった……」

玲愛が抱擁する上半身を少しだけ離し、水着の上から姫割れの陰影をなぞり、水着から滲み出た愛液の粘り気を綾人に見せる。この妹は……お兄ちゃんを誘惑してきているのだ。精いっぱいに勇気を出して、自分が無茶を言っていることも理解して……。

甘えん坊の玲愛は、可愛らしいおねだり……例えば抱擁やキス、この一週間は新たにペッティングをしたいと求めてきてはいたが、セックスを仄めかすのは初めてのこと、疲れや眠気、性的興奮で収拾がつかなくなっているのかも知れない。

「えっと、その……だな……玲愛がしたいなら、お兄ちゃんも応えたいけど……」

純粋に性的快感を求めてくる濡れた瞳に、玲愛の少し大人な表情を垣間見て、一度目の射精を経てもなお硬いままの肉棒の硬度がさらに上がる。

「お兄ちゃんが……したくないんだったら仕方ないけど……でも、玲愛のことを思ってっていうのが理由でエッチしてくれないんだったら……して欲しい……」

こちらの心を見透かしたように、というか、玲愛の世界が綾人を中心に回っているのと同じく、綾人の行動基盤もまた、すべて玲愛を中心としていると言って過言ではないので、互いに相手の気持ちになれば、兄妹の間に隠し事などできないに等しい。

セックスアピール（性的魅力）とはよく言ったものだ。二回目のセックスがしたいと、玲愛の存在すべてが自分へと語りかけてくるようだ。迸る玲愛の色香に、綾人は忍耐の限界を迎え、口腔内へ直接精液を受け入れてくれた少女の唇へとくちづけた。

「んんぅっ！　ん……れちゅ……んちゅ、はふ……あむぅ……」

唇を重ねるだけではなく、小さな唇を割り開き、舌を挿入する大人のキス……口の中に広がる自身の肉棒と精液の残り香は、決して美味しいモノではない……にも拘らず、この妹はさも美味しそうに受け止め、舌で味わい、飲みこんでくれた。

綾人のくちづけを受け入れ、自らも息を乱しながら小さく可愛らしい舌をこちらの舌に密着させ、肉棒へと這わせたときのようにこちらの舌を愛してくれる。

愛しさ以外の感情が胸から消えて、この少女を、この妹を、この恋人を抱きたい。

強く、優しく、激しく……抱き締めたい……抱擁という意味でなく、玲愛の姫割れへと、愛しい少女のフェラチオ奉仕によって最高の性感を味わっての射精をしたばかりだというのに、硬くそそり勃ったままの肉棒を這わせ、小さく狭く……自分を愛してくれる膣内へと挿入し、奥の奥、子宮口へと肉棒を突き立て、抉り、削り、穿ち、穿り……性感に蕩けた嬌声を囀《さえず》らせたい。

「はぁ、はぁ……ふぅ……玲愛……どんな体位、っと、体勢でしたい？」

体位という言い方では、玲愛がわかるだろうかと、言い方を変えて聞き直す。

「どんな格好でするか……玲愛が決めていいの？」

綾人のその問い掛けが、二度目のセックスをしたいと言った自分の言い分を聞いてくれた故の問い掛けだと察し、玲愛は疲れた顔に満面の笑みを浮かべる。

「えっとね、えっとね♪……んー……初体験の時は正面からぎゅ～って、抱っこしてくれながらのセックスだったから……今日は～……う～んとね～……」

セックスしたいと言い出したくせに、どんな体位でしたいかなど、これほど悩むところを見ると、まったく考えていなかったらしく、う～っと考える姿は非常に可愛らしい。

「最後のセックスじゃないんだぞ？　これからも、いっぱいしたいって思ってるから……」

あまりに思い悩む玲愛にこれきりというわけではないのだからと囁く。

「じゃ、じゃぁ……今日は後ろから……して欲しい……かな……」

抱擁を解き、玲愛がこんな感じで……と畳に手をつき、お尻をこちらに向ける。

雌豹のポーズを後ろから見ると、こんなにエッチなのかと、綾人の方が顔を赤くする。さらに玲愛は自分からお尻を左右に小さく揺らし、じっとこちらを見つめてくるのだから、その破壊力は凄まじい……。

「水着……下ろすぞ？　っと、その前に……一応な？」

玲愛のすぐ下にバスタオルを敷く。畳の上におもらしをしてしまったらと考え、一枚のバスタオルでも少しはマシになるかと考えたのだ。寝ていた時は綾人の膝枕に座布団を布団代わりに寝ていたが、おもらしをする可能性がある中で、借り物の座布団を下敷きにするのは申し訳ない。それを理解し、バスタオルを敷くのに協力する玲愛。

「あ……お、お胸は？　水着……脱がさないの？」

「前と同じ理由、ってのは半分で、せっかく水着なんだ、水着でしないと勿体ないだろ？」

二回目のセックスだが、全裸の玲愛を相手にすると暴走しかねないのと、水着でのエッチ感を大事にしたいのと半分半分で、

「更衣室から水着に着替えて出てきた時……やっぱ周りの男が玲愛のこと見てた。気にするなって言ったの俺だけどさ、このエロ可愛い水着着た女の子は、俺の彼女なんだって……自己満足だけど、水着着たままの玲愛としたい……」

玲愛を自分の恋人だと主張したい……そんな独占欲を満たそうとしなくても、すでに独占欲の器は表面張力を働かせるほどいっぱいいっぱいに満たされていて、玲愛が

自分はお兄ちゃんのものだと公言しているのに、さらに器から溢れさせるほどの独占欲を注ぎたいなんて……これはある意味、綾人の我儘なのだが、

「うん♪　周りの男の子がどんなに玲愛のこと見てても、玲愛の心も身体も……全部お兄ちゃんのだって、水着姿の玲愛、お兄ちゃんの記憶に刻みつけて？」

玲愛は求められることが嬉しくて、お兄ちゃんの独占欲を受け入れる。こういう甘え甘えられの一つ一つが、愛情確認なのだと、兄妹はそれぞれに理解している。

純白の生地に桜の花弁を数枚散らした柄のボトムに指を掛け、水着特有の硬さを指に感じながら、そっと膝下へと下ろしていくと、水着の生地につーっと愛液が伸びる。

海から上がってシャワーを浴びてから時間が経ち、自然乾燥しつつあった水着のクロッチ部分の濡れ様は、玲愛の興奮の度合いを教えてくれていて、

「玲愛……自分で弄る前からチ×ポ舐めて濡らしてたんだよな？　水着に愛液が染みてるのって……滅茶苦茶エッチく見える……」

「うぅ、だってお兄ちゃんのオチン×ン……すっごくエッチな味で、弄る前からぐちょぐちょになっちゃってて、仕方ないよ……大好きな人のオチン×ン舐めるんだよ？　お兄ちゃんだって、玲愛の舐めてくれた後オチン×ンから先走り溢れてるでしょ？」

決して自分だけがエッチなのではないと言いたいらしいが、逆に綾人を興奮させる言葉の連発に、綾人は雌豹のポーズの玲愛のおなかに手を回し、ぎゅっと抱き締める。

「おお……俺も玲愛を弄って先走り溢れさせてるよな♪　俺が言いたかったのはさ、俺のチ×ポ舐めて、玲愛がオマ×コ濡らしてるのが、すごく嬉しかったってこと♪」

下ろす途中だった水着をすべて下ろし、片足に引っ掛ける形で残す。綾人の趣味と言うか嗜好と言うか……水着でするのだから水着は残さないと？　という拘りだ。

そして水着から視線を姫割れに移し、姫割れ自身の濡れ方を見る。

濡れることが当たり前の水着にエッチな滲みを作った愛液が溢れてきた場所は、水着に愛液を吸収させてもなお、淫らに濡れ光り、染み一つなく、白く澄みきった玲愛の股間は、水着のぴちっとした密着を受けて若干赤くなって、綾人の視線を感じたのか、ぴくんぴくんと小さく震え、薄桜色に色付く姫割れから愛液を内腿へと伝わせる。

「お兄ちゃんのオチン×ン、挿入れるために……エッチなお汁、溢れちゃってるから……」

綾人のフォローに、別段自分はからかわれていたわけではないとわかり、ほんの少しだけお尻を後ろに引き、硬くそそり勃った肉棒に臀部を押し当て、

「お兄ちゃんのオチン×ン……早く玲愛に感じさせてください……」

甘えた声と、体位の特性上、首だけ回してじっと見つめてくる濡れた瞳に触発され、綾人は玲愛の臀部の甘い刺激を惜しみつつ、さらに甘い刺激をくれる姫割れへと肉棒を這わせ、ぐいっと姫割れをお尻ごと広げ、膣口の位置を確認し、照準を合わせる。

「ぁっ……当たってる……オマ×コの入口に熱くて硬いの……当たってる……」

一度目の痛みの記憶が一瞬過り、身体を緊張させる。綾人も同じく、初体験のときの玲愛の痛がりようを思い出し、膣口に肉棒を当てたまま数秒間動けずにいたが、

「すぅ～はぁ～……ん、いいよ……おにいちゃん……オチン×ン、ちょうだい……」

玲愛の言葉に、肉棒を密着させた膣口の内側へと押し進める。

「ん、んぁ、んっく……ふわぁ……あ、あぁっ……」

ゆっくりと、初体験の時と同じ慎重さで肉棒を膣内へと埋めていく。

初体験の時と違い、肉棒を拒み、純潔を守ろうとする処女膜はないが、それでも少女の膣内は狭い。ペッティングを覚えてからの一週間、膣口の周りを舌で愛撫し、肉棒で挿し貫いた膣内へも舌を這わせ、舌に強い膣圧を感じて、その膣圧が肉棒へと加えられ、綾人は肉棒を挿入しながら玲愛の名器ぶりを肉棒に再認識させられていた。

成熟には至らないが、半熟はした身体の中では一番幼さを残す膣……その狭さと肉棒に加えられる膣圧は、二度目のセックスでも綾人を慣れさせることは決してない。

「っはぁ……っく……ふぅ……玲愛……一番奥まで挿入ったぞ？」

前回は膣襞、膣圧の心地よさに挿入だけで射精してしまったことを考えると、毎日のように交わしたペッティングで、少しは射精までの我慢ができているのかと考える。

「んぅ、えへへ♪　奥まで挿入ってるの、感じてるよ？　初めての時みたいに……

気持ちよすぎて挿入だけで射精してくれるかなって、期待しちゃってたんだけどな……」

「ははっ、そりゃぁ……初体験の時は挿入れる前に射精してなかったからな……でも、そう何回も挿入れただけで射精はしないって……早漏すぎはダメだろ……」

本当のところは、結構危なかったのだが……。

貫く側の綾人も、貫かれる側の玲愛も考えていることは一緒だったようだ。

こんな体勢だが、二人とも二回目の結合に、クスッと小さく微笑みを浮かべる。

「それで、玲愛……痛くないか？」

「うん♪　初めての時と一緒で、お兄ちゃんのオチン×ンが奥まで挿入って、すごく広げられてる感じ……んっ、するけど……痛いとかじゃないよ？　大丈夫みたい♪」

そうか……綾人は目の前の心配が解消され、胸を撫で下ろし、肉棒をぎゅ～っと締めつける膣圧に、前回の二の舞にならないよう肉棒に力をこめる。

――っく、せっかく射精せずに挿入できたんだ……抜き挿ししないうちに射精できるかっ！

正常位と後背位……体位が違うせいか、挿入している肉棒を締めつけてくる感覚が違うように感じるが、まだたった二回しか味わっていない膣内の感触など、判別できるだろうか……しかし、綾人は確かに前回の膣内の感触とは違うと感じたのだ。

「はうぅ……今日は、後ろからだからかな？　こないだと、お兄ちゃんのオチン×ンの挿入ってる感じ……違う感じする……」

玲愛も自分と同じような感想を覚えているということは、自分の感じていることもあながち間違いではないのだろう。

「玲愛もか……俺も、こないだとなんとなく違うって……思ってた……」

「しゃ、射精もしてくれなかったし……玲愛のオマ×コ……気持ちよく……ない？」

こちらを見つめるアクアマリンの瞳が潤み、口元に不安が宿る。そんな顔を見せられると、こちらも挿入するにあたって玲愛の腹部へと回していた手に力が入り、

「ち、ちがっ、いや、真逆だからっ！　気持ちよくないんじゃなくて、気持ちよすぎるくらいだけど、その気持ちよさの感じが、初めての時と違うってことでっ……玲愛のオマ×コ、最高に気持ちいいからっ！」

咄嗟に玲愛を安心させるために口走った言葉は本心からの言葉、玲愛にそんな顔をさせたくなくて、一刻も早く玲愛をいつもの笑顔に……こんな状況で笑顔はアレか……とにかく、快感に蕩ける表情でもなんでも、悲しい顔だけはさせたくないのだ。

「そっか♪　ちゃんと玲愛のオマ×コ、オチン×ン気持ちよくできてるんだ♪」

つーっと、勘違いの悲しみで作られた涙が、綾人の言葉に嬉しくなり、自然と零れた笑みの上に伝い、バスタオルへと落ちて砕ける。

「玲愛もね……おにぃちゃんのオチン×ン……気持ちぃよ？　痛いのないだけで……ふにゅ……こんなに気持ちぃんだ……よかった……お兄ちゃんのオチン×ン、ちゃんと気持ちいいって感じられて♪」

勘違いを払拭し、声に弾みが戻り、

「お口でご奉仕してる時に自分で弄ったけど、そんなのとは比べものにならないくらい気持ちぃ♪　きっと、大好きな人の、お兄ちゃんのオチン×ンだからだね♪」

嬉しげに自らを貫くお兄ちゃんへの愛情を言葉にして伝えてくれる。

「それだけ感じてくれてるなら、今回はキスしながらじゃなくても絶頂できそうだな」

前回は破瓜の痛みを紛らわせるために何度もキスを重ねたが、今回は痛みがない状態で、膣内を肉棒に穿たれてここまで感じてくれているなら、別段、くちづけ等の他の刺激がなくても大丈夫、抽送だけで十分絶頂できるだろうと思っての言葉だったが、

「……………え？」

「いや、この体位だとキスできないよなって、でも玲愛十分感じてくれてるし、このまま抜き挿ししてたら絶頂できるよなって……」

目をパチクリさせて綾人の言葉を何度も反芻し、言葉の意味を理解しようとする。

「そ、そうだよっ！　この体位？　だと、お兄ちゃんとキスできないっ！」

後背位、それも立位や座位ではなく、雌豹のようなポーズの玲愛を後ろから綾人が抱けばくちづけは無理だ。

――まさか……今気付いたのか……？

自分からその体位を望んだくせに、今気付いたらしい。初めての時は、膣の愉悦を破瓜の痛みが邪魔していたため、くちづけで痛みへの意識を逸らすことで玲愛を絶頂させることができた。二度目のセックスも、玲愛は初体験と同じくくちづけながらしたいな～という思いがあったのだが、前回は正面からだったので今日は後ろからと、短絡的な理由でキスができない体位を選択してしまったらしい。

「えっと、今からでも……キスできる体位に変えるか？」

玲愛は甘えるときに抱擁を多く求めるが、一番好きなのはくちづけで、やはり愛情を相手に伝える手段であるセックスでも、くちづけを大事にしたいはずである。

玲愛は先ほどの数瞬よりは長いが、それでもわずかな逡巡の後、

「このままで、いい。玲愛、お兄ちゃんのオチン×ンだけで絶頂したい。あと、お兄ちゃんも、気持ちよくなって欲しい。だから動いて？　玲愛のオマ×コ、いっぱい感じて？」

自分からお尻を押しつけようと小さく腰を揺らす。アスリートらしくきゅっと引き締まり、心地よい硬さと柔らかさを同居させた臀部の美しいラインが、綾人の下腹部

へとぺちぺちふにゅふにゅと押しつけられ、同時に、肉棒を締めつける膣圧も変化し、

「玲愛……動いたら、ほんと……すぐに射精するかもだぞ？　挿入れるときはなんとか耐えたけど、玲愛のオマ×コ……気持ちよすぎだから……」

小さい作りながら、綾人の肉棒をすべて収めた膣内は、心臓の鼓動のように玲愛自身でもコントロールできないわずかな微動を肉棒全体へと与え、それによって起きる小さな膣圧の変化に、肉棒はゆっくりと咀嚼されるように愛撫されているのだ。

「すぐ射精しちゃっても……玲愛は嬉しぃ……それだけ気持ちよくなってくれたってことだから♪　でも、できたら……絶頂するときは、一緒にイキたい……」

初体験の二度目の射精の時のように、心も身体も蕩け合い、一緒に迎える絶頂は、この一週間味わったペッティングによる絶頂とは一線を画す快感だった。

もう一度、あの幸せたっぷりな絶頂を迎えたい……。

――前半のフォローは建前で……絶対一緒にイキたいんだろうな……まぁ、俺もだけど……それには俺が頑張らなきゃだな……。

雌豹のポーズのままでセックスを続行、この体位だと、玲愛は受け身だろう。

玲愛を絶頂させるほどに性感を昂ぶらせ、同時に自らの射精欲求もコントロールしなければならない。一度フェラチオ奉仕で絶頂させられ、セックスするかしないか、はたまたどんな体位でするかを決める間に、肉棒が敏感になりすぎて誤射するタイミ

ングは脱したが、玲愛のこの名器であろう幼膣を前に、射精欲求をコントロールできるか、非常に難しいところだが、綾人は玲愛が肉棒の抜き挿しを求めてほんのわずかに揺らす美乳ならぬ美尻の誘惑に、考えるよりもまずは自分だけ絶頂してでも、玲愛を絶頂に導きたいと思った。なぜなら、自分たちはまだ恋人初心者、性行為初心者……まだ二度目の結合、テクニックも何もない……玲愛が甘える立場、受け身の立場でいるならば、自分が玲愛の性感を把握し、玲愛の言う同時絶頂へ至れるよう、努力するしかないではないか……綾人は玲愛が必死にお尻をくっつけてこようとするアピールを名残惜しく思いながらも、抽送するならばと、両手の位置を腹部から括れた腰元へと移動させ、肉棒を抜くための力を加える。

「ん、ぁっ！　抜け、てく……おにぃちゃんが……オチン×ンが、抜けてっちゃうう！」

子宮口を押し上げるほどに深く挿入されていた肉棒は、膣内から引き抜く段でも膣襞にさながら出ていかないでと引き止められるように擦られ、潤沢な愛液の滑らかさをもってやっと亀頭部だけを膣口に埋めた状態のところまで抜くことができる。

挿入する時には、異物を拒絶する身体の働きによってわずかでも抵抗を試み、それが肉棒にとっては絶妙な、否、強すぎるほどの摩擦を生み、同時に快楽をも生み出す。

「っくっふ……うぅ……ほんと、これ……相性がいいってレベルなのか……？　玲愛のオマ×コ……気持ちよすぎるから……」

拒みつつも奥へと導かれ、引き止められながらも抜き去る一連の動作が肉棒に与える快楽は、手コキ奉仕に胸奉仕、そしてフェラチオ奉仕と、玲愛に与えられた快楽のどれよりも上をいっているだろう。喩えようがないが、これが玲愛の膣内から生み出される快楽なのだ。無論、快楽を得ているのは綾人だけではない。

同じように、もしくはそれ以上に膣襞を擦られ、子宮を抉られる玲愛は愉悦を感じている。互いの表情一つ一つを読み、弱火でじっくりと性感を高めるペッティングと違って、本番行為二回目で不慣れな兄妹には、強火で一瞬のうちに性感を高めてしまうセックスの抽送運動というのは、快感が大きすぎてペースが摑めないのだ。

「玲愛ずっと、お兄ちゃんを大好きって、思い続けてきたからっ！　玲愛のオマ×コもお兄ちゃんが気持ちよくなるように、お兄ちゃんの形に広がって、お兄ちゃんが一番感じてくれる形になっちゃったんだよぉ！　んっぁあああ！　挿入ってきたぁ！」

玲愛の嬉しすぎる言葉に、綾人はやっとの思いで抜いた肉棒を再び膣襞蠢く幼膣へと挿入……雌豹のポーズが一瞬崩れそうになるが、びくんびくんと痙攣しながらもお尻は肉棒が膣内から抜けてしまわないよう高い位置を保つ、

「あぁもぉ！　玲愛は本当にお兄ちゃんの琴線を掻き鳴らす言い方するっ！　すげぇ嬉しくて、堪らなくて……玲愛のこともっと感じたくておかしくなるっ！」

綾人は玲愛が抽送運動に痛みを感じていないことを本人から聞き、さらには肉棒を挿入した時の玲愛の様子から、恋人の言葉が真実だと理解し、十分にゆっくりだが、初体験の時から考えると激しい抽送を開始した。初体験のときは一往復に大袈裟だが一分掛けるような抽送、今は往復で十五秒ほどで挿入しては抜いてを繰り返す。

「ぉにぃちゃっ、すごいよぉっ！　すごく早く、オチン×ンがオマ×コ……出たり挿入ったりしてきてりゅよぉ！　ふぁ、ふあぁああ！」

早いと言っても、それはセックスに慣れない兄妹の間でだけのこと、一度の抽送運動に十秒以上掛けているようでは、抽送運動による愛液やら先走りやらの掻き回されるときの蜜音を響かせての聴覚からの刺激もないが、それを補って余りある視覚からの刺激やら、処理しきれないような快感に溺れている兄妹には、結合部の抽送を激しくすれば淫らな蜜音が響くなんてことを意識できる余裕がないのだ。

音と言えば、開いた窓の外からは潮風と潮騒、海水浴に来た客の喧騒が聞こえてきて、ここは海の家の二階だが、一階との間が分厚いのか、階下からの声は聞こえてこない。窓の外からの喧騒を考えると、窓から玲愛の喘ぎ声は聞こえないだろう。

しかし、だからと言って、今兄妹がいる二階からの秘め事の音が、一階で聞こえないとは限らない。玲愛には嬌声を抑えるような余裕はなくて、いや、それでもかなり抑えようと頑張っているのだろう。玲愛とて今の環境を忘れているわけではない。

――んぅっ！　声、声がぁっ、我慢できないよぉっ！　お口の端から漏れちゃうよぉ！

下半身から全身に伝わる快楽に漏れ出る嬌声、その甘い喘ぎ声を自らの耳で聞き、自分はこんなにエッチな声をお兄ちゃんに引き出されているのだと思うと、雌豹のポーズが崩れそうなほど、身体の力が抜けるが、お兄ちゃんがちゃんと腰元を固定し、抽送を続けてくれる。

「はぁああぁ！　はふぅ！　おくぅ、オマ×コの奥がオチン×ンの先っぽでぐりぐりってされて、オマ×コの中からのお汁、いっぱい押しだしゃれてりゅよぉ～！」

抜くタイミングも挿入するタイミングも、綾人は一定のリズムでの抽送を心掛けてはいる。だが、玲愛を絶頂まで導くまでは射精しないよう、絶頂をコントロールしていると、どうしてもゆっくりになったり、もっと玲愛を感じさせたくて早くなってしまったりと、五回に一度の挿入はタイミングがずれて、後背位という体位の特性上、首だけを動かして後ろで腰を動かす綾人を確認する余裕すらない玲愛は、受け身に感じさせられるしかない。そんな玲愛に、綾人はちゃんと声を掛ける。一方的な行為でないと証明するため、互いに顔を確認できないならと、熱烈に玲愛への愛情をぶつける。

「さっき、玲愛が自分のオマ×コは、俺に合わせてるんだって言ったけど、俺だって玲愛を一番感じさせられるチ×ポの形に成長してるっ！　だって、だって玲愛はこんなに感じてくれてて、俺だって、我慢できないくらい感じてるんだからっ！」

「んぅ♪　玲愛のオマ×コも、ぉにぃちゃんのオチン×ンも……きっとそうだよぉ！　兄妹で、いっぱい感じ合わせるために、エッチく成長しちゃったんだよぉ♪」

肉棒や姫割れが互いを最も感じさせられる形に成長する……それが本当かどうかが問題ではないのだ。玲愛が、綾人がそうであると言い、それを相手が認める。

それによって言った言葉が事実、本当になり、今は互いに手の位置は離れているが、心と心で繋がって、より大きな快感を得る。

初体験以降、初めての挿入に、射精を我慢していられるかと心配していた綾人だったが、気付けば上手く玲愛の絶頂を導きながら射精のトリガーに指を掛けつつも、引き絞るまでの感覚をどうにかコントロールできていた。結合してからの時間が妙に短く感じてしまうのは、楽しい時間が短く感じてしまうのと同じ理屈だろうか、兄妹にとってセックスが、愛情を確認する行為が、何よりも楽しいと認めているようなものだ。

綾人が必死で玲愛の膣内へと肉棒を穿ち、玲愛がそれを必死に受け入れる。

風通しをよくしてあるとは言っても、外は三十度を超えた真夏日（もしかしたら猛暑日になっているかも知れない）で、室内の温度もそれなりで、腰を突き出して前後運動をする綾人の顔をつーっと汗が伝い、玲愛のお尻へとぽたっと落ちて砕けた。

受け身に姫割れを肉棒に穿たれる玲愛も、快感に苛まれて綾人と同じように汗をバスタオルへぽたぽたと染みこませ、二人が繋がる結合部も、感じやすく濡れやすい玲愛が溢れさせた愛液と、愛液ほどの量は出ていないが、綾人の先走りが混ざった液体が、つーっと幾筋も玲愛の太腿、綾人の太腿、そしてバスタオルへと特有の粘り気を持って滲んでいく。抽送運動を開始してから数分、幼膣の締めつけに変化が訪れる。

「んぅっ！　んぅぅあぁ！」

線香花火がバチバチと弾けるように、玲愛の膣内がビクンビクンと小さな痙攣を繰り返したのだ。綾人は抽送を止め、玲愛に尋ねる。

「玲愛、今のって……イったのか？」

「んぅ……玲愛……今、イッちゃってた……小さいのだけど、お兄ちゃんに指で撫でてもらうのとか、お口でちゅっちゅしてもらったり、舌でぺろぺろってしてもらうのと一緒で、お兄ちゃんのオチン×ンで、オチン×ンだけで、ちゃんとイけたよぉ♪」

抽送が止まったことで、玲愛も後ろを振り向き、綾人の顔を見て安堵の微笑みを浮かべ、しかしすぐにもどかしげな表情を浮かべる。

「でもね……もっと、大きい絶頂……できるはずなの……今の、絶頂は絶頂だけど、思いきりイったって感じじゃなかったから……」

玲愛が求めているのは、線香花火のような絶頂ではなく、打ち上げ花火のような大きな絶頂……ただ、それに至ると毎回おもらししてしまうのだが……、

「そうだな、おもらしもしなかったし♪」

玲愛が小さな絶頂でも、ちゃんと自分の肉棒だけで絶頂してくれたことが嬉しくて、綾人は茶化すように玲愛が大きな絶頂をしたときのことを指摘する。

「お、おもらしのことはいいのっ！　しなかったらしなかったで玲愛がちゃんと性感を受け入れきれたってことでしょ？　はふぅ……玲愛が言いたいのは……お兄ちゃんもまだ射精してないし……玲愛も……もっとたくさんイキたい……から……」

「から？　なんだ？　どうして欲しいんだ？」

実は、ここですでに玲愛が何を言いたいのか、綾人にはわかっていた。玲愛も、こちらをじっと見つめるアクアマリンの瞳は、わかってるならしてよ……なんて訴えてきているが、綾人は玲愛にエッチなおねだりをして欲しいな、なんて思いがあって、

「う、動いて……お兄ちゃんのオチン×ンで……もっと玲愛のオマ×コ突いて……気持ちよくして欲しい……ふぅぅ～……すっごく恥ずかしいこと言っちゃってる……」

「ははっ♪　気にすることないぞ？　玲愛のおねだり滅茶苦茶可愛くて……ほら、わかるか？　チ×ポがぴくぴく反応してる……」

「んぅ……わかっちゃう……玲愛のおねだりで、お兄ちゃんが興奮してくれてるの、

伝わってきちゃう……」

恥ずかしくて仕方がないと、バスタオルに顔を伏せていやいやするが、それもまた綾人の琴線を刺激して、

「玲愛、取り合えずおねだりに応えるぞ？　もっと可愛い玲愛を、エッチに絶頂する玲愛をお兄ちゃんに見せてくれ♪」

綾人は再び肉棒の抽送を開始する。一度絶頂して、肉棒だけで玲愛を絶頂させることができるとわかり、今度は躊躇うことも迷うこともなく、玲愛を感じさせられる。

——よかった……ちゃんと絶頂できるくらい感じてくれて……初めての時みたいに痛い思いさせなくて……本当によかった……。

お兄ちゃんとして彼氏として、妹に彼女に、痛みを与えなくては受け取れない女の子にとって何より大事な初めてをもらってから、玲愛に痛い思いをさせるのはこれが最後だと誓った。二度目のセックスで、ちゃんと玲愛を絶頂に導くことが自分にはできると、一つ胸を撫で下ろした。

「あっ、あぁぁ！　ぉにぃちゃ、は、早いよっ、オマ×コずんずんっ、早くて、ふにゃぁ！　こ、こんなに早く動かれたら、またしゅぐにイッちゃうよぉ！」

早いと言ってもまだ一往復に十秒近くは掛かっているのだが、まぁ、これまでに比べれば早い抽送か……早くすれば早くするだけ性器同士が擦れて生まれる快楽は大き

くなることを、二度目のセックスの初めには理解していたのだが、前回の痛みを我慢する玲愛を思い出して、初めから抽送の速度を上げることはできなかったのだ。

「ああっ、たくさん絶頂しろっ！　俺も今玲愛のこと以外、玲愛と気持ちよくなること以外、何も考えられなくなってるからっ！」

たくさん気持ちよくして欲しいというのは、玲愛が求めてきたこと、玲愛は先ほどの絶頂を迎えるに至る抽送と同じ刺激を与えられるものだと思っていたらしいが、玲愛のエッチなおねだりに、いつまでも同じような動き、速度ではいけないと考えた綾人は、抽送の速度を上げることを思いついたのだ。

ただ、性器同士の摩擦を激しくすること、抽送の速度を速めることは、当然玲愛の感じる性感だけが強くなるのではない……綾人が肉棒を通して感じる性感も高まって、射精への階段を二段、三段飛ばしに上っているのと同じで、さらに、

「あ、ぁアァうぅ！　また、イッちゃったっ！　びくびくって、ぉにぃちゃんがオチン×ン激しくするからぁ！　な、え？　なんで？　玲愛イッてるのにっ、もうちょっとゆっくり、はぁアんっ！　ひゃうぅ！　イッてりゅのに、気持ちよくなっちゃってるのにオチン×ンじゅんじゅん止めてくれにゃぃっ！　イッてりゅときのじゅんじゅん気持ちよしょぎだよぉ！　あたみゃおかしくなっちゃうよぉ！」

幼膣の締めつけが変化、玲愛が再び絶頂したことはわかったが、それでも抽送は止

めない。玲愛への口奉仕のとき、何度も連続で絶頂し、絶頂を重ねる毎に身体が敏感になり、大きな絶頂を迎えておもらしするというのがパターンだ。

玲愛は性感をちゃんと受け止めきれるようになったから、絶頂してもおもらししなかったのだと言ったが、逆に、指でも唇でも舌でも、玲愛は綾人におもらし絶頂を晒している。なら、本来の性行為の形である肉棒の抜き挿しでのセックスにおいても、おもらし絶頂をさせたい。ましてや、初体験で痛みのある中でのセックスでも、最後は絶頂とともにおもらしをしてみせたのだ。痛みのない状態でのセックスで、同じようにに肉棒の抽送でおもらしさせられないなら、初体験の時の方が感じていたのではないか？　と、勝手に思ってしまう。言ってみればこれは男の側の意地……綾人の我儘なのだ。膣内が再び戦慄くように脈動する。

「イッてりゅのにまたイクぅ！　オマ×コまた気持ちよくなっちゃうよぉ！」

蕩けた声を出して絶頂を報告する。もし、玲愛が嫌がっているなら、綾人も玲愛を絶頂と同時のおもらしをさせようなんて強行しないが、玲愛自身がお尻を綾人の下腹部へとぶつけてきて、ぐりぐりともっともっとと行動で甘えてくる。

それは、肉棒による絶頂に絶頂を重ねての快感を受け入れ、お兄ちゃんをもっと感じたいという主張に他ならない。激しい抽送をしていると言っても、綾人は玲愛を乱暴に、ぞんざいに扱っているわけでは決してない。

綾人の繰り出す抽送からは優しさ以外がないと言えるほどだ。

　抽送は速めても、この一週間のペッティングでの絶頂のさせ合いによる経験から、玲愛の快感を感じるときの反応を学んでいた綾人は、一回一回の抽送に玲愛の反応を見て、どんな抽送の仕方ならもっと感じてくれるかを研究、そして、玲愛がセックスでの三度目の絶頂に身体を震わせ、膣内の痙攣に肉棒の射精欲求はついに限界を迎え、

「玲愛っ、……俺、もぅ無理っぽいっ！　我慢っ……できないっ！」

「うんっ！　イッてる玲愛のオマ×コに、精液っ、出してっ！　いっぱい射精してぇ！」

　綾人の訴える射精欲求に、絶頂直後で本当なら身体に力が入らないはずなのに、恋人として応えるようにお尻をこちらに押しつけてきて、さらには精液を一滴でも外に流してなるものかと、玲愛の意図を汲んだのか姫割れも膣口も膣襞もぎゅっと肉棒を強く締めつけ、搾り取るように脈動する。

　もうそれ以上の抽送を必要とせず、無垢な赤ん坊が母親の胸の中で安らぎを覚えるように、最後の玲愛の締めつけはそれに近く、愉悦、快感と言うよりも、心に安らぎを覚えさせる感覚で……気付いたらどぴゅどぴゅと射精させられていた。

「っく……ぁっ」

「あっ、熱っ！　んぅんぅ、温かっ、ひゃン！　ん、んァあああ！」

射精の第一陣が膣奥、子宮へと放たれ、抽送運動で擦れ、穿たれ、抉られ、それなりに熱を持っていた膣奥だったが、玲愛は精液の熱さに驚き、子宮口の内側に注がれ、逆流して膣内に広がる中で、熱さと感じたのは最初だけで、あとは包まれるような温もりで、それを感じた瞬間に、玲愛は今日一番の絶頂を迎えた。

ほとんど直前の絶頂を上書きするように、目の前が真っ白になるような激しい絶頂……そして追い打ちのように次々に放たれる精液に身体を震わせ、

「あぁっ、ダメっ、またぁ……せっかく、我慢できるって思ったのにっ、ぃやあああァ！」

下半身に違和感……肉棒を激しく抽送されて違和感も何もないが……尿意に似たモノを感じ、やはり、自分は絶頂を味わうには幼すぎるのか、快楽をすべて受けきることができないのかと情けなく身体を仰け反らせ……っぷしゅーっ！　と、勢いのある液体をバスタオルに向かって砕けさせた。

綾人の射精が終わっても数秒長く続いた液体の散布は、下に敷いていたバスタオルをぐちゃぐちゃにし、下の畳にまでもその被害の手を伸ばす。

二人とも今までに感じた中で最高の絶頂感にたゆたい、玲愛は雌豹のポーズを保てなくなってぽてっと畳に倒れ、それを庇うように後ろから綾人が抱きすくめる。

「うぅ……やっぱり……おもらししちゃった……でも、ぉにぃちゃ……すっごく、セ

ックス気持ちよかった……」

「ああ……っと、玲愛、これおもらしじゃないぞ？　これ、潮だ……」

「しお？　しおって……何？　海の水？　海水がおしっこの穴から出るって……玲愛……変な病気？　海で遊んだから？」

「いや、そうじゃなくて、潮……潮吹きって言って、女の子が一番気持ちよくなったときに出るやつ……おしっことかじゃなくて、他の液体らしい……詳しくは知らないけど、おしっことは別だって……」

互いに言葉は交わせるが、セックスの疲労で身体が動かせない。

「玲愛、ちょっとだけお姉さんになれたのかな……大人の女に……なれたのかな？」

ちゃんと性感を受け入れることができていたと聞いて、おもらしをしてしまったかもと恥じ入る表情からキラキラと輝く笑顔を浮かべる。

「大人とかそんなのは関係ないだろ？　玲愛は俺の妹で彼女で……世界一可愛い女の子なんだから……世界で一番大好きだぞ……玲愛……」

肉棒をそっと姫割れから抜き取り、絶頂の余韻にたゆたう玲愛をぎゅっと抱き締める。

二度目の射精で吐き出された精液が膣口からこぽっと溢れそうになったが、肉棒によって広げられていた姫割れがピタッと閉じ、閉じる前に零れた以上は零さない。

セックスの間はできなかった分を補うように優しく唇を合わせるだけのくちづけから、そっと口を開かせて舌同士をちろちろとくすぐるようなくちづけを、後戯を施す。

肩で息を整えて、玲愛も身体を起こして自分の身体から出たモノが果たしておしっことはどう違うのかと、興味深げに潮が滲みこんだバスタオルと、その下に吸収しきれずに畳に落ちた分を見る。

「確かにおしっこの匂いしない……ぇへへ♪　玲愛、ちゃんとお兄ちゃんのオチン×ンで絶頂して、射精してもらうこともできて……ふぅ～……すっごく気持ちよかったよ♪」

嬉しくて仕方ないと、綾人にぎゅっと抱きつく。

「ああ、俺もだ……すげぇ気持ちよかった……玲愛のオマ×コ……やっぱ最高だ」

互いに汗だくだが、そんなのは気にならないくらい……ただ、お兄ちゃんとしては、畳に滲みこまないうちにと玲愛を抱き締めながらバスタオルでポンポンと畳を叩いて潮を拭い後始末……玲愛の水着を穿かせ直し、自らも水着を穿き直し、行為の痕跡を消しに掛かる。そして、綾人が壁にもたれ掛り、その綾人に玲愛が背中を預けるという形で息をつく。

「……ものすごく今さらだけど……ばれなかったかな？　大丈夫だったよね？」

「さぁな……玲愛……声滅茶苦茶大きかったたし？　あんなエッチぃ声聞いたら、男だったらみんな勃っちゃうよな♪」

「うぅ……玲愛が興奮して欲しいのはお兄ちゃんだけなのに……外に聞こえちゃうくらい声……大きかった？」

どうしよう……と不安がる玲愛を後ろから抱き締め、

「もしばれてても、お兄ちゃんが守ってやる。絶対玲愛につらい思いはさせないから」

なんて、兄妹が愛情を確認しているところへ、ざー、襖を開け、玲愛のチームメイトが様子を見に来て……。

「あ、玲愛起きた？　お兄さんも休めました？　って、二人とも汗だくっ！　冷房点けてよかったのにっ！　熱中症になってないっ！　というかっ、なんで汗だくなのにそんなラブラブなっ……あ、甘えるにしてもアレだし……玲愛は、玲愛はもう大人？」

彼女の反応から、自分たちの行為は階下へは響かず、風通しをよくするために開いた窓の外へも、海水浴客の喧騒からばれずにいたようだ。

玲愛が綾人に甘えるように、綾人が玲愛を慈しむように……ここで行われたこと自体はわからなかったようだが、そういう関係になってたんだと察されて……。

「玲愛がエッチな知識とか色々聞いてくるから……予想はしてたけど……そっか……そうなんだ……私も頑張らなきゃ……」

最後の部分は兄妹に聞こえないくらいの声だが、その表情は決意を露わにしていて、

「あ、冷蔵庫の中のお水飲んでくれていいからっ、二人のこと、私喋んないから……って言っても……私が来て離れてないんじゃ……隠す気がないんだ……やっと生殺しの状態から解放されたんだ……お互いに……よかったね、玲愛♪　お兄さん♪」

と、玲愛と綾人が長年患い拗らせてきた恋煩いを実に明確な比喩で表現してくれた。

もう少し休んでていいからと玲愛のチームメイトが階下へと降りていき、再び玲愛と二人きりになる。生殺しの状態から解放されたかと聞かれると、確かに兄妹として悶々としていた時よりも互いに思いを自由にぶつけ合える今の方がずっと楽だ。

綾人はそう思いながら玲愛の金髪へと手を置き、なでなでと優しく撫でる。

玲愛も同じことを思ったのか、ぐりぐりと背中をさらに押しつけて甘えてくる。

「ああ、そうだ玲愛……チ×ポ挿入するときにオマ×コの位置、確かめるためにお尻広げたけど、オマ×コと一緒にお尻の穴も見えたんだ……玲愛はお尻の穴まで可愛いな♪」

今までの生活の中でも、情事の中でも、チラっと見たことはあったが、お尻を広げてじっと観察したのは初めてで、行為の間中も体位ゆえにちらちらと見え、あまりに可愛らしい窄まりに、その感想を伝えずにはいられなかった。

しかし、体位を決めるとき、後背位はくちづけができないということにすら後で気

付いた玲愛は、まさかお尻の穴が観察されているなんて意識していなくて……、

「わ、忘れてっ！　今すぐ忘れてぇ！」

「忘れられるかよ♪　もう脳内フォルダにちゃんと保存しちまったからな♪　大丈夫だぞ？　玲愛のお尻、ほんとに可愛かったんだから♪」

姫割れは自分でその形を観察できるが、お尻の穴など見ようと思って見れるものではない。だからこそ、覚える羞恥もひとしおで、可愛いと言われて照れていいものか、喜んでいいものか悩むところではあるが、とにかく乙女心は複雑で、背中を預ける兄の身体に向かって思いきり頭を前に振りかぶり、ごんっと後ろへと頭突きを繰り出す。

「うぅ……うぅわぁあああ！　お兄ちゃんのバカぁ！」

ぶつけようのない羞恥を、その羞恥を生み出す発言をしたお兄ちゃんに武力で返す。

「ちょ、痛っ！　止め、痛いからっ！」

「痛くしてるんだから当たり前でしょ！」

妹の心を誰より理解していても、発言には気をつけようと、綾人は学んだのだった。

8月11日

公園でぎゅっと甘く抱きしめて！

兄妹は初体験の時の経験から二度目のセックスに至れていなかったが、海の家での二回目のセックスで痛みを感じず、快楽のみを感じ、その快楽がペッティングよりも大きいことを自覚した。しかし、ペッティングに嵌ったようにセックスに嵌ると、もう泥沼と言うか、脇目も振らずに互いを求めすぎてはしまわないかと兄妹は話し合い。ペッティングは今までのようにしていいが、セックスは多くても一週間に二回までと取り決めた。海でのデートから一週間が経ち、夏休みも半分が過ぎた八月十一日。

兄妹はこの一週間、ペッティングは何度となく重ねたが、セックスは前の一週間のように一度も行わなかった。一週間に二回までと決めたからと言うよりも、玲愛が言ったがタイミングが重要と言うか、ペッティングのように気軽に行ってはいけない行為なのだと、二度のセックスを経て、若いながらも二人はちゃんと理解していたのだ。

そして今日は、兄妹が通う中高一貫校の夏季休暇中登校日。

この登校日は、夏休みだけれども、学生たる者きちんとした生活を送っているか、変に髪の毛を染めて夏休みデビューなどしていないかをチェックする日……というのは口実で、学校の草むしりや清掃を念入りにする日。

つまり、夏休みに行われる大掃除、学校への奉仕活動のようなものだ。

午前中をそれに費やし、兄妹は帰宅の途に就いていた。

「う～疲れた～草むしりって、部活とかで動かすのと違う筋肉が使われてる感じで、なんか変な筋肉痛になりそう……ん～」

と、伸びをしたり、整理運動ほど本格的にではないが腕を回して筋肉痛対策を自らの身体に施しながら歩みを進める。

「あーそうだな……中腰に屈んでぶちぶち草むしるの、腰が痛くなるよなー」

「セックスした後もお兄ちゃん大変だったね～普段しない腰の使い方するから♪」

一週間前の海デートの翌日、玲愛との朝練に起きた綾人は、前日のセックスでの腰使いが不味かったのか、それとも綾人に限ったことではなく、普通にみんな経験することなのか、腰痛で玲愛に負け越した。そんな事情の中で玲愛はお兄ちゃんにペッティングを求めることはできず、お風呂で汗を流し、ソファーで腰をマッサージしてあげた。

幸いなことに若い綾人の筋肉痛は夕方には収まったが、これが原因でペッティングはしてもセックスは控えめにという認識が兄妹の間に生まれたのかも知れない……。

「そういうこと、太陽が出てるうちから大っぴらに言うなって……」

「はーい♪」

お返事だけはいい玲愛である。自分の忠告を聞いているのか聞いていないのか、微笑みながら綾人の腕に自分の腕を絡ませ、ふにゅっと胸を押し当ててくる。

――はぁ、絶対わかってない。まぁ、甘えていいって言ったの俺だから仕方ないか……。

兄妹のスキンシップにしては過激な腕の組み方だが、二人にはこれが日常……ただ一つ、夏休みに入ってから学校に部活をしに行くときは家から体操服かユニフォームで、制服姿の玲愛を見るのは約三週間ぶり、正確に言えば、前回玲愛が制服を着ているのを見たのは一学期最後の終業式の日……あの日はこんな腕を組むような状況ではなかった。元々、登下校の時には手を繋いでと甘える玲愛を受け入れていた綾人だが、終業式前の一週間は普通の兄妹としての距離を取っていたため、制服姿でこんな風に腕を組み、胸を押しつけてこられるのは、非常に感慨深い……。

「お兄ちゃん……どしたの？」

「いや、玲愛は可愛いなって……見惚れてた？」

　綾人が歩みを止めてじっと玲愛を見つめたので、玲愛はどうかしたと聞き、その答えに玲愛は顔を朱に染め、もじもじとし出して……、

「もしかして……玲愛がお胸押しつけたから……オチン×ン元気になっちゃった？　大きくなって歩き難いから……足がストップしちゃったとか？」

「こらっ……さっきの話聞いてたか？　通学路でそんな単語口に――」

「ねぇねぇお兄ちゃんっ！　あれ見てあれっ！」

「はい、聞いてない、って、なんだ？」

　玲愛が綾人の言葉を遮り、指を差して必死にアピール。玲愛が指差した方を見ると、通学路脇の公園の中に、アイスやクレープなどを移動して販売する車を見つけ、

「ああ、あれか？　ダメだぞ、買い食いするならまず家に帰って制服着替えてからでないと、玲愛も中等部三年、下級生に示しがつかないぞ？」

　綾人はお兄ちゃんらしく、一応は説得を試みるのだが、

「あれ、幻のクレープ移動販売車だよ？　いつもどこに来てくれるかは完全に店主のお姉さんの気まぐれで決まるから、そうそうお目に掛かれないいんだよ？」

「いや、でもな……学生服で買い食いは……ほら、家まで帰って着替えてきても二十分掛かるか掛からない距離だぞ？」

「その二十分の間に……いなくなっちゃうかも知れないじゃんっ」

お兄ちゃんのことが大好きで、お兄ちゃんを中心に世界が回っていると考えるような玲愛でも、お兄ちゃんの言うことなら何でも素直に聞いてくれるわけではない。

女子は男子が思う以上にスイーツに対して貪欲で、さながら獰猛なライオンを思わせる威嚇をしてまで食べたいと考えるらしい。そして、極めつけは……、

「お兄ちゃんと一緒に……クレープ……食べたいんだもんっ……」

そういう言い方をされては……綾人が折れるしかないではないか……綾人はため息を吐きつつ、玲愛の手を引いて、玲愛曰《いわ》く、幻のクレープ移動販売車へと向かう。

クレープとは、様々なトッピングの組み合わせなどでバリエーションを楽しむものだと綾人は考えていたのだが、このクレープ屋には、生クリームとカスタードクリームに小さくカットされたイチゴをトッピングしたごくごくシンプルなクレープが一種類だけで、移動販売車では空間節約のために種類を絞らざるを得ないのか？　などと考えつつ、二つ注文し、兄妹は目の前で焼けた薄いクレープ生地に素早く正確な動作で生クリーム、カスタードクリーム、小さくカットされたイチゴをトッピングしていく女店主の手際に見惚れた。あっと言う間に作られたクレープを受け取り、妹に手を引かれ、公園の少し奥まって、グリーンカーテンによって日陰になったベンチに腰掛ける。

「どう？　凄かったでしょ！　ぱっぱっぱって！」

プロの技術を表現するのに玲愛の言葉は稚拙だが、綾人もそれが当て嵌まっていると思った。そして、満面の笑みでぱくぱくとクレープを頬張る玲愛を見て、買い食いを許してしまったことに関してはちょっと落ちこむ綾人……妹に対して甘すぎるのも考えものかと思いながら玲愛おすすめのクレープを口にする。

「これ、滅茶苦茶美味い！」

「うんうん♪　そうでしょ♪　すっごく、美味しいでしょ♪」

生地の繊細な口触りと、生クリームとカスタードクリーム、二つのクリームの配合バランス、そして、小さく切りすぎなのではと思っていたイチゴは、子供の口で食べても頬張るのに最適な大きさにカットされていたのだと、口にして初めてわかった。

トッピングのバリエーションが売りのクレープで、一種類しかないのに玲愛たち女子学生が何度も食べたいと評判になる理由が綾人にもわかった気がする。

——これは人気出るわ……探して食べたくなるのもわかる……。

と、二口目を頬張り、隣を見ると、玲愛の手にあるクレープは後一口になっていた。

綾人でも、八口は頬張らなければ食べきれないサイズで……玲愛の口は綾人よりも小さいはずなのに……綾人が三口目を食べようとするころにはもう完食していて、

「ふにゅ～美味しかった♪……じぃ～」

「な、なんだ？　もう一つ買ってくるか？」

物欲しそうな表情で綾人の手にあるクレープを見てくる玲愛、お昼ご飯の前に食べすぎるのはアレだが、二つ目も食べたいと思わせるほど美味なので、買ってくるかと聞くと、首を振って否定するが、

――いらないって言ってるけど……俺の分のクレープじっと見てんじゃん……。

本当の本当は欲しいのかも知れないと、綾人は、

「えっと、食べかけでよかったらだけど……いるか？」

まだ食べ始めに近い状態のクレープを差し出すと、玲愛はそっと受け取り、じっとクレープを数秒見つめ、さらには周囲を見て、自分たちが座ったベンチが公園の中でも死角になっていることを確認し……片手でクレープを持ち、その反対の手で制服のボタンをぷちんぷちんと外し、可愛らしい水色のブラジャーが露わになる。

「れ、玲愛っ！　何やってんだっ！　ここ外だぞ！」

綾人の言葉に、わかってるよ？　と言いたげな表情を浮かべ、ぐいっとそのブラジャーをたくし上げる。突然の玲愛の乱行に驚きつつ、現れた桜色の綺麗な乳首を注視し、玲愛の行動を止める機会を逸する。そして、巨乳と言うよりは、まだ豊乳というレベルだが、谷間を作るには十分なサイズの乳房の間へとクレープを挟み、ふにふにと左右からぐちゃぐちゃにする。せっかくのクレープが……という思いと、玲愛自身の身体がにちゃにちゃと汚れてしまうという思いが半分半分で、綾人はまだ玲愛の行

動の意味に気付けなかったが、キラキラと期待に満ちた瞳を綾人へと向け、

「お胸の間でクレープぐちゃぐちゃ……舐めて？　食べて？　味わって？」

なんて、綾人との距離を詰め、綾人の膝の上にちょこんと乗って言ってきて、玲愛がそんな暴挙に出て綾人は驚いて、と言うか、止める間もないほど躊躇いなくそんなことをして……クレープを凝視していたのは、食べたかったのではなく、このクレープを使って、お兄ちゃんとエッチなことできないかな～と考えていたかららしい。

透き通るように白かった玲愛の肌だが、海に遊びに行ったことで若干日焼けしていて、水着を着ていた部分は白く、後の部分は健康的な小麦色に焼けていて、さらにクリームが、小さくカットされたイチゴが、薄黄色の生地が艶めかしく彩りを添え、

——こ、これも一つのあ～ん……だよね？

綾人は玲愛が一人でこんなことを考えつくだろうかと、疑問に思った。

恐らくは、部活仲間の娘たちにでも教えられたのだろう……。

そう、綾人が予想した通り、それは昨日の部活中、

『恋人っぽいことって言えば、あ～んとかだよね？』

——あ、それだったら日常的にお兄ちゃんとしてる♪

『え～それだったら友達同士でもできるじゃん、やっぱさ、ほらもっと大胆に口移しとか？　きゃぁ～♪』

『『『きゃあきゃあきゃあ～♪』』』

口に出したことが恥ずかしくなって、言った本人が照れて、周りも同調し、きゃあきゃあと姦《かしま》しい思春期な中等部女子バスケ部の仲間たち、玲愛もそれには顔を赤くし、

——ど、どうしよう……恋人はただのあ～んじゃ……ダメなんだ……く、口移しって、アレだよね？　キシュしながら……口の中のを、お、おにぃちゃんに……。

少なくとも玲愛には、話に上がったエッチなスキンシップを試す相手がいるわけで……会話の中の行為をお兄ちゃんとしているところを鮮明に想像してしまう。

『あ、じゃあさじゃあさ♪　胸にチョコとか挟んで～お口で取って♪　とかは？　すごくエッチで可愛くない？　このおねだ……り……』

言葉が失速したのは、メンバーの中に、胸に谷間を作って間に物を挟み、取って？　と言えるのが、玲愛しかいないからだ。メンバーの視線が全員玲愛の胸に集まり……、

『玲愛に取って？　なんて言われたら……私らでもくらってきちゃうよね……』

『うん。私が男だったら……玲愛のこと好きになってるかも……』

『『『うんうん♪』』』

『今も大好きだけどね～♪　愛してるぜ玲愛♪』

『『『うんうん♪　愛してるぜ♪』』』

学校で普通に過ごす分にも、玲愛の魅力は十分すぎるほど発揮されるが、部活で一

生懸命にボールを追い掛け、好きな人の近くにいるために、日々、必死に頑張る姿を見ているチームメイトは、クラスでの玲愛の様子を見るだけの人たちよりもずっと玲愛の魅力を知っていて、だからこそ、玲愛が色々と聞いたことにも答えてくれるし、アドバイスもしてくれるのだが、今はちょっと怖い……、

『まぁ、玲愛の胸はお兄さんのだから、私らもちゃんと好きな人に喜んでもらえる身体を作るために今日もカロリーを消費しよー』

『『『おおぉー！』』』

おかしくなってきていたムードを修正する中等部女子バスケ部の部長、部活の休憩時間の思春期女子の妄想会議は終わって……ただ玲愛は、

——お兄ちゃんも、玲愛がお胸に何か挟んで、取ってってってしたら、喜んでくれるのかな？

なんて、密かにみんなの案をどうやって実行に移すかを考えていた。

というのが、この状況が起こる引き金となった一連の会話である。

こうやって、日の高いうちの野外で制服のボタンを外し、着崩した状態でブラジャーをたくし上げ、二つの豊乳とその頂点の淡い桜色を晒し、クレープを胸に挟み、食べて？　なんて……玲愛がどれだけ勇気を出して自分を誘惑しているか……人目につき難いとは言っても昼間の公園……人通りがまったくないわけではない。そして、自

分たちが座るベンチの向きの都合上、綾人からは公園が広く見え、人通りもばっちりとチェックできるが、逆に綾人の膝の上に座っている玲愛には、綾人と綾人の後ろからの人目をガードするグリーンカーテンが見えるだけで、ひどく不安なはずだ。その証拠に、自分から躊躇いなく綾人の膝の上に乗ってきたくせに、頬は朱に染まり、しきりに視覚の届かない後ろを気にする。なんにしても、あまり時間を掛けてはいられない。

「あ～一応注意な、食べ物を粗末に、玩具にしちゃダメだ」

「んぅ……わかった……ごめんなさい……」

自分が使った誘惑の方法は、確かに食べ物で遊んでいるのと同じだ。玲愛はしゅん……と自分のした間違いを反省、そんな素直な玲愛の頭を撫で、

「これから食べるにしても、作った人に悪いだろ？」

「んぅ、え？　食べてくれるの？」

「そりゃ、食べないわけにはいかないだろ……どうするんだ？　ティッシュで拭くのか？　元々は俺のだろ？　それとも、食べちゃダメなのか？」

しゅん……と、ちょっと落ちこんだ玲愛の顔がぱぁっと明るくなる。

「ううんっ！　食べてっ……玲愛がこんなにしちゃったクレープ……全部食べて？」

「おお……はむ……ぁんむ……」

「ん……くふぅ……」

綾人はまず、クレープの生地部分を食べる。玲愛の胸元にはできるだけ触れないよう気を遣い、と言うか、焦らしているのかと思わせるほど、胸には唇を触れさせない。

「ん、ぁむ、やっぱ美味いな……生地にもあのクレープ屋の人気の秘訣がありそうだ」

「お、おにぃちゃ、わざと？　わざと玲愛のお胸、ふにふにしないようにしてるの？」

胸の谷間で押し潰され、ぐちゃぐちゃになったクレープの生地だけを器用に食べていく綾人に、玲愛ももどかしさを感じる。

「玲愛は胸を舐められたいわけじゃないだろ？　クレープを食べて、欲しいんだろ？」

食べ物を玩具にしたことへの、一応の罰……玲愛は綾人の首に手を回し、膝の上から落ちないようにしているが、胸に顔を近づけてクレープの生地を食べるお兄ちゃんに、少しでも胸の柔らかな感触を味わわせ、自分も、お兄ちゃんの唇や顔の感触を胸で味わいたくて、そわそわと胸を押し出してもみるが、そのタイミングですっと、顔を離すお兄ちゃん。これは、自分がちゃんと言葉にしないといとしてくれないと玲愛は察し、

「ち、違うの玲愛は、クレープを食べるのはそうだけど、一緒にお胸もちゅっちゅして欲しくて……お兄ちゃんの唇で、玲愛の身体に触れて欲しいの……」

恥ずかしくてごくごく小さなおねだりだが、すぐ近く、互いの心臓の鼓動さえも聞こえる距離にいるのだ。玲愛のおねだりは、ちゃんと綾人に届いていた。

「玲愛はエッチだな……クレープこんなにしてまで、俺にキスして欲しかったのか？」

これは言葉責めなどではなくて、くちづけぐらい、求められればいつでもしてあげるし、現に、よほど人目がある場所以外では玲愛の求めに応じてくちづけを見舞っている。だから、これは単純な問い掛けで、

「こ、恋人同士だとね……いつもお兄ちゃんとしてるあ～んは、生温いって……口移しとか……こうやって、お胸を使って恋人を喜ばせてあげないと……いけないんだって……玲愛がしてあげたら、お兄ちゃんもきっと喜ぶって……」

部活仲間との耳年増な会話に端を発しての、今のこの状況だと、玲愛は口にした。

——なんだその偏った知識は。間違いではないにしても、女子の会話ってどんだけ……。

と、ちょっと呆れながら、ちゃんとおねだりを口にできた玲愛へのご褒美にと、

「まぁ、それはあんまり一般的じゃないと思うけど……お兄ちゃんは玲愛の気持ち、すげぇ嬉しぃ……うん……ちょっと意地悪しすぎたな……ごめんな、玲愛……」

でも、本当に食べ物を粗末にしちゃダメだぞ？　と言い含めながら、小さくカットされたイチゴをひとかけら唇に挟み、自分の今からしようとしていることに恥じ入り

ながらも、綾人の行動をじっと見つめる玲愛の唇へとイチゴを運ぶ。

「んっ、んっふちゅ……ん……こくん……こ、これって……口移し……」

口移しの方が胸の谷間に物を挟んで食べて？　と言うよりも恥ずかしいと思っての今の状況に対し、綾人の方からの大胆な行動に、顔を真っ赤にしながら口の中に広がる甘いイチゴの味を感じる玲愛、カットされたイチゴ自体が小さいため、唇で挟んでの口移しは、唇を重ねることになり、お兄ちゃんの唇の感触も一緒に感じて、

「おお……したかったんだろ？」

「んぅ♪　もっとっ、口移しでイチゴ食べさせてっ？」

玲愛を一瞬でも、しゅん……とさせたお詫びに、綾人は玲愛のおねだりを聞いて玲愛の胸元に唇を密着させ、小さく唇に挟み難くカットされたイチゴを口中に収め、くちづけと共に玲愛の口の中へと挿し入れていく。

舌同士を絡める大人のくちづけを重ねているのだから、口移しなどそれほど、と思っていた綾人は二度三度と行為を重ねる毎に、まるで雛に親鳥が餌を運んでいるような、そんな我が子への愛情と言うか……とにかく、玲愛に対する愛情がまた一つ大きくなったような気がした。なんせ、こちらが胸元に唇を這わせ、イチゴを挟むときには唇の感触がくすぐったいのか、小さく快感に震えて、唇を離して玲愛の唇にイチゴを挟むときには、小さな口をほんの少しだけ開けてこちらのくちづけと唇に咥えるイ

チゴを待つ……その非常に愛らしい二つの玲愛の表情に、綾人は情欲を滾らせていった。

「イチゴなくなったぞ？　もう、あとはクリームだけだから、その、舐めていいか？」

イチゴは唇で挟めばよかったが、クリームを綺麗にしようと思ったら、玲愛の胸を舐めなければならない。

「うん、いいよ♪　あ、そ、それでね……舐めるなら……クリームだけじゃなくて、玲愛のお胸も一緒に……味わって？」

「お、おお……じゃあ、頂きます……」

「はい。どうぞ、お召し上がりください……」

なぜか敬語……綾人は先ほどまでに何度も唇を密着させた胸元へと舌を這わせた。

「ひゃ、ひゃぅ……はぅっ……んぅひゃぃ！」

胸元と言っても、まだ胸の上、鎖骨の下辺りにあったクリームを少量舐めただけなのだが、敏感な妹は、兄にされているということで最大限に身体の感度を研ぎ澄ますらしく、この声が公園を歩く人にでも聞かれないかと、綾人はちょっとひやひやする。

「クリーム……美味しいな……あと、玲愛の汗の味も……ちょっとする……」

「んぅ……草むしりしてて……汗掻いたから……」

玲愛の身体が少しだけ緊張した。玲愛が綾人の首に手を回し、落ちないようにしているのと同じく、綾人も玲愛の腰へと手を回し、玲愛が万が一にも落ちないよう気を遣っているのだが、その腰に伝わる玲愛の身体が一瞬強張った。汗という単語を出されただ、学校での大掃除によって汚れた身体、日差しがきつく、制服に滲むほどに流れた汗は、発汗性のいい生地によって乾いたが、その皮膚には汗の匂いと味が残っている。

お兄ちゃんはそれに気分を害しただろうかと、ほんの少しだけ心配になったらしい。

「玲愛が掃除頑張った証だからな♪　汗の味も、匂いも気にならないぞ？　いや、やっぱ気にはなるか……玲愛の匂いで、味で興奮するお兄ちゃんだからな♪　俺は♪」

「うぅ、変態なお兄ちゃん……でも、大好き、大好きで大好きで、堪らなく大好きで、お兄ちゃんの舌、絶頂するくらい気持ちぃ、もっと感じたい、気持ちよくなりたい」

玲愛はお兄ちゃんの首に回していた両手にこめる力を強くする。綾人は言葉よりも行動をもって玲愛に応えようと、胸の谷間のクリームを舐め取るために舌を這わせる。

愛情を伝えるための行為だが、決して大胆な舌使いではなく、極めて優しく妹の胸に彩るように付着したクリームを舐め取っていく。食べ物を粗末に扱ってはダメだということを学ばせるために焦らすような真似をしたが、その意図がない今、這わせる唇に当たる胸の成長具合は、その感触を無視できない豊かさを持って綾人を誘惑する。

ごくごく少量ずつ舐めたつもりだったが、二、三分も経たないうちにクリームはなくなってしまった。しかし、兄妹のどちらもクリームがなくなったことには触れず、綾人は玲愛の胸へと唇を這わせ続け、玲愛は綾人の唇に敏感に身体を震わせる。

「ぉにぃちゃこれ、ほんと気持ちよくて……身体が、勝手に跳ねてっ、ひゃんぅっ！」

可愛らしい嬌声を上げながら、綾人の膝の上にまたがる玲愛は、無意識の内にか、それとも意識してか、綾人の膝に股間をぐいっと押しつけた。

「ひゃぁぁうぅんっ！」

押しつけた瞬間の嬌声の出方から推察するに、無意識に股間を押しつけてしまったらしい。無意識に、下半身から全身に大きな快感が伝わり、またびくびくと微動する。

「前にお風呂入った時にさ、俺の太腿にオマ×コ擦りつけてオナニーみたいなことしたこともあったな♪　その時もこんな体勢で……浴槽の中で、抱っこって甘えてきて……」

「あ、あれはわざとだったけど……今のはわざとじゃないよ？　それに、は、恥ずかしい単語とか……外で言ったらダメなんじゃないの？」

思いもよらない快感を得て、同じようなペッティングを以前に体験したなと言われ、今回のはわざとではないと、天下の往来で、通学路でと綾人がした注意を引用するも、

「外で自分から制服のボタン外して、胸でクレープ挟んで食べて、舐めてって誘惑してくる妹にだけは絶対注意されたくないな、あ、そう言えば制服姿でするの初めてだ」

今は夏休みで、部活には基本週五で行っているが、制服を着ての登下校は久しぶり、正確に言えば、終業式の日以来の玲愛の制服、あの下校の時、家に帰って私服に着替えてからも、自分たちがこうして制服姿でエッチな行為に及ぶなど、想像もしていなかった。はだけられた制服、豊かな胸を覆っていたブラジャーはたくし上げられ、今はもう食べ終えたが、クレープが挟まれていて、今は自分が舐めた痕がエッチく光って、

「じ、じろじろ見ちゃ……うぅ……なんだか……おにぃちゃんの目……えっちぃ……」

「可愛い玲愛を見てるんだ。エッチにもなるって……玲愛は俺に見られるの、嫌か？」

表面上、エッチな誘惑はしても基本的に純な玲愛は羞恥を口にしたが、自分から一緒にお風呂に入ろうと甘えてくる玲愛は、綾人に裸を見られることは日常で、ただ、その日常では見られない姫割れを見たいと言われた時には一度二度、拒みはした。

しかし、今見られているのは日常的に綾人に晒している上半身で、見られることへの羞恥はまだ少なく、現に、見ないで、見ちゃ嫌だとは言っていない。

「嫌じゃない……玲愛が裸見せるのはお兄ちゃんだけで、見ていいのもお兄ちゃんだけで……見られて嫌なんて……考えたことないよ？　恥ずかしいことは……恥ずかしいけど……お兄ちゃんに見られるのは……大好き♪」

大好きなお兄ちゃんが、自分の成長のせいで一度は距離を置こうとして、その成長を受け入れて欲しいから、ずっと隠さずに晒し続けてきた身体を、恋人となった今、隠すことに何の意味もないという宣言……一方で、でもやっぱり恥ずかしいという羞恥心を浮かべた瞳は、それでも嬉しげにお兄ちゃんを見つめて……、

「ヤバい、制服姿の玲愛滅茶苦茶可愛いし、制服はだけての胸も滅茶苦茶綺麗だし」

お兄ちゃんからの褒め言葉に、はぅ～♪　うきゅ～♪　っと、照れて破顔し、おでこを綾人の胸元へと擦りつける。だが、綾人の言葉はそこで終わっていなかった。

「本気で胸だけで玲愛のこと絶頂させたくなった」

「えっ、ひゃんっ！　おにぃちゃ？」

綾人は玲愛がまたがる自身の膝を少し広げ、股間が膝に触れないようにする。

「これで、さっきみたいにオマ×コでは感じられないだろ？　胸だけでも……玲愛のこと絶頂させられるように、お兄ちゃんも頑張るから……」

そう言って、ちゅっ、と小さい唇へと自分のそれを重ねる。

「ちゅっぷ……お、ぉにぃちゃ……ふぁあ！」

唇を離し、すぐに豊かな胸の少し上、谷間が始まる辺りにくちづけ、ゆっくりと唇を下に下ろしていき、乳房の柔らかさを唇で感じ、その奥の心音を感じつつ、そっと唇を押しつける。与えられる快楽に呼吸を乱され、胸を上下させる玲愛……、

「はぁっ……あぁ……はふぅっ！　お胸……ちゅって……はぅぅ！」

胸に受ける刺激に対し、姫割れも弄って快感を引き上げたいと身体は主張するのか、もどかしげに身体を震わせながら快楽の逃がしどころを探すが、生憎とまたがる足を綾人に広げられ、姫割れを弄ることができず、ぐいっとお兄ちゃんの首に回された両手に力が入る。左右の乳房へ平等にくちづけて快楽を与えていたが、もどかしい刺激ばかりでは絶頂させられないと、乳房よりも性感帯として快楽を得やすい乳首へと唇を這わせ、乳房に対して小さな乳輪と乳房の頂点へと一緒にくちづける。

クレープを舐め取る間は主に胸の谷間へと舌を這わせていて、その過程で綾人の顔に玲愛の乳房、乳首が擦れることはあったが、それは刺激しようと思っての接触ではなかった。なので、今から行うのが、乳首への今日初めての綾人からの愛撫。

「ふ、ふきゅぅ！　ふにふにって、乳首、おにぃちゃんのくちびるがふにふにってぇ！」

直接快楽を与えられる前から硬く尖っていた乳首を上唇と下唇で挟み、ほんの少しだけ力を入れて、優しく、優しく刺激する。

「玲愛……お兄ちゃんな、クレープのイチゴほとんど食べれなかったんだけど……」

二口、三口食べたところで玲愛へと渡し、胸へと挟まれたクレープのイチゴも、すべて玲愛に口移しで食べさせたからだ。

「ここに残ってた二つのイチゴ……思いっきり味わうぞ？」

「い、イチゴって……玲愛の乳首？　うぅ……玲愛が……玲愛がお兄ちゃんのイチゴ全部食べちゃったから……玲愛のイチゴ……味わわれちゃうの？」

木苺一房のうち、さらに一つ分ほどの可愛らしい乳首をイチゴと喩えて言っているこちらが恥ずかしくなったが、それは内緒、かぁーっと顔も赤いだろうが、玲愛の胸元に顔を埋めているため、玲愛には気付かれていないだろう。玲愛も乗ってきた……と言うか、素直に自分の喩えを受け取ってくれたので、このまま進めることにする。

唇で食《は》んでいた乳首と乳輪を、そっと口の中まで含み、そっと吸いこむように愛撫する。

「ひぃっ！　く、くすぐったぃよぉ！　ぉにぃちゃ、赤ちゃんみたいだよぉ！」

抵抗とまでは言わないが、今までにされたことのない胸への刺激に戸惑う玲愛、

「ちゅぱっ、お兄ちゃんを赤ちゃん呼ばわりか？　いつも赤ちゃんみたいに甘えん坊なのは玲愛の方だろ？　それに、いつか赤ちゃんにも同じように吸われるんだぞ？　今のうちに慣れとかないと、本番で感じちゃったら、赤ちゃんもびっくりするぞ？」

嬌声を漏らしていた玲愛が押し黙る。じっと耐えるように声を我慢している。

「どした……もしかして、このやり方、嫌か？　気分……悪くなったか？」

乳首から口を離し、妹の顔を覗きこむ、すると、ぶんぶんと首を左右に振って否定、

「違うよ……すっごく、すっごく気持ちよくて、それに、嬉しくて、玲愛……お兄ちゃんが、赤ちゃんのこと、言ったから、びっくりさせちゃ、ダメだから……」

慣れなきゃ……だから……と、嬉しげにエッチな声が漏れるのを我慢している。

「馬鹿っ……そんなの、赤ちゃんが生まれてからでいいからっ！　それまでは、玲愛の胸は俺のなんだっ！　気持ちよかったら、ちゃんと声に出して教えてくれっ！」

綾人が言った未来についての言葉を玲愛は意識し、そして何よりも、大好きなお兄ちゃんの子供を産んでいいんだと、ちゃんと、お母さんにしてくれるんだという喜びに、玲愛は喜悦のあまり押し黙り、赤ん坊にびっくりされるぞ？　という綾人の言葉に、今のうちにちゃんと声が出ないよう頑張らなきゃと、快楽から漏れ出る嬌声を我慢していたのだ。それに対し、今の玲愛は自分のだから、そんなのを覚えるのは赤ちゃんが生まれてからでいい、今は、とにかく感じて欲しいと言葉を紡ぐ。

「んぅっ！　気持ちぃよっ！　お兄ちゃんが、ちゅう、ちゅうって、お胸吸って、玲愛、感じちゃってるよぉ！　ひゃぁあああ！」

綾人は玲愛の乳首を咥えて吸うだけでなく、口の中に収めた乳首を舌で舐め転がす。

「ほらっ、赤ちゃんはこんなエッチな舐め方、絶対しないっ！　俺は、玲愛の恋人で、お兄ちゃんで、赤ちゃんじゃないっ！　だから、玲愛は俺にたくさん感じさせられていいんだっ！　気持ちよくなっていいんだっ！」

小さくて、快楽によって尖り、硬くなった乳首はどこか甘い……それが直前に食べたクレープの味が残っているだけなのか、はたまた、妹恋人の胸が本当に甘いのか、絶対に前者なのだが、綾人は夢中になってそれを味わう。

赤ちゃんじゃないと言ったが、必死に胸にしゃぶりつくところは赤ちゃんのようだ。

「玲愛の胸すっげぇ美味いっ！　こんな美味かったら、赤ちゃん乳離れが遅くなるな」

「あ、赤ちゃんのお父さんが乳離れできてないんだもんっ！　赤ちゃんに見本見せて、ぱっと離れたら赤ちゃんだって……」

「いいんだ？　乳離れして……吸わなくて、舐めなくて、キスしないで……」

赤ん坊なんて、まだ先の話なのに、仮定であっても兄妹の会話は互いを昂ぶらせて、

「やだ……お口お胸から離さないでっ！　もっと、もっと、チュって、ふにふにって、して欲しぃよぉ……お兄ちゃんっ！」

玲愛のおねだりの声に絶頂直前独特の震えが入ってきて、

「乳首にキスと、ちゅーって吸うの、あとペロペロと、玲愛はどれでイかせて欲しい？」

胸の頂点へ与えた三種類の刺激、自分が与えた刺激の中でどれが一番よかったか、

「全部っ！　お胸ふにふにってして欲しいし、乳首、ちゅーって吸って欲しいっ！

それに、ペロペロって、全部で玲愛のこと気持ちよくして欲しいよぉ！」

三種類全部とは欲張りな、とは綾人は思わない。

自分が施した愛撫をそれだけ玲愛が感じてくれたという証明だからだ。

「じゃあ、全部続けてやる。胸だけでイかせるって我儘、聞いてくれてありがと♪」

「んぅ♪　お兄ちゃんのお口で、お胸だけでイッちゃうくらい感じたいよぉ！」

ぎゅっと抱き締めて、髪を撫で、乳房にくちづけし、乳首へくちづけて、唇で乳首を食み、吸い、悦楽から勃った乳首をぺろぺろと舐める。

「あ、ぁああっ！　ふぁああ！　ふきゅぅう！　ぅあぁぁああ！」

左右の胸へ交互に繰り返される兄の愛撫に、今回一番の喘ぎ声を上げ始める。

快感に身体を丸めようとしたり、逆に背中を反らせようとしたりするが、綾人がそっと玲愛の変化を見極め、膝の上から落ちないよう助けながら愛撫を続け、

「ぉにぃちゃっ！　ぉにぃちゃっ！　玲愛、イッちゃうっ！　お胸っ、ぉにぃちゃんにいっぱいあいしてもらって、イッちゃうよぉ！　ふにゅぅうううぅぅ！」

ぎゅっと、胸へ顔を埋める綾人の頭を抱き締め、びくんびくんと溜めこんだ性感を外へ逃がしていく。玲愛が絶頂する姿は、何度見ても息が止まるほど綺麗で、可愛くて、これまでペッティングで絶頂してきた時と同じで……綾人は玲愛の胸元から顔を離し、絶頂の余韻にたゆたう少女のトロンと蕩けた表情にごくんと生唾を飲みこむ。

潮吹きこそしなかったが、胸だけを刺激して絶頂に至らせることができて、綾人は嬉しくて仕方なく、ぎゅぅっと力いっぱいに玲愛を抱き締める。絶頂の余韻から戻ってきた玲愛も、お兄ちゃんの抱擁に返すように背中へ手を回し、ぎゅっと抱擁を深める。

「ぉにぃちゃん……れぁ……お胸だけで絶頂できたよ♪　ぉにぃちゃんがいっぱい頑張ってくれたからだね♪　ぉにぃちゃん大好き♪　大好きだよぉ♪」

自分の無理な誘惑から始まった外での初エッチ……家の外という意味では海の家で体験済みだが、野外という意味では、これは外での初エッチ……性感帯は性感帯でも、姫割れと比べれば絶頂に導くのは難しいはずの胸、しかし、ちゃんと絶頂できた。

それはお兄ちゃんの頑張りがあってこそだと、玲愛はお兄ちゃんに甘えるように行為の途中はできなかった頬擦りをしながら気持ちを告白する。

「玲愛……クレープ美味かったな……」

何度言っても、何度言っても言い足りない。好きという気持ちをぶつけ続ける。

「ふぇ？　う、うん♪」

「最初の二口三口の形綺麗なままのクレープも美味かったけど、玲愛の胸に挟まれてぐちゃぐちゃになったクレープの方が俺には美味かった。滅茶苦茶美味かった……」

「れ、玲愛も……お兄ちゃんに……口移しで食べさせてもらったイチゴ……美味しかったよ♪　クリーム舐めた後のキスも……とっても甘くて……美味しかった♪」

兄妹の頬には絶頂しての、絶頂させての汗が流れる。緑のカーテンで日差しからは隠れているが、気温は高く、下校途中での公園デートエッチはとても刺激的で、そう、刺激的すぎて、恋人の体重を感じる中で、ある欲求を拒絶するのは非常に難しくて、

「玲愛……俺……今滅茶苦茶……セックスしたい……」

密着していても、玲愛がほとんど聞こえないような声で囁いた。野外でのセックスは人に見られる可能性と、真夏日の日中で、脱水症状などに陥る可能性がある以上、ここに長居するのは得策ではない。絶頂感にたゆたい、綾人との抱擁に酔いしれる玲愛が、もし自分の言葉を聞き逃してしまうようなら、それはそれで仕方ない。家に帰ってからでも、今夜にでも……そんなムードになったら言ってみようと思ったのだが、

「ぅん♪　玲愛もしたい♪　と言うかね、最初からそうなれたらいいな～とか思ってた♪」

木々の多い公園の中、季節は夏なわけで、蟬時雨《せみしぐれ》が降り注ぐ中、玲愛は消え入りそうな綾人の言葉を聞き漏らさず、柔らかな笑顔で綾人の欲求に応えると告げた。

「ただ、その……玲愛腰が抜けちゃってて、このまま、抱っこしたままして欲しい」

要は、このまま対面座位の状態でして欲しいらしく、

「あ、あとね……さ、先に、したいって……言ってくれてありがとぅ……」

お兄ちゃんが言わなければ、玲愛の方から言うつもりだったこと、好きな人の方から言われるのは、とても嬉しいと、恥ずかしげに表情を綻ばせて告げる。お昼過ぎの公園で、人から見えないちょっと死角になった場所とは言え、長引かせれば人が来るかも知れないと、玲愛はショーツを横にずらし、綾人は制服のズボンのチャックを下ろし、トランクスのボタンを外し、肉棒だけを取り出す。もし人の視線が自分たちに向いても、恋人たちが抱き合っているようにしか見えない……と思う。誤魔化せるかどうか大変不安だが、困ったことに、今、玲愛を抱きたい欲求の方が大きいのだ。

「外でこんな風にオマ×コ出すの、すごく変な感じする」

「俺も違和感半端ない……」

家の外で性器を露出している。真昼間の公園、二人が感じる違和感は正常な反応で、

「……お兄ちゃん……おっきぃね……」

「昨日の朝以来してなかったからな……それに、仮にしてたって、玲愛とエッチなことしたんだから……大きくならなかったらヤバいだろ……」

今日が夏季休暇中登校日だということで、寝不足に、体力不足になってはと、昨夜と今朝のペッティングを行っていなかった。時間にしてたった三十時間ほどの禁欲……いや、禁欲と言えるほどのものかという意見の方が多いだろうが、それこそ朝と夜、大抵互いを絶頂させ合っていた蜜月な恋人同士なのだ。二人にしてみれば三十時

間も十分に禁欲と呼べて、玲愛は綾人の口で絶頂に導かれたが、導く間もずっと綾人は玲愛への奉仕に当然肉棒を硬くしていた。だが、快感を、刺激を受けず、玲愛を愛撫するということで先走りばかり溢れ出て、亀頭部は先走りでぬとぬとで、

「玲愛も……オマ×コ全然弄ってないのにショーツが意味ないくらい濡れちゃってる……玲愛は気持ちだけじゃなくて……身体も、ぉにぃちゃんのこと大好きだって主張してるみたいで……なんか嬉しぃ♪」

玲愛の姫割れは、今の今までショーツのクロッチ部分が当たっていたにも拘らず、愛液をつーっと滴らせるほどに濡れていて、全身でお兄ちゃんに抱き締められることを喜んでいるのだと体現していた。ほんの少しの露出でも、二人は初めての野外露出に興奮を抑えきれず、すでに前戯のような行為は済ませた後なので、

「玲愛……じゃあ、挿入れてくぞ?」

「んぅ……ひゃぅっ!　んっ、しょ……」

綾人は玲愛の腋の下に手をやり、そっとその身体を持ち上げる。

突然の浮遊感に少し驚き、声を上げてしまうも、少しでもお兄ちゃんが楽に自分を持ち上げられるようにと、絶頂後で力が入らない腕に力をこめる。

「いっぱい……濡れてるから……そのままで、きっと平気……」

「ちょっとずつ下ろしてくから、痛かったり、嫌な感じだったらすぐに言うんだぞ?」

高い高いをされる子供のような体勢で、にこっと微笑んでこくんと頷く。

綾人はゆっくりと玲愛の身体を下ろし、亀頭の先に玲愛の股間が触れる。

「なぁ、この体勢で挿入させるのって……滅茶苦茶難しくないか？」

「……あっ……」

玲愛の手はお兄ちゃんの首に回され、綾人の両手は玲愛の腋の下……一度目の初体験も、海の家での二回目のセックスでも、幼い姫割れを左右に広げ、膣口をちゃんと目視し、照準を合わせての挿入だった。しかし、互いに両手が塞がっている今の状態だと、膣口は制服のスカートに隠れて見えず、姫割れを左右に広げることもできない。

ならばスカートを脱がし……となると、もし他人が自分たちを見たとき、ただ抱き合っているだけとは思わないだろう。

性器が繋がっているのを誤魔化すためのスカートなのだ……。

「……ごめん……不安にさせた……よく考えたら、この体勢でも別段問題はなかった……俺が何回でも玲愛のこと持ち上げて……挿入できるまで試せばいいんだ……玲愛の身体ぐらい……何度だって持ち上げてやる……」

「んぅ♪　玲愛も……お兄ちゃんのオチン×ン受け入れるために頑張るから……」

まぁ、絶頂直後の気怠さから抜けきれていない玲愛にできることと言えば、肉棒を膣口に導くために、密着する性器同士の位置を教えることぐらいなのだけれど、

「今……お、お尻とオマ×コの間で……もうちょっと密着させたまま持ち上げて？」

綾人は言われた通り、肉棒に玲愛の股間の感触を感じたまま玲愛を持ち上げる。

「そ、そう……ひゃ……うん……今……オチン×ンが玲愛のオマ×コの線伝って……ひゃぁ！　い、行きすぎっ！　そこっ、そこクリトリスだからっ！」

「ご、ごめんっ！　も、もうちょっと下ろせばいいのか？」

スカートの内側で、肉棒が玲愛の淫核を擦り上げたらしく、持ち上げる玲愛の身体がびくんびくんと痙攣する。憚りながら、綾人は玲愛の身体のことを誰よりも知っているつもりでいた。もし、目隠しをした状態でどれが玲愛の手かと問われれば、たとえ百人の偽者がいたとしても本物の玲愛の手を探し出すだろう。

この三週間、綾人は今までの人生で玲愛を妹として必死に大事にしようと思っていたが、その玲愛を恋人として抱き締め、玲愛の姫割れをじっと観察した。綾人にとっても閉じていた瞼を開き、妹の裸をじろじろ見るなんて間違っていると知識でしかなかった部分を玲愛の裸体で十分すぎるほど補完したつもりだったのだが……、

——手で触るならまだしも……チ×ポじゃ快感が先に来て……。

亀頭部に感じるかすかな玲愛の肌の感触ですら、性的快感を得てしまい……。

記憶にある玲愛の姫割れを思い浮かべ、肉棒を膣口へと導こうと頑張るのだが、どうにも上手く行かず、数瞬、くちゅくちゅと姫割れと肉棒が擦れ合って……。

「っく、まだ……全然……挿入できてない……のに、っくぁああ！　玲愛のオマ×コ……膣内じゃなくても……表面の縦筋だけでも、チ×ポ擦れて、すげぇ気持ちぃっ！」

亀頭部から全身に広がる快感に、玲愛を支える両手の力が抜けそうになるも、玲愛を落としていいわけがない。早く挿入しなければと焦れば焦るほど、互いの性器が纏った愛液やら先走りやらが塗り広げられ、ツルツルと滑るばかりで、

「ぉ、ぉにぃちゃっ、玲愛も、玲愛もオチン×ンでオマ×コ擦られるの気持ちぃよぉ！」

兄妹はもどかしくも愉悦を感じていたが、これではセックスではなく素股だ。

綾人は快感に浮きそうになる腰にぐっと力をこめ、何度となく滑り、指で広げている時よりは恐らく開けていないだろうが、姫割れに肉棒をつーっと這わせ、

「玲愛っ！　オマ×コの入口っ、この辺りか？」

玲愛の膣口……記憶ではこの辺りで、ただ今まで挿入した正常位とも後背位とも違う体位ゆえ、角度の問題で同じように挿入できるかという疑問もあるが……、

「んぅん……もぉちょっと……ほんの少しだけ……下……」

綾人は数ミリだけ玲愛の身体を微調整し、今亀頭に当たっている場所が玲愛の膣口なのだと、確信を持つ。

「このまま、身体下ろして挿入するからな？」

「んぅ、玲愛の中に……膣内に来てぇ！」

持ち上げていた玲愛の身体をぐっと下ろし、狭くきつい締めつけで肉棒を握り締めるような玲愛の膣圧を亀頭に感じる。

「あぁぁああ！　挿入ってきてりゅっ！　ぎゅー、ぎゅーって、ぐりぐりってぇ！　ぉにぃちゃ……のオチン×ン、オマ×コの膣内に挿入ってきてりゅよぉ！」

呂律が回らなくなるほどの衝撃を受けながら、膣内へと挿入される肉棒の感触を感じている。玲愛の膣内はとにかく狭く、初体験の時も二度目の時もセックスを始める時の一度目の挿入は膣奥に至るまでに苦労した。三度目の今回もそうだ……二回も自分のこんな太いモノを挿入したのに、二度目はそれなりに激しく挿入したつもりだったのに、肉棒へと加えられる締めつけは緩むことはない。

「ぐぅ、あぁ……玲愛、ほんと、締めつけ強すぎだから……でも、奥まで挿入ったぞ？」

締めつけはきつくとも、肉棒へ与えてくれるのは痛み一歩手前で快感に変わる愉悦、膣奥まで挿入し、腋にやっていた両手を玲愛の背中へと回し、ぎゅっと抱き締める。

「んぅ、挿入ってる……この抱っこしながらするの、今までで一番オチン×ン深くて、赤ちゃんのお部屋……こつんこつんって、いっぱいノックしてるっ、ぉにぃちゃ……」

対面座位による三度目のセックス。正常位とも後背位とも違うのは、肉棒によって押し上げられる子宮口にも自分自身の体重が掛かり、より深い結合になること。先の絶頂の余韻など消え去り、今、膣奥を抉られる快感に身体を動かすことができなくなる。

「あぁ、俺のチ×ポが玲愛の膣内に全部埋まって……それ以上に先っぽで押し上げてるの……俺も感じてるっ、嫌じゃないか？　痛く……ないか？」

玲愛と同じく綾人も肉棒を膣深くへと埋め、快感に動けずにいたが、自分はお兄ちゃん、玲愛は妹……何よりも優先するのは妹が不愉快に感じていないかどうか、

「んぅ……大丈夫じゃないけど……大丈夫……」

「いや……矛盾してるから……」

「息が詰まりそうな感じだけど、すごく幸せ？」

「う～ん……まだ微妙に矛盾してる？」

「だってね……そうとしか……言い表せられないんだもん……おにぃちゃんに……ぎゅって、してもらいながらオチン×ン受け入れるの……すごく幸せで……好き♪」

玲愛自身、どう言い表していいかわからないらしいが、涙を潤ませる目元も、少し涎が垂れそうになっている口元も、苦悶には歪んでいない。

「とにかく……気持ち悪くはないんだな？」

「んんぅ♪　オチン×ンずぶってオマ×コに挿入ってて……存在感すごいけど、嫌な感じじゃないよ？　ぉにぃちゃんの……ちゃんと受け入れられたから、すごく、嬉しい♪」

「そうか……はぁ……うぅ……」

よかったと、安堵のため息を一つ吐き、玲愛自身が言ったように、玲愛の身体も綾人を求めるように締めつけてきて、幼い膣内の襞の脈動に呻き声を上げる。玲愛の心配は一番大事なことだが、二番目に大事なのは挿入直後に射精してしまわないことだ。

——いや、玲愛は喜ぶかもだけど、男として……それは情けなさすぎるし、落ち着け落ち着け……って、あ、そうだっ！　そんなゆっくりもしてられないんだったっ！

ここは、普段ペッティングを交わしている自室やリビング、浴室ではなく、死角だが、普通に人の行き来のある昼間の公園なのだ。

「玲愛……身体……もう動かしても大丈夫か？」

それが、抽送運動を開始していいかと聞いていることを玲愛も察し、

「だ、大丈夫だけど、ふにゅ、じっとしてるだけでも刺激されて、うぅ、ぉにぃちゃ」

——ああ、なんなんだこの可愛い生物は……おっと、俺の妹だった……。

深く挿入された肉棒の感触に身震いする姿は、もう言葉を失うくらい可愛らしくて、

「ひゃんっ！　うぅ……おにぃちゃ……ピクンピクンしてる……」

「わ、悪い……でも、反応しないはずないだろ……玲愛……可愛すぎるんだ……」

自分が今抱いているのは、甘えん坊で努力家で、兄のことに一生懸命な極上の妹……その妹の普段は勿論、重ねてきたエッチでそれぞれに見せた表情ではなく、対面座位だからこそ見せる表情が、シスコンなお兄ちゃんには堪らなく可愛く見える。

「はぅ……お、おにぃちゃんも……玲愛のこと抱っこして、持ち上げて……挿入しようと頑張ってくれてる時、格好よくて、今も、感じてくれてる顔、玲愛、大好きだよ♪」

この兄あって妹あり、ブラコンな妹も、兄が自分に必死になる姿にときめき、お兄ちゃんへの思いを、また膨らませる。そんな兄妹の気持ちに正直すぎるほどに影響を受け、締めつけをきつくする玲愛の膣内と、硬度と膨張率を上げる綾人の肉棒、結果として導き出されるより大きな快感に、二人は身体を震わせ、呼吸を乱れさせる。

「このままじゃ、初めての時みたいに何もできずに射精しそうだから……動くぞっ？」

「うんっ！　玲愛も感じたい……ぎゅって抱っこされてのセックス……お兄ちゃんのオチン×ンの感触……もっと感じたいよぉ！」

綾人は玲愛の身体を挿入するときと同じように抱き上げようとして、上手く持ち上げることができず、数センチだけ肉棒が膣口から抜けたところで玲愛を下ろしてしまう。

初体験での正常位、海の家での後背位の時の抽送は、肉棒を抜ける寸前まで抜いて再び挿入する抽送で、今回は抽送の幅が小さい、何度か挑戦してみるも、結果は同じ。

——おかしい……なんでだ……玲愛の体重くらい……いつも持ち上げてるのにっ！

「ひゃ、ひゃんっ……ぁ、あひゃぅう！　はぅ……おにぃちゃ……玲愛……重い？」

ストロークが短いことに玲愛も気付き、それは自分が重いせいで、お兄ちゃんは無理をしているのだと思ったらしい。

「玲愛の一人や二人っ、いやっ、たとえ百人だって重くないっ！　これは……」

どうして玲愛を持ち上げられないのか、綾人は逡巡し、そして答えを導き出した。

——ああ、そうか……玲愛のオマ×コが気持ちよすぎて力が入らないのか……。

この体勢、別段兄妹にとっては珍しい体勢ではなかった。綾人の膝の上に玲愛が座るのは、日常でよく見る光景だ。ただ、いつもは背面座位で、エッチなことを連想させずにスキンシップとして行っていることで、それを考えると、玲愛の体重はいつも感じているモノで、それを重いと思ったことはないし、抱き上げることも容易だった。

だから、玲愛の身体を持ち上げることができないこの状況は、普段と違うことをしているから、セックスしているから持ち上げられないという解答に導かれる。

「玲愛の……オマ×コが気持ちよすぎて……力入らない。ごめん……この体位だと、俺、玲愛のこと……ちゃんと抱いてやれない……」

下手に強がって玲愛を落としてしまうかも知れない可能性があるなら、素直に自分の力不足を、経験不足を認めよう……玲愛のことが一番大事なお兄ちゃん恋人だから。

「ぉにぃちゃ……んぅ……持ち上げようとしてくれなくていい……玲愛の方こそごめんなさい……ぉにぃちゃんに甘えてばっかで……ごめんなさい……」

対面座位は抱擁や互いの視線を交わしての愛情の確認には向くが、抽送運動を行うにはあまり適さないのだと、試してみてわかる。後背位でキスができないと後で気付いたり、今回のように抽送が難しい体位を選んだり、自分たちは本当に恋愛初心者だ……。

「あのね……玲愛、この体位でぎゅって……抱っこされるのすごく気持ちよかった。ぉにぃちゃんも……オチン×ンおっきくするんだから……気持ちよかったんだよね？抜き挿しは……しなくていいから……玲愛のこと、ぎゅってして？」

そしたら……絶対気持ちいい……きっと絶頂できるから……対面座位で身長差が縮まった分、顔が近くて……綾人は自然と顔を近づけ、そっとくちづけていた。

「んっちゅぱっ！　ひゃ、んっ！　ぉ、ぉにぃちゃっ……れちゅ……んっあむ……」

——ほんと……恋人になってから……キス……我慢できなくなってる……。

お兄ちゃんだった時は、玲愛が求める時にだけしてやった。それも、おでこやほっ

ぺがほとんどで、唇へのくちづけなど、してはいけないとまで思っていた（実際には何度もしてしまっていたのだが……）。しかし、恋人になってから三週間……綾人の方からくちづけを……それも唇へ、唐突にしたくなる瞬間があって……玲愛の方から求められた時は、軽く唇を合わせるものが多い中で、その瞬間のくちづけはいつも唇を合わせるだけでは終わらなくて、今も、妹の唇へと舌を挿し入れ、自分の舌と玲愛の舌を絡ませて……口腔内も味わい、同時に、玲愛が求めに応じぎゅっと、抱き締める。

その抱擁により、結合が深まり、子宮口を思いきり肉棒で抉ったらしく、

「んっはむ……れちゅ……んっ！　んっあぁあああ！」

大きな嬌声を上げ、綾人の首に回していた両手の力が少し抜ける。大人なくちづけを中断し、玲愛を支えるように抱き締め方を変えて、妹の顔を覗きこむ、

「れ、玲愛？　大丈夫……か？」

抱っこして？　ぎゅってして？　抱き締めて？　と言われ、愛情たっぷりに力を入れて抱き締めたのだが、耐えるように身体を震わせる玲愛に、さすがに心配になる。

「んぅ……おにぃちゃんの、ぎゅ……気持ちよすぎて、うぅ……一気に絶頂しそうになった……もう……ちょっとだった」

玲愛の言葉が本当だと証明するように、アクアマリンの瞳が潤む……正直、綾人も

玲愛が声を上げた瞬間の膣内のざわめきに射精しそうになった。

抽送だけがセックスではない。そして、セックスだけが愛情確認の方法ではない。

言葉も、抱擁も、くちづけも……玲愛と行うスキンシップの一つ一つが、交わす言葉の一つ一つが愛情の確認なのだから、セックスをしているからと言って玲愛を絶頂させるのに抽送運動に拘る必要はないのだと、目の前の玲愛が教えてくれる。

「玲愛の身体……お兄ちゃんが玲愛のこと好きだって、愛してるって……言ってくれるだけでもきゅんきゅんって……びくんびくんって……しちゃうくらい、お兄ちゃんに染められちゃってるんだ……キスの度に……ぎゅっ、の度に……玲愛、ちゃんと気持ちぃよ？　お兄ちゃんは？」

「俺も……玲愛と一緒だ……玲愛とキスする度に……玲愛が俺のこと、好きって言ってくれる度に感じてる……嬉しすぎて……射精しそうになるくらい……」

「んぅ♪　おにぃちゃんと玲愛は相性抜群だから♪　きっと、一緒に気持ちよくなれるよね♪　お兄ちゃんたくさん抱っこして？　玲愛のこと、ちゃんと絶頂させて……お兄ちゃんも玲愛のオマ×コに……子宮に……たくさん精液、射精して？」

今の玲愛の表情を他の人（男女関係なく）が見たら、数週間は自慰のおかずに困らないのではないだろうか。生憎と、この蕩けた表情も身体も、心も、紡いだ言葉の一言さえも、すべて自分のもので、万が一にも、億に一つもそんな仮定は実現しないが

……、

「玲愛のこと、たくさん気持ちよくして、俺も玲愛で射精したい。大好きだ、玲愛……」

すべてを捧げてくれる妹に、兄であり恋人である自分もまた、すべてを捧げよう。

何度重ねても足りないくらい……満足できないくらい……でも、飽きることは決してなく、重ねずにはいられない小さな唇へ、再びくちづけ、ぎゅっと抱擁を強める。

亀頭に当たる子宮口の感触を感じながら、より強い、より深い結合を求め、玲愛の身体を、抽送の時のように持ち上げるのではなく、ほんの少しだけ前後に揺らし、膣内に肉棒を挿入したまま膣奥を擦って刺激する。

「ぁァああっ！　ぉにぃちゃっ、ぉにぃちゃっ！　オチン×ンがオマ×コのぉくっ、いっぱいぐりぐりして、気持ちぃよぉ！　すごいっ、感じちゃってるぅ！」

透き通った玲愛の嬌声が上がるも、公園の木々にとまる蟬の求愛の鳴き声に掻き消され、この涼やかな声は綾人が独り占めにする。

「玲愛、俺もチ×ポ溶けそうなくらい気持ちいいっ！　玲愛の奥にチ×ポ擦りつけるのっ、気持ちよすぎだからっ！」

「んぁっ！　嬉しぃよぉ、玲愛でたくさん感じてくれてるんだ♪　玲愛、それ聞いただけで、お兄ちゃんが玲愛の身体気持ちいいって言ってくれるだけで、ひゃうぅ！

イっちゃうよぉ！」

体格差から玲愛の姫割れはお兄ちゃんの肉棒をいっぱいいっぱいに受け入れ、隙間がないくらいぴっちりと締めつけていて、それが前後に揺らされて生まれるわずかな摩擦でも十分感じさせられるほど玲愛は敏感で……何より、お兄ちゃんの大きな肉棒をちゃんと膣内の行き止まり、子宮口まで受け入れられる喜びは大きくて、尿道口から分泌される先走りが亀頭によって塗り広げられ、熱を持つのを感じ、玲愛も愛液をおしっこを漏らすように吐き出す。

「んぅぅっ！　おにぃちゃっ！　玲愛っ、イってるよ？　おにぃちゃんは？　射精できる？　一緒にイキたいよぉっ！」

自分が絶頂している間に、お兄ちゃんにも射精してもらいたい、乙女としては絶頂の瞬間を共有できるのは非常に大きな幸福だから……無論、綾人もそうしたい。

そうしたいのだが、綾人は射精できずにいた。何も玲愛の膣内が気持ちよくないのではなくて、絶頂時の膣内の脈動があまりに甘美な刺激だったので、もっと味わいたいっ、もっと気持ちよくなりたいと、射精までの時間を長引かせるように力を入れてしまったのだ。玲愛の絶頂が余韻へと変わりかけた時、綾人は玲愛への抱擁を強めた。

もっと深く繋がりたい、もっと、もっと強く玲愛のことを感じたい、感じさせたい……そんな欲求が綾人にそんな行動を取らせ、

「ああァぁあぁぁっ！　ぉにぃちゃっ！　ぉにぃちゃっ！　玲愛、玲愛またイクっ！　ぉにぃちゃんの抱っこ、オチン×ン気持ちよすぎてっ、また、イッちゃうよぉ！」

痛い一歩手前の綾人の抱擁に、先ほどに負けず劣らずの乱れっぷりで絶頂に至り、身体をびくんびくんと痙攣させた。

「っく、ぁあぁ！　玲愛っ！　今度は、俺もイクっ！　俺もっ玲愛で、射精するっ！　玲愛の膣内に、子宮にっ、たくさんっ、たくっ、さんっ飲ませるっ！　っくぅぁあ！」

綾人は制服をはだけた婀娜《あだ》姿の玲愛が、びくんびくんと自分にしがみつきながら身体を震わせる様子に、連続絶頂の衝撃に漏れ出る嬌声に、口の端から涎を一筋、顎へと伝わせる恍惚の表情に、自分の肉棒をこれでもかと締めつけ続ける膣の心地よさに、抽送のようにはっきりとした刺激とは別の、下火でじわじわと炙られるような刺激によって玲愛の存在を感じさせられ、陰嚢で生成された煮え滾る白濁を、玲愛の子宮口へ肉棒を密着させた状態で解き放った。

「んぅぁあぁあぁ！　ぉにぃちゃっ！　ぉにぃちゃっ、出てりゅ、いっぱい出てりゅよ！」

待ち望んだお兄ちゃんの射精を子宮口で受け止め、玲愛はお兄ちゃんの抱擁の中、またぶるぶると身体を震わせる。

勢いよく吐き出された精液は、瞬く間に子宮口の内側と膣内を白く染め抜き、それでも脈動に伴い新たに白濁が吐き出され、幼い膣の隙間からどぴゅっと溢れ出す。

十数秒の長い射精が終わりを告げ、綾人が少し抱擁の力を抜いたとき、

「あぁ……ぉにぃちゃ……また……あ、溢れっ、ひゃんっ！」

意識があるのかないのか、譫言《うわごと》のような言葉の紡ぎ方をしたかと思うと、しゃーっと、強い水圧を持った液体が砕ける音がする。おしっこの時は大抵ちょろちょろと漏れる感じなので、今回は潮吹き絶頂してくれたのだ。

おもらしと潮吹きの違いを、確認せずともわかるようになるくらいには、自分たちは経験を積んだらしい。玲愛は最後にぶるんと震え、潮吹きを終える。

「……おにぃちゃ……この、絶頂するときに、しゃーってなるの……嫌い……玲愛、お兄ちゃんのこと……汚しちゃってる……」

申し訳なさそうに、恥じ入るようにおでこを擦りつける玲愛。

「せっかくおもらししなくなったのに……これじゃ……ヤダよぉ……」

「いやいや、おもらしもしてるだろ？　朝練の後一緒にお風呂入って弄るとき、今週は二回おもらしで潮吹きが二回……恋人が気持ちよくなった証を浴びせられたって、汚いとか思うわけないだろ……」

海の家で初めて潮吹き絶頂を経験してから、激しいペッティングは主にお風呂場で行った（後の処理が楽だから）、そして、快感をちゃんと受け入れての潮吹きが二回、

受け入れきれずにおしっこを漏らしてしまったのが二回……まだ完璧に大人な絶頂ができるわけではないことは、絶頂させる綾人が一番よくわかっている。

「ふぅぅ……かぷっ……あむあむ……」

今日はおもらしではなく、大人な絶頂の潮吹きだったし、玲愛が気持ちよくなってくれた証なのだから、汚いなんて思うわけがない、というフォロー以外、余計なこと言わないでと、照れ隠しに二の腕に甘噛みしてきて、甘噛みなので痛みはまったくないのだが、噛みつく玲愛がいじらしくて、愛しくて……二の腕？

「って！　こんなとこに噛み傷付けられたら冷やかされるだろっ！」

制服を着ても、バスケのユニフォームを着ても、隠れない部分に甘噛みの痕をつけられて……玲愛は甘噛みの痕をペロペロと舐め、口を離し、

「んっ！」

お兄ちゃんだけに恥は掻かせないからと、首筋をこちらに差し出してきて……、

──これは……あれか？　噛めってことなのか？

「え？」

「んっ！」

今までもキスマークを背中や胸、目立たないお尻などに残し合ったことはあったが、首筋や二の腕など、部活のノースリーブのユニフォームでは隠せない……しかし、ん

っ！　と強く求めてくる玲愛に対し、

――まぁ、少しの痕だったら明日には消えてるか……。

という油断もあり、綾人は玲愛の首筋へとくちづけ、がぶっと甘噛みする。

「んっ……んぅっ……ぇへへ♪　これで、お揃いだね♪」

本来は透けるように白い肌が日焼けし、その日焼けにわずかだが赤い噛み痕が生まれる。

少し痛かったかも知れないと心配になったが、自分では見えない位置の噛み痕を確かめるように指でなぞり、満足げな玲愛を見て、ああ、大丈夫だったのだと安堵する。

安堵したところで、綾人は玲愛への抱擁を解き、挿入時と同じように妹の腋へ手をやって抱き上げ、膣の奥深くまで挿入していた肉棒を抜き去る。

抜き去った後の膣からは、ドロっと精液が零れ出てきて、今まで膣内へ挿入されていた肉棒も自身の精液と愛液でテラテラと濡れ光っていた。

玲愛を膝の上に下ろし、そっとショーツを戻そうとすると、

「あ、待ってっ、ぉにぃちゃ……そのままじゃ、染みてきちゃうから……」

と、鞄から少し大きな絆創膏を取り出し、それを姫割れを覆うようにペタッと貼るように指示し……綾人は玲愛に従うが……、

「その、敏感な……デリケートな？　場所なんだし……こういうことしない方が

……」

大体、なぜこんなことをするのか……理由もわからないまま玲愛の姫割れに絆創膏を貼って……、

「経験則って言うか……うん、海の家で精液そのままで水着着けて……大変なことになったから……それに、家に帰ったらちゃんと剝がすし……家に帰るまで……お兄ちゃんの温かいの……感じてたいから♪　あ、お兄ちゃんの方も、後片付けするね？」

言うが早いか、玲愛は綾人の膝から降り、まだちょっとふらつきながらも顔を肉棒へと近づけ、なんの躊躇いもなく愛液やら精液やらで濡れたそれを口の中へと収める。

この一週間、玲愛は毎日一度は口奉仕によって綾人を射精に導いた。

お兄ちゃんが気持ちいいと褒めてくれたのが嬉しくて、もっとちゃんと気持ちよくしてあげたいと特訓を積んだ。

「セックスした後のオチン×ン……すっごくえっちぃ味する……玲愛のえっちなお汁と……お兄ちゃんが出してくれた精液の味が混ざって、すごくえっち……ちゅぷ」

「つぅ……セックスした後の敏感なチ×ポに……玲愛の舌……気持ちよすぎる……」

何事も覚えのいい玲愛は、一度目の口奉仕で綾人の弱いところを見極め、二度三度と毎日続けるごとに技巧は磨かれ、一週間経ってお掃除フェラと言えども油断すると……、

「っくあ！」

「んっちゅ……こく、こくん……れちゅ……」

精液を搾り取られる……やはり三十時間の禁欲はきつかったらしく（いや、短すぎるだろうという突っこみはなしの方向で）、綾人はまだ射精直後の余韻の中にあり、その余韻が二度目の射精の呼び水として機能し、我慢などできないうちに射精に導かれる。

「二回目♪　出してくれてありがと♪」

「いいや……なんの構いもできませんで……」

ここまで簡単に精液を搾り取られてしまって、なんとも情けないが、それは玲愛の愛撫が気持ちよすぎるからで……玲愛は二回目の射精の精液を口腔内に収め、ペロペロと今の射精の残滓も舐め取る二度目のお掃除フェラ……今度は激しさを抑え、綺麗に舐め終えトランクスの中へと肉棒を収める。

「外でするのって、すごいスリルだね♪　嵌っちゃったらどうしよう♪」

三度目のセックスにお掃除フェラでの射精……初めての外でのセックスに二度も精液を射精してもらい、玲愛は興奮冷めやらぬ顔で向日葵《ひまわり》のような笑顔を浮かべる。

すでに立ち上がった玲愛に、綾人も足に力を入れてベンチから立ち上がろうとするも、一瞬眩暈がした。単純な水分不足か、激しい運動のせいか……、

「本当……嵌りすぎないように気をつけなきゃな……」

自嘲気味に玲愛の言葉に返す。一週間前の決め事、やはりこれは正しかった。

ペッティングと比べものにならないほどに体力の消耗が激しい。

「お兄ちゃんが求めてくれたら……玲愛はいつでもウェルカムだからね?」

一歩引いて自分からはセックスを求めないようなことを言っているが、玲愛の誘惑が激しいから、綾人も我慢できずに今回のようなことになったのは、動かしようのない事実だろう……結局、綾人の意思の固さが重要なのだけれど……公園を後にし、帰宅の途に就き、そっと手を握ってくる少女の魅力を無視するのは、自分には不可能だろう……現に家に帰り、一緒にシャワーを浴びながら姫割れの絆創膏を剝がせば、再び行為を求めてしまうような気がする……ちなみにだが、翌日には消えるだろうと綾人が判断した甘噛みの痕は両人とも消えておらず、互いに自分の所属するバスケ部の面々に冷やかされ、顔を赤くする羽目になったが、そんな恥ずかしさがどこか嬉しくすらあった。

これが恋人同士と言うものなのだろうか。部活からの帰宅の途で互いにこれを報告し、また微笑み合いながら指と指を絡める恋人ツナギをしながら蟬時雨響く夏の日差しの中を歩いていく。

8月19日 夏祭り、花火の下で全部捧げて

夏休み二十七日目の八月十六日……玲愛が夏風邪を引いた。

お医者様には、目に見えない形で蓄積した疲労が限界を超えたために体調を崩したのだと言われ、四日分の薬を処方された。帰宅後、玲愛はふらふらの足取りで自室ではなく、綾人の部屋へとやって来て、パジャマに着替えてベッドに潜りこみ、

「休むなら自分の部屋の方がいいだろ？　ほら、抱っこしてってやるから」

すでに横になっている玲愛を抱き上げようと、横になる玲愛の身体の下に手を差し入れ、抱き起こそうとするも、敷布団にぎゅっとしがみつき、

「ヤダ……お兄ちゃんと……一緒にいたい……お兄ちゃんのベッドで寝たい……」

なんて我儘を言って……元気な玲愛が相手なら、綾人もその我儘を聞く……というか、歓迎するところだが、今の玲愛に必要なのは安静、休養で……自分がいることが

玲愛にとってストレスになるのではないかと、玲愛の意思よりも体調を優先した方がいいのかと逡巡し、両親に相談するも、玲愛には綾人と一緒にいるのが一番リラックスできるのではないか、玲愛がそれを求めるなら、聞いてあげてと言われたので、綾人も心を決めた。玲愛の夏風邪の症状は頭痛、発熱、倦怠感で、綾人が部屋に戻ると、着替えたばかりなのに玲愛はパジャマがぐっしょりになるほどの汗を掻いていた。

汗を掻くのは体温調節のため、身体が風邪を治そうとしているとわかっているが、汗で濡れたままのパジャマでいさせることはできないと、汗を吸ったパジャマを脱がせ、身体を綺麗に拭いてやり、替えのパジャマに着替えさせ、水分を取らせ、両親に言ったように付きっきりで看病する。看病される間、玲愛がしきりに気にするのは、三日後の八月十九日に開催される地元の夏祭りのこと、

「おにぃちゃ……玲愛、お祭りまでには、よくなるよね?」

「お医者さんは四日分の薬、処方しただろ? 四日はおとなしく養生しろってことだ。半端に回復、無茶して悪化とか……一番しちゃいけないことだってこと、わかるな?」

こちらを見つめるアクアマリンの瞳が潤み、目尻からつーっと涙が零れ、ベッドの敷布団に滲みこんでいく。それが熱によるものなのか、お兄ちゃんに嘘でもいいから、《ああ、絶対よくなる。よくなって、一緒に行こうな?》

と言って欲しかったのに、それとは反対の言葉を言われたことに対する悲しみから

の涙か……恐らくはどちらもで……。

お兄ちゃんと浴衣デート♪　と楽しみにしていた玲愛には、綾人の真に玲愛のことを考えての言葉を認め難いらしい。お兄ちゃんの言い分が、本当に自分のことを考えてくれているからこその言葉だと、玲愛は察せる娘なのだけれど、だからこそ、ガンガン頭痛のする頭の中で天使と悪魔が激しいせめぎ合いを繰り広げているのだ。

――お兄ちゃんは玲愛のこと、本当に心配してくれてるからこそ、こんな言い方するんだよ？　ただでさえ甘えちゃってるんだもん……我儘言っちゃダメ……。

――にしても酷すぎるっ！　玲愛、本当にお祭り楽しみにしてたのにっ！　ちょっとは希望持てるような言い方してくれてもいいじゃんっ！

「おとなしく寝てろ、祭り当日治ってなかったら、お兄ちゃんも祭りには行かない。玲愛に、ずっとついててやるから……な？　余計なこと考えずに目閉じてろ」

額に浮かぶ汗も、目元に溜まる涙も、濡れタオルで拭ってくれるお兄ちゃんを見て、

――素直になりたい……我儘聞いてくれてありがとうって……お兄ちゃんの言葉……素直に聞きたいのに……。

甘えん坊な玲愛の心中で、鳴りを潜めていた反抗期が今、爆発した。

「ヤダ……絶対……お兄ちゃんとお祭り行くんだもん……」

口から出る声は非常に弱々しい。寒気がするのはこれから熱がさらに上がるからか

……身体の軸がずれたように、激しい倦怠感。指を動かすことにすら違和感を覚える。

まだまだ、自分の体調は悪い方向へと向かっているのに、お祭りに行くなんて我儘を言ってお兄ちゃんを困らせるのが、果たしていい妹だろうか……冷静に自分を見つめる自分がいるのに、玲愛は止まらない。処方された薬袋を指差し、

「頓服……使って……早く治す……お兄ちゃんとお祭り……行きたい……」

なんて言って……綾人も頓服薬が症状が進行する中で、一番つらくて我慢できない時にだけ使用するということは知っているが、風邪を引いた初日のうちから使用し、自然に上がる体温を、身体が風邪と戦っているから上がる体温をむやみに下げてしまっていいのか……綾人は頓服について携帯で調べながら逡巡する。そして、

「夕飯前の調子見て決めよう。熱高すぎて夕飯食べれないってなったら、身体に栄養取らせてやれないし、他の薬も飲めないし、だから、それまでは我慢してくれ……」

三日後の祭りに行くためにと、安易に頓服薬を使用して、かえって風邪が長引くのは、綾人もつらいが玲愛自身が一番つらいのだ。

自然に掻く汗は掻かせた方がいい……取り合えず、あと数時間は……。

「んぅ、わかった。ぉにぃちゃ……でも、手ぇ繋いでて？」

「おお、お安い御用だ」

ゆっくりと布団の中から玲愛の手がこちらへ差し出され、その手をぎゅっと握る。

男女の体格差から玲愛の手は綾人と比べて当然小さいのだが、今日の玲愛の手はさらに小さく感じる。発熱しているからその手は熱く、汗を掻いていた。代われるものなら代わってやりたい……熱にうかされ、呼吸も乱れて……力なく握り返してくる手をぎゅっと握ってやることと、汗を拭ってやることしかできない自分が情けない。

夕食前、玲愛の体調は悪化していた。三十八度五分を超えた発熱、病院から帰宅後に着たパジャマは汗でぐしゃぐしゃになり、倦怠感もさらに増してふらふらな状態で、

「しょうがない。これじゃご飯食べれないし……頓服飲もう……あと着替えもだな」

できれば使わない方がいいのだが、綾人は頓服薬の入った紙袋を取り、

「頓服飲んで楽になっても、実際は治ってないんだ。ご飯食べておとなしく寝て、ちゃんと治して、体力も戻さないと絶対に祭りには連れていかないからな?」

「んぅ……わかった……おとなしくして、早くよくなる……」

もう反論する元気もないらしく、玲愛は素直に綾人に従う。紙袋から薬を取り出し、

——なんで……座薬?

綾人は絶句した。取り出した薬は経口摂取の薬ではなく、お尻から入れる座薬で、

「おにぃちゃ?」

「いや、頓服飲むタイプじゃなかった。お尻に入れるタイプで……」

玲愛の顔は発熱で赤いのだが、綾人も手にした薬の説明に赤面する。

「ざ、やく？　子供のときに……したやつ？」

「そう……お尻に入れなきゃいけないから……母さん呼んでこようか？」

以前、お尻についてからかったときに赤面し、頭突きを何発も食らわせてくるほどに羞恥を感じた玲愛だ……風邪を引いて意識が朦朧としていても、羞恥は感じるはず、だからこその気遣いだったのだが、

「いい……お兄ちゃんが……入れて？」

前回怒った時は、たとえお兄ちゃんでも、恋人でも、見られれば恥ずかしい場所はあるとの抗議……羞恥を発熱で麻痺させたわけでないことは目を見ればわかる。

ちゃんと羞恥を感じた上で、それでもなお、自分に入れて欲しいと言っているのだ。

玲愛は上気した顔でこちらを見つめ、ベッドの脇に座る綾人に手を伸ばしてくる。

一度空振り、ぎゅっと綾人のTシャツを掴むその手を拒絶できるはずもなく……、

「わかった。俺が入れてやる……あと、これだけ熱あったら今日は風呂無理だから、身体拭いてやる。座薬入れるにしても、先に身体拭いてからだな、ちょっと待ってろ」

綾人は温水の入った桶とタオルを持ってきて、

「ほら、起きられるか？」

「んぅ……」

ふらふらと危うげにベッドの上に座る玲愛、ごそごそとパジャマのボタンを外そうとするが上手くいかず、見兼ねた綾人が上から順にボタンを外し、袖を抜かせる。

「ごめんなさい……」

「気にするな、面倒だとか……そんなの全然思ってないから」

いつもできていることができず、情けなくて、力ない声で謝ってくるも、手伝うのは兄として当然のことだと言い聞かせ、ズボンも脱がし、寝るときにブラジャーをしない玲愛はショーツ一枚になる。タオルを温水に浸し、絞って玲愛の身体を拭いていく。

「熱くないか？」

「んぅ……温かくて……気持ちぃ……」

玲愛の裸体はそれこそ思い浮かべるだけでも興奮を禁じ得ないものなのだが、直接見ているにも拘らず、綾人は病床の玲愛へは興奮を覚えなかった。ある意味、玲愛に対して失礼なのだが、発熱して苦しげな玲愛に対しては興奮よりも心配の方が大きくて、むやみやたらに興奮しない自分は一人の男である前にお兄ちゃんなのだと、少し嬉しくなる。元気な玲愛の微笑みにこそ、甘えん坊で一生懸命な態度にこそ、背伸びして綾人を誘惑してくる姿勢にこそ、自分は興奮を覚えるのだ。

身体を綺麗に拭き終え、あとはショーツの内側、座らせていた玲愛を寝かせ、そっとショーツを脱がせる。

倦怠感に苛まれる中でも、わずかに足を閉じようと力を入れるのを感じて、

「ごめんな……恥ずかしい思いさせて……でも、綺麗にしとかないといけない場所だから……ごめん……お兄ちゃん強引になるぞ？」

玲愛の羞恥はわかるが、汗を掻いた部分を清潔に保たずに汗疹《あせも》になるのは玲愛なのだ。玲愛もお兄ちゃんの意図を理解しているし、だからこそパジャマを脱がされる時も、優しく身体を拭いてくれるお兄ちゃんに対しても抵抗せず、逆に申し訳ないという思いでいっぱいだったのだが、さすがに最後の一枚を脱がされた時には力が入ってしまった。

しかし、お兄ちゃんの優しい声に、自分のことを一番考えてくれているという実感をくれるお兄ちゃんの手に、すぐにその力も抜ける。

力が抜けたことで、綾人は強引に足を開かせようと手にこめていた力を抜き、優しく、極めて優しくデリケートな姫割れを濡れたタオルで清める。

ビクンと無意識の内にも身体を反応させてしまうのは、普段であればお兄ちゃんから与えられる快楽を身体が覚えてしまっているからだろうが、今日は目的が違う。

姫割れを清め終え、今度は後ろと、玲愛の身体をうつ伏せの状態にする。

大好きな人にでも見られたら恥ずかしい……お兄ちゃんは可愛いと言ってくれたけ

れど、それでも拭いきれない羞恥が発熱して赤く染まっている顔をさらに赤くする。

一方で綾人も、姫割れまではお兄ちゃんの堅固な奉仕心で玲愛の身体を清めていたが、気持ちを伝え合い、身体を重ねる間柄であっても、お尻の穴を見せることに羞恥がないわけがないのに、自分の言うように身体を晒してくれる玲愛がどれだけ自分にすべてを捧げてくれているかを思い知らされ、それまではおとなしくしてくれていた肉棒が膨張してきたが、今はそんなことを考えている場合ではないのだと、性欲に走りそうになる衝動をお兄ちゃん根性で抑えこみ、お尻の穴に濡れたタオルを押し当て、優しく清める。そして、座薬の説明書に書かれていた挿入させやすい体勢ということで、

「玲愛、ちょっとしんどいかもだけど、四つん這いになれるか？」

「んぅ……頑張る」

玲愛がお尻をこちらに向けた状態で四つん這いになる。足を開いているため、姫割れもお尻の谷間もよく見える。少し左右に開いてやると、お尻の穴が綾人の視線に晒され、ヒクンと恥ずかしげに微動した。挿入する場所を確認し、座薬を一つ紙袋から取り出して、パッケージを切り、ロケット型の薬を取り出し、指の温度でも溶けてしまうらしいので、左手で玲愛のお尻の谷間を開かせ、穴に薬の尖った方を押し当てる。

「力……抜いてろよ？　薬だけじゃなく、指もちょっとだけど挿入れて、何秒か栓し

なきゃいけないらしいから……」

「んぅ……わかった……」

羞恥と不安、発熱で真っ赤な顔をこくんと頷かせ、枕に顔を預ける。

「いくぞ?」

「んぅ……」

力を抜かせ、お尻の穴に押し当てていた薬を慎重に押しこみ、薬が見えなくなったところで人差し指の第一関節までをゆっくりお尻に挿入し、薬を奥まで押しこんでいく。玲愛は姫割れに指を挿入されるのとは違う感覚にどぎまぎしながらも、必死にお兄ちゃんの指を受け入れる。

「ん、んぁ……んぁ、あぁぁあ……ふにゃぁぁあああ!」

十秒、十五秒……たったそれだけの時間、常時であれば、ふっとした瞬間にはすぎているその時間が、とても長いものに感じる。

指を締めつけてくるお尻の穴の感触と、身体の中でも体温が高い場所であるお尻の熱を感じながら、綾人はその時間を正確に数え、そっと指を抜いていく。

「玲愛、よく頑張ったな、違和感もあるかもだけど、すぐに溶けてなくなるからな?」

指を清めてからベッドに散らばった金糸の長髪を纏めるように梳いてやると、

「んぅ♪　お尻の処女、お兄ちゃんの指にあげちゃったね♪」

「お尻の処女って……」

発熱して、座薬を挿入された緊張から解放されてとろんと蕩けた顔で嬉しげに言うものだから、綾人もその場の空気に流され、

「元気になったら……チ×ポでちゃんと奪ってやる……だから、早く元気になってくれ……玲愛が……玲愛が元気じゃないと……お兄ちゃんもつらい……」

拭いたばかりだというのに汗の浮かんだおでこにくちづけ、新しいショーツ、パジャマを着せ、布団をかぶせ、もう一度おでこにキスをすると、

「んぅ……玲愛、早く元気になるよう……頑張るね？」

「頑張らなくてもいいから……ゆっくり休め……起きたらご飯にしよう……」

起きた時には少しはマシになっているだろうか、兄の心配をよそに、玲愛は頓服薬を使用して、少しだけ安心し、綾人の手を握ったまま、すやすやと寝息を立て始める。

綾人の献身的な看病のおかげか、三日間で四度の座薬挿入、熱が下がったおかげでお母さんが作った栄養バランス抜群の病人食を食べ、三度三度きちんと薬を飲めたためか、玲愛は祭りの日の当日、元気な姿を綾人に見せた。この三日間、夏風邪を引いたと聞いて、玲愛の部活メンバーがお見舞いに来たり、看病するということで部活を休んでいる綾人に部長が訪ねてきたり（ちゃんとよくなるまで面倒見るんだぞという

激励)、自分たち兄妹は本当に周りに支えられていると再認識した。

約束通り、八月十九日の夕暮れ、玲愛は群青色の生地に花火柄、それも派手な打ち上げ花火ではなく、線香花火の弾ける火花の意匠の浴衣を着付けられ、運動する時とは少し違う髪の纏め方をして簪《かんざし》を挿し、楚々とした雰囲気で綾人の待つ玄関に現れた。

「どうかな……似合う?」

「……おお……凄い……綺麗だ……」

「浴衣が?　玲愛が?」

「んーどっちもだな」

「こういう時は玲愛がって言うんだよ?」

「玲愛が綺麗だ……」

「もう遅いんだけどね……」

「悪い。ほんと、言葉に困るくらい綺麗だったから……」

綾人のフォローに、かぁ~っと顔を真っ赤に染める。

「言うタイミングは遅いけど……フォローは満点だから……困っちゃうよ……」

玲愛はお兄ちゃんが着る男物の浴衣の袖にそっと手を伸ばし、ぎゅっと握る。

祖母、母親譲りの金髪にアクアマリンの瞳、身長は平均よりも低いが、胸元は豊満で、一見浴衣という和装にはミスマッチな体型、容姿に思えるが、玲愛の美貌は見事に浴衣を着こなし、こちらに向ける微笑みに綾人は自分の妹の魅力を再確認した。

カシャ、カシャ……カメラのシャッター音が玄関に響き……、

「玄関でイッチャイチャするのはいいんだけど……見送りのお母さんまで赤くなっちゃうような雰囲気作られると……弟か妹が増えちゃうかもよ？」

「「っ！」」

互いが互いに気を取られ、玲愛と一緒に玄関まで下りてきていた母親の存在に気付けず、その母親は微笑ましげに自分たちを半ば呆れて見つめていて、シャッター音はその手にある携帯からだった。

「二人とも、すごく可愛いから撮っちゃった♪　帰り、あんまり遅くなっちゃダメよ？　綾人はちゃんと玲愛のこと守ってあげるのよ？　あ、一応家の鍵持っていってね？」

母に見送られながら兄妹は手を繋ぎ、祭り会場である近所の神社へ向かう。

祭り会場にて、夕飯代わりに屋台の焼きそばやたこ焼きを食べ、一人では食べきれないからと、一つのリンゴ飴を二人で舐め合って、夏風邪を引いて苦しんでいる時の表情が嘘のように嬉しげな笑顔で綾人の腕を取って大はしゃぎしながら屋台を回る。

その中でそれぞれの部活メンバーやクラスメイトに出会い。

夏風邪の快癒を喜ばれたり、浴衣デートをからかわれたり、高等部男子バスケ部の

部長と中等部女子バスケ部の部長（二人は親戚関係）が浴衣デート（自分たちのようにベタベタではなく、非常に初々しい距離感で、手も繋げずにいる感じ）に遭遇し、気まずくなったりして、夕暮れ時に出てきて、屋台を回るうちに茜色の空は暗くなり、境内の篝《かがり》に火が灯り、屋台にも明かりが灯り、花火の時間になる。一つ、二つ、三つと花火が咲き、そこからは数えられないほどに連続で咲き、兄妹は夜空を彩る花火を見て、

「お兄ちゃんがたくさん玲愛のこと看病してくれたから、今お兄ちゃんと花火見れてるんだよね……お兄ちゃん……あの約束……今日叶えてくれる？」

——約束？　えっと……？

と一瞬考えると、それを察したのか、綾人の耳元に口を近付け、

「風邪治ったら……元気になったら……玲愛のお尻の初めて……ちゃんとオチン×ンでもらってくれるって……」

病床にあった玲愛を元気付けるために、場の雰囲気に流されて冗談半分で言った言葉を玲愛はちゃっかり覚えていて、連続で咲き続ける花火の大きな音が響く中、他の花火見物客には聞こえないほどの声で、耳元への囁きとは言っても、恥ずかしい言葉を使っての告白は羞恥を抱かせたらしく、自分を見つめる玲愛の頬は真っ赤で……、

——いや……アレは、玲愛が早くよくなってくれたらって思っての言葉で……それ

に、玲愛……祭りには連れてきたけど、病み上がりで……エッチなんて……。

雰囲気に流されたとは言っても、一度口にした言葉を、特に玲愛と交わした会話の中での約束事を破りたくない……嘘にしてしまいたくない……。

「きょ、今日って言うけど……その、玲愛は病み上がりなわけで……」

しかし、だからと言って病み上がりの玲愛にお尻での初体験なんて無茶をさせ、夏風邪がぶり返したら、と考えるのが綾人というお兄ちゃんで、

「先延ばしにしたくない……今日がいい……初めての時も、先延ばしにはしなかったよ？　玲愛……お兄ちゃんに全部あげたい……」

玲愛の気持ちが、必死さが、連続で夜空に咲く花火の音と同じように綾人の胸に衝撃を与える。まったくゼロから切り出されたわけではなく、もう約束してしまっていたのだから、それを玲愛が求めるのなら、最初から綾人にノーの選択肢はないのだ。

「わかった……玲愛のお尻の初めてが欲しい……玲愛の初めては全部、俺のだ……」

「んぅ♪　大好き♪　お兄ちゃん♪」

花火見物の観客の視線が空にあるのをいいことに、玲愛は顔を近づけていた綾人の顔へさらに顔を近づけ、ちゅっと唇を奪う……ここで、一際大きく空気が震えるほどのどーんっ！　という祭り最後の花火の音が響き、玲愛の柔らかな唇は離れる。

ほんの一瞬のくちづけだったが、こんな雑踏の中でのくちづけは恥ずかしくて、兄

妹は二人とも顔を真っ赤にし、互いの顔を見ながら笑みを浮かべる。

「玲愛、こんな人が多いとこでこんなことして……それに、最後の花火、見逃したぞ?」

「んぅ……ごめんなさい……でも、花火は毎年あるでしょ? 玲愛は毎年お兄ちゃんと来るつもりだから……ずっと、お兄ちゃんの隣にいたいって思ってるから……」

花火が終わり、花火見物の客の波に兄妹ははぐれないように手を繋ぐ。

固く、ぎゅっと指を絡ませた恋人ツナギで、神社の階段を下りて家への帰路に就く。


家に帰ってくると、玄関には鍵が掛かり、リビングに母の書き置きがあり、仕事で遅くなる父を迎えに行って、兄妹が祭りで夕食を済ませると言っていたので、両親もそのまま外で食事を済ませてくるとのこと、いざ二度目の初体験をしようと家に帰っても、家には母がいるために両親が寝静まるまでは初体験できず、浴衣も着替えないとダメかと思っていたのだが、

「お母さんたち、帰ってくるの遅くなりそうってことは、今からできるね♪」

「ああ……」

——玲愛……俺には母さんたちが親指を立ててニヤニヤしてるのが想像できるけど……。

こんなタイミングでの両親の不在は、自分たちへの下世話な気遣いを想像せずにはいられないのだが、玲愛にはそんな両親の意図などよりも、これからする二度目の初体験に対する関心の割合の方が大きくて、考える余裕がないようだ。

玲愛は綾人の手を引いて自身の部屋へと向かい、部屋の電気は点けず、カーテンを引いて開け、月の光を室内に入れる。

ベッドの前で兄妹は向かい合って立ち、数秒見つめ合い……動けない兄妹……。

「……っ？　お兄ちゃん？　浴衣……脱がさないの？」

「えっと……ごめん……ちょっと久しぶりで……ましてお尻での初めて……二度目の初体験だし、お兄ちゃんもちょっと緊張してる……」

玲愛が風邪を引いてから三日間、当然ながら玲愛とはセックスもペッティングもしていない。身体を拭いたり、倦怠感で平衡感覚がおかしかった玲愛を抱っこしてトイレに連れていったり、同じ部屋で隣に布団を敷いて昼夜問わず甲斐甲斐しい看病をし、風邪がうつると悪いからと、唇へのくちづけは玲愛がしてはダメと言って、その代わりに頬やおでこへのくちづけはしたが、それはペッティングには入らないだろう。

今回のお尻での初体験をすることになる原因の座薬の挿入もあったが、それも医療行為の一環としてで……互いにその行為に興奮を覚えたか否かを追及すれば、決して否とも言えず……半日と空けずにペッティングを行っていた兄妹にとって、ペッティングを覚えてからここまで互いの性感を刺激しなかったのは初めてのことで、綾人は玲愛への性感の愛撫の方法を、服を脱がせる時の間を、その他諸々、今まで培ってきたものが間違っていたらと行動に出ることができなかったのだ。

「大丈夫だよ？　玲愛も緊張してる……お兄ちゃんと一緒だよ？　不安なんだったら、まず玲愛のこと抱っこして？」

すっと、半歩分開いていた間隔を玲愛の側から埋め、綾人の胸元におでこを預けてくる。玲愛のその動作に対して、綾人の身体はそれが当然とばかりにぎゅっと背中に手を回して抱き締める。これには綾人自身も驚いた。

頭で考えるよりも身体が反射のように妹を抱き締めていたから……、

「今の、すごい自然だったでしょ？　お兄ちゃんにとって、玲愛のことをこうして抱っこしてくれるのは、もう呼吸と一緒のことで、緊張してても失敗するなんてこと、絶対にないんだよ？　手を繋ぐのも、キスするのも……浴衣脱がすのも一緒……お兄ちゃんが玲愛のこと脱がすのなんて、息するのと一緒なんだよ？」

そう言って、玲愛はお兄ちゃんが背中に回してくれた手の片方を浴衣の帯へと這わせ、綾人もしゅるしゅると片手で帯を上手に解いていく。

帯を外し終わり、床に帯が落ちると同時に浴衣の前がはだけて、袖を通しただけの状態になり、月明かりに玲愛の肌と下着が……下着が……？

「玲愛……下着どうした？」

「えっと……初めから着けてなかった……」

玲愛は浴衣の下にブラジャーもショーツも着けておらず、

「デートの間ね……ちょっとすぅすぅしたりとか、お兄ちゃんにお胸がふにゅんってなったときに気付かれるんじゃないかとか考えてたら……すっごくドキドキした♪」

言われてみれば、腕に胸を押しつけられたときの感触は、浴衣とブラジャーを着けていたにしては柔らかすぎた。そわそわと落ち着きがなかったような気もしないではない……病み上がりだからまだ本調子ではないのかと、勝手に納得していたが……、

「じゃあ、浴衣着付けた母さんは知ってたんだ？」

「んぅ……あと、色々教えてくれて、頑張ってってって……応援されちゃった……」

——応援って……あぁ……なるほど、玲愛は母さんが家にいないこと知ってたから落ち着いて自分たちのことだけ考えられたのか……余裕がないんじゃなくて……。

女同士で綾人に秘密の趣向を凝らし、お膳立てもしてくれていたらしい。

「でも、下着着けないとか結構危ないぞ？　着崩れたらどうするつもりだったんだ？」

「考えてなかった……でも、恋人がいる女の子は、浴衣着るときに下着着けないって、下着のラインが出るから、これは常識だって……お母さんが……」

「いやいやいやっ！　それは嘘だからっ！　下着のライン云々は諸説あるだろうけど、

みんなちゃんと下着は着けてるからっ！」

玲愛の顔が、かぁ～っと朱に染まり、自分がとんでもなく恥ずかしいことをしてしまっていたのだと認識し、ふらふら～っとなるのを綾人が再び抱き寄せる。

「じゃあ、玲愛……すごくエッチな女の子だ……うぅ……あんなにたくさん人いて、部活のみんなにも、クラスのみんなにも会ったのに……下着着けてないなんて……」

「確かにすごく大胆だったけど……浴衣の下に下着着けてないのより、あの人だかりの中でキスした方がずっと大胆だって思わないか？　いくらみんなが花火見るために空見てたからって……何人かには見られてたかも知れないだろ？」

羞恥に崩れる玲愛の身体を支え、どうにか他の羞恥を煽って上書きさせようとする。

「でも、キスは平気だよ？　好きな人にキスするのは、恥ずかしいことじゃないもん」

「そうか？　あれだけ人がいる中でのキスが平気なら、浴衣を上に着てるんだから、下着を着ける着けないはそんなに恥ずかしくないいな？」

「……んぅ……？　そう……なのかな？　うん♪　そうだよね♪」

どうやら羞恥の上書きに成功したらしい。要は考え方次第なのである。綾人は玲愛の髪に挿された簪を抜く。これから押し倒す中で万が一にも怪我をさせないためだ。

「簪……玲愛の髪の色にすげぇ似合ってたぞ……この浴衣も、髪型も全部……今日の玲愛はほんと綺麗だ……」

金糸のように艶のある金髪を撫でながらベッドに玲愛を押し倒す。

「玲愛もお兄ちゃんの格好いい浴衣姿見れて、すっごく楽しいデートだったよ？　デートの最後に抱き締められて、エッチするのすごく幸せだよ♪　んっ！　ちゅぷ……」

可愛く囁く小さく柔らかな唇に自分の唇を押しつける。

祭り会場でのくちづけはほんの一瞬だったが、非常に刺激的だった。恐らく人の目があるかも知れないという背徳感からの興奮で、褒められたものではない。

もう少し人目を気にするように注意したので、もうあんな真似はしないだろう。

くちづけという行為云々ではなく、くちづけを求める玲愛の顔を、くちづけた時の玲愛の顔を、くちづけたあとの玲愛の顔を他の人に見られたくない……恋する玲愛のこの表情は、自分だけのものにしておきたいから、玲愛の方が積極的に甘えてくるが、綾人の独占欲とて、玲愛のそれに負けてはいないのだ。

唇を離し、綾人は玲愛の髪、頬、顎、首筋……徐々に下へと唇を這わせて愛撫する。

くすぐったそうに綾人の唇奉仕を受け、身体をもどかしげに揺らし、お兄ちゃんの後頭部に手をやって、より性感の強いところに導こうとするのだが、綾人はそれに逆らうように、浴衣を脱がさずに器用に腋や二の腕、肘に前腕、手首までに優しく唇を押しつけ、それぞれの場所の感触を味わう。

「久しぶりの玲愛の身体だから……隅々まで愛したい……嫌か？」

「嫌じゃないよ？　玲愛の身体……お兄ちゃんにキスされた場所から熱くなって、夏風邪で平衡感覚があやふやだったのを調律されてるみたい……」

自分の身体の輪郭は、自分ではなく、お兄ちゃんに触れられて、くちづけられて、初めてその全容を解する。指の一本一本を根元から爪先まで、唇が触れて、爪を少しだけ唇でふにふにと食まれて……すべてが終わると、次は反対側、鎖骨まで戻って同じように指先までを愛してくれる。さぁ、いよいよ胸っ！　と、性感を待ち望むが、期待した快感は訪れず、代わりにおなかや脇腹、腰の括れまでを愛され、縦に切れ長なおへその穴にも優しいくちづけをされて、下腹部を愛され、ああ、今度は姫割れだと構えるも、お兄ちゃんの唇は姫割れを避け、姫割れのすぐ横にある太腿の、内腿の付け根部分にくちづける。そこは脇腹と同じく、性感よりもくすぐったさを覚えやすい場所で、そこを愛撫するために、お兄ちゃんは少しだけぐいっと玲愛の股を開かせて、

「ひゃ、ひゃんぅ！　お、ぉにぃちゃっ！　くすぐったいよぉ！」

性的快感による電流ではなく、こそばゆいという感覚に対する条件反射で腰が浮く。

「お兄ちゃん……もしかして、玲愛のエッチく感じる場所避けてキスしてる？」

「おおっ、さすがにここまでくるとわかるか？　そう、玲愛がキスして欲しいだろうなって思う場所、敢えて避けてる。でも、三日ぶりだし、ゆっくり性感高めていきたいなって思って、もっと直接的な方がいいか？　だったらすぐに胸とかオマ×コとか――」

「こ、このままでいいっ！　このまま……玲愛の身体にいっぱいキスして……いっぱいお兄ちゃんに昂ぶらせて欲しいっ！」

　意地悪で性感帯を避けているのではなく、三日ぶりだからゆっくりと行為を進めたいと、お兄ちゃんがそういう考えならば、自分はお兄ちゃんに愛撫してもらう側、もどかしいが、お兄ちゃんの唇の感触が嫌いなわけでは絶対にない。好きな人に自分の身体をすべて感じてもらえるのは幸福以外の何物でもないのだ。玲愛の了解を得て、綾人は唇を這わせ続ける。左右の内太腿、太腿、膝小僧、脛に足首まで唇を這わせ、

「お、おにぃちゃん……そこより先、サンダル履いて歩いたから……汚いかも……」

　浴衣に運動靴はなんとも雰囲気が出ないと、ビーチサンダルを履いて祭りには行った。帰ってきて、両親の不在に兄妹はベッドへと直行……足を洗う間などなく、

「地面を直接歩いたわけじゃないし、ビーチサンダルだって買ったのついこないだで、使ったの二回目ぐらいだろ？　お兄ちゃんが妹の身体にキスするのに、躊躇う場所なんてあるわけない……それに、今までにだって何度もしてるし」

唇や頬、首筋に対するくちづけと、手の甲や指先、腹部や太腿へのくちづけ、そして足や爪先、一つ一つ意味が異なる。足や爪先へのキスの意味は服従や隷属、崇拝などの意味合いが強いが、綾人にしてみれば、どこへのくちづけも玲愛への愛情表現で一括りにできる。好きな女の子の身体に、くちづけできない場所などないのだという綾人なりの証明で、甘えん坊で、どちらかと言えばくちづけられるよりもくちづける方が好きな玲愛も、これをされるともう受け身になるしかない。

綾人は玲愛に告げた通り、何の躊躇もなく足首、足の甲、指の一本一本の爪先まで優しくくちづけ、玲愛もお兄ちゃんからの愛撫による快感を全身へと行き渡らせる。

お兄ちゃんの自分への愛情を伝える囁きにすら感じてしまう玲愛は、たとえ性感帯でない場所でも、大好きなお兄ちゃんにくちづけられて感じないわけがなく、ただ、絶頂できるほどの快感を得るわけではないので、綾人の思惑通り、ゆっくりでもどかしくも悶々と身体中が熱を持ち、

「お兄ちゃん……爪先まで済んだし、次はお胸とか……オマ×コとか……」

もっと強い快感を求め、エッチなおねだりをしてしまう。

爪先までくちづけた綾人は、妹のおねだりに応え、足元に下りていた身体を再び玲愛の上半身に移動し、豊かな胸元へとくちづけようとすると、

「あっ、待って……先に……唇にキス……して？」

一度は汚いかもと足へのくちづけを躊躇わせる指摘をしたが、まったく躊躇せずにくちづけてくれたお兄ちゃんに、その唇でキスしてと要求するのは、全部愛してくれてありがとう、自分も、お兄ちゃんの身体のどこにだってキスできるよ？　という告白で、綾人は玲愛の全身へとくちづけた唇で、最初にくちづけた唇へと再びくちづけた。

「おにぃちゃん……イキたい……お兄ちゃんの唇で……絶頂したい……」

「ああ、思いきり気持ちよくしてやる……んっ、ちゅぷ……ふにゅふにゅ……」

兄の唇は今度こそ玲愛の胸元へくちづけ、桜色の尖りを唇で挟み、ちゅぷっと吸引してみたり、ふにふにと食んでみたりと、玲愛が求めた快感を与える。

「あぁっ！　お胸っ、乳首ぃっ！　ちゅって、ふにふにってされちゃってるぅっ！」

玲愛はやっと与えられた性感帯への刺激に背中を反らせ、腰が浮かんばかりに愉悦を感じ、嬌声を漏らす。内股気味に股間をもじもじさせる様子は、自分も自分もと、姫割れが愛撫して欲しいと主張しているように綾人には感じられ、左右の乳房へのくちづけはほどほどに、姫割れへと顔を近付ける。

「玲愛の、濡れてくれてるな……ってか、帯解いたときからちょっと濡れてたけど」

「んぅ……お祭りの会場でちゃんとエッチするって言ってくれて……帰ってくる時もぎゅって、お手々……繋いでてくれたから……嬉しくて……濡れてきちゃった……」

なんて恥ずかしげに告白する玲愛の可愛らしさに、綾人ももっとエッチに悶える玲愛を見たくなり、ベッドに、浴衣に滴るほど愛蜜溢れる姫割れへとくちづけた。

「ひゃっ……んっ……気持ちぃよっ！　ぉにぃちゃんがっ、全身にっ、ちゅっちゅしてくれて……身体……エッチに、敏感に……なって、オマ×コへのキスっ、とっても感じちゃうよっ！　あ、ぁああ！　イクっ！　イっちゃってる！」

丹念で入念な全身へのくちづけで下拵えをし、豊かでなおも慎ましやかな薄桜色の乳首への刺激で火入れし、夏風邪による三日間の病床、言ってみれば禁欲で性欲を発散できずにいた幼くも性感に目覚めた身体は焦らしに焦らされ、絶頂への階段を一気に駆け上った。それこそ、姫割れにくちづけた瞬間に身体を震わせ、愛液をしぶかせた。

潮吹きほどではないが、愛液を勢いよく溢れさせ、びくんびくんと痙攣する玲愛。

「はぁ……はぁ……はふ……ぉにぃちゃ……れあ……イっちゃった……ひゃんっ！」

確かに絶頂はした……決して小さくはない絶頂を玲愛は迎えた……こんなに簡単に絶頂したのは、綾人の下準備のおかげなのだけれど、あれだけエッチにねだられて、ただ一度のくちづけで絶頂して終わりでは、こちらも収まらない。綾人は絶頂の快感を痙攣によって体外へと排出している玲愛の姫割れへさらに唇を強く押し当てた。

「ふわぁっ！　ぉにぃちゃ？　イッたよっ？　れあ、イッたんだってばぁ！」

下の唇への接吻の続行に、快感を逃がす最中の玲愛は慌てふためき、身体を右へ左へと捻ろうとするが、身体の軸の部分に綾人はくちづけているため、生まれる快感によって身体が弛緩し、上手く逃げることができない……否、初めからお兄ちゃんの唇奉仕自体から逃げようとはしていないのだ。

　身体を捻っているのは、絶頂によって生まれた快感を逃がしている最中のさらなる愉悦に、その分の快楽をどうやって逃がそうかと身体が反射で反応したにすぎない。

「ちゅぷっ、れちゅ……んっむ……んっ……はぁ……玲愛のオマ×コ、唇みたいに柔らかくて、噛み応えならぬ食み応え？　が半端なくて……口寂しいときには、んちゅぷ……ずっと、ここに唇押し当てていたいって思うくらい……キスしてるこっちも気持ちいい……んっ、ちゅ……れちゅ……玲愛っ……」

「ず、ずっとは困るよぉ……キスは……オマ×コにキスは嬉しぃけど、すごく嬉しぃけどぉ！　感じすぎてっ、身体が、跳ねて……ひゃっ、またイッちゃうっ！」

　綾人の姫割れへのくちづけは激しいが決して乱暴ではなく、玲愛の反応一つ一つを見て、精いっぱい感じて欲しいという思いが伝わる愛撫……与えられる快感に、伝わる思いに、玲愛は二度目、三度目と絶頂を重ね、ついには、

「あぁあっ！　イクっ！　イッちゃうっ！　オマ×コふにふにって、おにぃちゃんのキス気持ちよしゅぎてぇっ、っイックぅぅぅっ！」

ぷしゃーっと潮吹き絶頂……噴出口の尿道口に唇を押しつけていた綾人の顔へと潮をしぶかせ、どれだけ感じているかをこれでもかとアピールしてくれる。

三日分の絶頂をこの一瞬のうちに体験させたような激しいくちづけ奉仕に、玲愛は半ば放心状態になり、ぴくんぴくんと痙攣する玲愛が落ち着くのを待つ……三分か四分か……五分には満たない時間、玲愛の一定でない乱れた呼吸を聞きながら、溢れる愛しさを伝えるように髪を撫で、雰囲気を大事にするためにすべて脱がさず、はだけさせたままの浴衣ごと玲愛をぎゅっと抱き締める。そして、

「うぅ……ふにゅ……おにぃちゃ……おにぃちゃ……おにぃちゃ……」

意識を覚醒させた玲愛だが、久しぶり（と言ってもたった三日だが……）の潮吹き絶頂の感覚にたゆたい、意識を失う一歩手前の快楽に、ちょっとだけだが恐怖を感じたらしく、ぎゅっとこちらの浴衣を握って綾人を何度も呼ぶ、

「玲愛……ごめん……お兄ちゃんちょっと無茶しすぎだった……」

「気持ちよすぎて……怖かった……しなかった時間が長かったからかな……気持ちいいのが大きすぎて……ふにゅ……ふにゅぅ……」

未だ身体を震わせながら、綾人の抱擁に自分からも背中へ手を回して抱き締め返す。

「玲愛、今日……これで終わりにするか？」

感じすぎて怖いと、こうやって抱きついてくる妹に、綾人の方から行為の続行を促

すことはできなくて、玲愛の意思を確認しようとすると、

「先……延ばしにはしないって……言ったっ！　今日……もらってもらうんだもん！　それに……まだお兄ちゃんを気持ちよくできてないから……」

ある程度予想してはいたが、強すぎる絶頂を体験し一抹の恐怖を味わったにも拘らず、エッチに対しては積極的で、貪欲で、綾人のことまで考えてくれる。

「わかった……玲愛……今日しよう……」

「んぅ♪」

自分の意見がちゃんと通ったのだと感じた玲愛は満面の笑みをこちらに向けてくれる。綾人は自分も浴衣の帯を解き、袖を通したままの状態でトランクスだけを脱ぐ。

「お兄ちゃんも全部は脱がないんだね、玲愛の脱がす時も全部脱がさなかったけど」

「今日は浴衣デート、浴衣でセックスって日だからな……全部脱いだ方がいいか？」

「んぅんぅ……浴衣半脱ぎのお兄ちゃんも格好いい♪」

「そうか？　玲愛は……もうなんて言うか……とにかくエロい……玲愛のこの格好だけでチ×ポがずっと勃ちっぱなしだからな、先走りもすげぇ出てるし……」

玲愛が姫割れや胸を隠さないため、自分もトランクスを脱いで露出させた肉棒は隠さない。玲愛の身体を愛撫している間中、柔らかな姫割れへと唇を押しつけている間中、ずっと勃起していた肉棒は快楽を求めて先走りを溢れさせ、尿道口から溢れたそ

れらが陰嚢を伝ってベッドを汚す。それをじっと見つめる玲愛がごくんと唾を飲みこむ。

「なんだか……いつもよりもおっきぃ？」

「いつもって言うか……ほら、玲愛と一緒だ……俺も玲愛が風邪引いてる間は自分でもしてない……だから……溜まってる分、いつもより太くて、硬いんじゃないか？」

玲愛の教育に悪いため、オカズの類はまったくなく、いつ玲愛が部屋に入ってくるかわからない日常だったので、一人エッチも極力しないようにしてきた……それこそ、ほとんどしたことがないと言ってもいいくらいだったのに、この夏休みに今までの性生活からは考えられないような頻度でのエッチに、性欲の溜まり方がおかしくなった。

ほとんどしない日々から、ほとんどしない日がない日々、そしてこの三日間の禁欲、肉棒は敏感さを増し、陰嚢には玲愛に放出したいと生成された精液が溜まっている。

「玲愛、お尻の初めてもらう前に……普通にセックスするぞ？」

ふぅ？　普通にって？　と疑問符を頭に浮かべる玲愛。

「玲愛、潮吹きしたけど……溢れた潮だけじゃまだまだお尻でエッチするための潤滑液には足りない……普通はローションとか使うらしいけど、俺たちそういうの持ってないだろ？　だから、愛液とか潮とか、精液とかで代用する……玲愛がしたいって言ったから……一応はお兄ちゃん調べてたんだぞ？　お尻でエッチする方法……」

玲愛の場合は、いつもの如く耳年増な部活メンバーからの入れ知恵で、夏風邪を引いての頓服薬として処方されていた座薬を挿入するという段において、恋人という関係にある男女は、お尻でもエッチをするという部活で得た知識から、

『お尻の処女、お兄ちゃんの指にあげちゃったね♪』

なんて発言に至り、聞きかじりの生半可な知識で、膣口の代わりにお尻に挿入するだけだと思っていて、綾人は病床の玲愛を元気付けるための発言だったとは言え、

『元気になったら……チ×ポでちゃんと奪ってやる』

と言った手前、きちんとその行為については調べていた。

お尻へ肉棒を挿入する際、もしも潤滑油、ローションなどで滑りをよくすることを怠れば、力の入れようによってはお尻が裂けてしまうかも知れない行為であると知る。

行為の危険は調べたが、玲愛は発熱してぼーっとしているときのことを覚えているだろうか……座薬の挿入時、最初の時以外そのことについて明言しなかったため、祭り会場で花火を見ながら、約束通り元気になったからお尻でのセックスをして欲しいとねだられるその時まで、もう調べた知識は無駄になるかも知れないと思っていた。

その知識を玲愛にわかりやすく説明し……、

「つまり……お尻でセックスするためには……たくさん濡らさなきゃダメってことで……それで、オマ×コでもセックスしてくれるってことなんだよね……」

玲愛は唇で姫割れへくちづけられ絶頂に導かれ、そのままお尻に挿入されると思っていたが、玲愛にとってこれは嬉しい誤算、一晩でお尻だけでなく、膣にまで肉棒を挿入してもらえるのだから、

「絶頂して……玲愛、今すごく身体が敏感になっちゃってて……だから……すごく、簡単にイッちゃうと思う……お兄ちゃんのこと、ちゃんと気持ちよくできるかわかんないけど、好きなタイミングで、膣内に射精して欲しい……」

「そんな心配……全然必要ない……身体拭いてやった時とか、全然勃起しなかったけど……今の玲愛は見てるだけで射精しそうになるくらい魅力的で……チ×ポもすごく敏感で、多分……すぐに射精する……玲愛……挿入れるぞ?」

早漏を告げるのは滅茶苦茶に恥ずかしいが、決して嘘ではなく、言葉にした通り、自分はまったく何の我慢もできないうちに射精してしまうだろう。

玲愛に覆いかぶさり、正常位の体位で肉棒を玲愛の姫割れへと触れさせる。

互いに性器に相手の性器の感触を感じ、快楽電流が全身を駆け巡る。

「つくぁ……やっぱ、すげぇ……柔らかい……玲愛の、股間……オマ×コの縦筋……」

「んぅ……おにぃちゃんのオチン×ンも……先っぽまで……全部硬くて……玲愛のオマ×コにぐいぐいって……来てる……いつものオチン×ンよりも、やっぱり大きい」

ちゃんと挿入できるか、ちゃんと、受け入れられるかな、と不安もあって、不安を取り払うためにも、綾人は姫割れのきめ細やかで柔らかな感触に名残惜しくも別れを告げ、膣口の入口へと肉棒を密着させ、今から肉棒に襲い掛かる締めつけへの覚悟を決め、玲愛の呼吸のほんの一瞬、膣口から力が抜ける瞬間を読んで肉棒を押し進めた。

「んっ、ぁああ！　ふにゅぃぃ！　一気に、一気に挿入ってきたぁああ！」

今回で初体験を含めて四度目のセックス、姫割れに肉棒を這わせ、月明かりのみの室内でも、肉棒を膣口に密着させることは、玲愛の身体の構造を以前よりもずっと理解しているために、ごく自然な動作でセックスまでの準備を整えることはできたが、問題なのは膣口に挿入することによって生まれる快感だ。

姫割れの表面を肉棒で擦る感触ならまだ我慢できるが、挿入に際して亀頭部から雁首、肉棒、根本まで一息のうちの挿入、締めつけ、玲愛の膣内は禁欲によって普段よりも太くなった綾人の肉棒の全容を受け入れ、その快感に我慢など無意味に等しい。

「しゅごぃよぉ〜エッチなことしないで、ずっと寝てて身体、しゅごく敏感になっちゃってる……今日のおにぃちゃんのオチン×ンいつもより太くて、オマ×コいつもよりいっぱい広げられちゃってるっ！　あっ、ぁああ！　ダメっ！　またイッちゃう！」

綾人が施した唇での奉仕はあくまでもくちづけだけで、舌を姫割れに這わせたり、膣口の内側へと挿し入れたりはしていないので、玲愛にとって三日ぶりの膣内での性感、それも、連続絶頂での潮吹きのすぐ後での挿入、先ほどの残り火が再び勢いよく燃え上がって、膣奥に亀頭部がぐりぐりと擦れた瞬間に本日五度目の絶頂を迎えた。

「うぁっ！　玲愛っ！　締めつけすぎだからっ！　っく、ぁああ！」

挿入前に言った通り、綾人は公園での野外セックスぶりの玲愛の膣内になんの我慢もできずに射精した。

「お、ぉにぃちゃっ！　あっつぃのいっぱいっ！　出てっ、あぁ、広がってっ、ふにゅう！」

三日間の禁欲で敏感になっていたことと、連続絶頂の後で絶頂しやすい状態だった玲愛が肉棒の挿入によって絶頂し、それによる膣内の膣襞、膣壁の収縮運動に巻きこまれる形で綾人も射精させられた。毎日ペッティングを行っていたときは、一日に最低二回は搾り取られていて、当然精液の量も連日の射精で少なくはなっても玲愛を喜ばせる分は下回らず、半日後にはまた搾り取られるような生活……それに慣れた陰嚢は三日間同じペースで精液を作り続けていて、通常、綾人のような若者が三日射精せずにいると夢精するか、射精されなかった精子が体内タンパク質として吸収されるかのどちらかで、今日はその分かれ目の三日目、射精を待っていた大量の精液が、玲愛の甘やかで強い膣内の脈動に誘われて大量に吐き出された。

それこそ、びゅくびゅくと音が聞こえてきそうなほどの勢いで膣の最奥、子宮口に密着した肉棒から放たれ、子宮の内側を満たし、逆流して膣口から溢れるほどだ。

「ごめんっ、やっぱ我慢できなかった……チ×ポ敏感すぎて、玲愛のオマ×コ気持ちよすぎて……一番最初に戻ったみたいだ……ははっ、俺、情けなさすぎだろ……」

初体験の時も、破瓜間もない玲愛の膣内へと射精した。

一度の抽送もなく、今とまったく同じで……自嘲気味に口にしたこととは言え、早漏すぎるのはやっぱり恥ずかしくて、妹相手なのに、否、誰より大好きで大事な存在に対してだから……もっとちゃんと愛してから射精しなければならなかったのに……初体験の時と合わせて二度目、トラウマものだ……ちゃんと玲愛を愛してやれないなんて、自信をなくして萎えても仕方ない状況だが、玲愛の凄まじく心地いい膣の感触に肉棒は射精直後でも小さくならずに勃起を保っている……それがまた情けない。

――とか……お兄ちゃん……色々と考えちゃってるんだろうな……。

挿入しただけで、膣奥に肉棒を埋めただけで射精してしまった兄の気持ちは、女の子だが恋人で妹の玲愛が一番よくわかる。気持ちよくても、我慢するべき場面だった。

禁欲明けの最高の射精感と堪え性のない自分への絶望が綯《な》い交ぜになっている。

「おにぃちゃんの精液……すごいあったかい……一回も出し入れしてないけど……玲愛、お兄ちゃんが適当に玲愛のこと愛してるんじゃないって、ちゃんとわかってるよ？　初めての時も、今も、お兄ちゃんは玲愛が一番大好きなお兄ちゃんだよ？」

絶頂直後の朦朧とした頭で必死に考えて、お兄ちゃんが味わった空しさを否定したいと、必死に言葉を紡ぐ……。

「初体験で全然動かないで射精しちゃった時も、もう一回したでしょ？　これはあくまで潤滑液をたくさん溢れさせるためのセックスで、玲愛、お兄ちゃんのオチン×ンが気持ちよくて、あんなに簡単にイッちゃったんだよ？　お兄ちゃんも玲愛のオマ×コが気持ちよすぎて、体力をそんなに使わずに射精してラッキーぐらいに考えたら？」

一度射精の気持ちよさを覚えた肉棒に、禁欲明けの恋人の膣内が気持ちよすぎた。

ただ、それだけのことなのだからと、玲愛は挿入したまま動けずにいるお兄ちゃんの背中に手を回し、ぎゅっと抱き締めて男としてのプライドを取り戻させようとする。

「ああ、そうだよな……これまだ途中で、これから玲愛のこと、もっともっと気持ちよくしてやれる……あ、初めてのお尻だから……そんな自信ないけど……お兄ちゃん頑張るからっ！　玲愛のもう一つの初体験が最高になるようっ、頑張るからっ！」

綾人は玲愛の身体を今一度ぎゅっと抱き締め、膣奥を抉るように挿入された肉棒を抜き取っていく。玲愛は三日間、夏風邪でエッチどころではなかったが、綾人はその気になれば性欲を発散できた。なのに、お兄ちゃんは自慰による性欲の発散なんて最初から考えていない。そんなお兄ちゃんだから、玲愛は大好きで、そのお兄ちゃんが落ちこんだなら、それを奮い立たせるのもまた、恋人である自分なのだと玲愛は思う。

抜き取られた肉棒が下腹部に当たり、その硬さに驚く。

「うぁ……たくさん精液出した後なのに……なんか、さっきよりももっと硬い？」

「玲愛がたくさん励ましてくれたからな……萎えるわけないだろ？」

綾人は上体を起こし、玲愛の頬を撫で、絶頂で掻いた汗が目に入ろうとしていたのをちゅっとくちづけて舐め取り、

「玲愛のオマ×コ、本当に気持ちよすぎだ……お尻もこんなに気持ちよかったら、また挿入れてすぐに射精しちゃうかもだな♪」

「そうだね♪　そしたら、玲愛も一緒にイッちゃうかも♪」

妹のフォローのおかげで挿入直後に射精するという早漏をトラウマにすることなく、自嘲の微笑みではなく、心の底から笑い合えるのだから、自分は本当に妹に支えられているのだと、これ以上ないほどに愛しているのに、愛しさが次から次へと溢れて止まらない。一刻も早く、今度はこれでもかと玲愛に愛情を伝えたい。

だが、これからするのはお尻での初めて……準備は万端でなければならない。

「じゃあ、ちょっとお尻の初めてもらう準備するからな？　触るぞ？」

「んぅ……あ、お尻……汚くないようにちゃんと綺麗にしてるから……トイレして、シャワー浴びて……多分、大丈夫だと思うんだけど……」

綾人は玲愛の恥ずかしげな告白にこくんと頷く。玲愛が浴衣を着る前にお風呂で丁

寧に身体を洗っていたのは、お尻の初めてを捧げるためで、一緒にお風呂に入ってい
た綾人には、いつもよりも入念な身体の洗い方をする玲愛の意図をお尻の初めてをも
らって欲しいと祭り会場で言われた時に察していた。まぁ、どちらにしても妹の身体
が汚いなんて思う綾人ではないのだけれど……綾人は玲愛の足をそっと開かせる。今
の今まで自分が挿入していた姫割れから溢れる自分の精液と玲愛の愛液、それらが自
重で姫割れの下に伝い、お尻の穴へと垂れていくようにし、少し玲愛の膣口の入口を
左右に開き、膣奥に吐き出した分も指で掻き出し、お尻の方へと伝わせていく。
「うぅ……おにぃちゃんからだと……今玲愛のオマ×コも……その、お、お尻の穴も、
ばっちり見られちゃってるんだよね？」
　月明かりだけとは言っても、玲愛の広げた太腿の奥で、ひくんひくんと綾人の視線
に反応するように微動する姫割れと、その下で姫割れ以上に恥ずかしげに窄まったお
尻の穴が、綾人には縦一直線に並んで見える。
「ああ、俺の精液と玲愛の愛液が垂れてて、滅茶苦茶エロい……っと、ちょっと解す
からな？　まず指一本、座薬入れる時と一緒だ。気分悪くなったら言うんだぞ？」
　潤滑液を確保し、それをお尻の谷間に伝わせ、今度はお尻の穴自体にそれらを塗り
こむ作業、指の爪が玲愛の身体を傷つけないようにと指の先にたっぷり兄妹の体液を
塗し、お尻の穴に中指を密着させ、そっと数ミリだけ奥へと指を送りこむ。

「んっ……く、くすぐったい感じ……と、異物感って言うのかな……入れる場所じゃないから……存在感がすごい……あ、でも嫌な感じじゃないよ？」

姫割れは肉棒を受け入れるように形作られているが、お尻の穴はあくまでも排泄、出すことが専門だ。本来なら座薬を入れるなど、医療目的でなければ決して外側からは開かれるべきではない場所、玲愛の感想はもっともだろう。

幾度となく玲愛の全身にくちづけて愛撫してきた綾人だが、ここは今まで玲愛が恥ずかしいと許してくれなくて、夏風邪を引いて、身体を拭いたり、座薬を入れる機会がなければ、きっと見ることも触ることもなかった……とは日常的にペッティングを重ねていた兄妹には言いきれないだろうが、とにかく、医療目的でなく妹のお尻を弄っているのは非常に変な感じで、興奮するかと言われれば、当然イエスと答えるが、挿入する指にビクンと震える玲愛の反応にちょっと心配になる。

「よく解しとかないと、お尻切れちゃわないとも限らないから……玲愛、指もう一本増やすけど、大丈夫か？」

綾人が調べた知識では、お尻でエッチするならば毎日解し、肉棒を受け入れるようにちゃんと準備するには日数を掛けなければならない。玲愛も座薬を挿入するので三日間で四回、お尻に指を挿入したが、それは解すことが目的ではなかったし、日数を掛けたとは言えないだろう。綾人に言われ、ちゃんと力を抜いて、指の太さなら受け入れているが、それでもきちきちと指を締めつけるお尻はまだまだ硬く、こんなので肉棒を受け入れられるだろうかと、少し……いや、はっきり言ってすごく心配だ。

一本挿入していた指を抜き、今度は指二本分を指一本挿入する時よりもずっとゆっくり、そっと挿入するが、やはり、一本の時よりもずっと固く指を拒もうとする。

「ん、ふぅ……あぁ……お薬入れるときは、一本だったから、指……二本分だと、ちょっと苦しぃかも……はぁ、はぁ……んぅ……」

指二本より、綾人の肉棒は太く、硬い……なので、綾人の不安は当然なわけで、

「でも、大丈夫だよ？　玲愛、ちゃんとおにぃちゃんの指……受け入れるから、すぅ～はぁ……でないと、オチン×ンも受け入れられないし……んぅ……」

玲愛は何度も深呼吸し、お兄ちゃんの指を受け入れる努力をする。

その甲斐あって、時間は掛かったが二本分の指の第二関節まで挿入させることができた。挿入した指をゆっくりと小さく動かし、窄まろうとするお尻の穴を解していく。

綾人の指の動きに対し、玲愛の反応は顕著で、ゆらゆらと左右に身体を揺らし、本当なら足を閉じて与えられる感覚から逃げてしまいたいだろうが、懸命にくすぐったさに耐えるような表情を浮かべ、お兄ちゃんからの行為を受け入れる。

「こうやって解してる時に聞くのアレかも知れないんだけどさ、初体験の時にも玲愛のオマ×コ……指で弄っただろ？　今回は場所が場所だから直接だけど、あの時はパ

ンツ越しにでも簡単に絶頂しちゃったよな♪」

「んぅ……大切な……一回目の絶頂だったから……玲愛もよく覚えてるよ？」

「あの時はオマ×コだから絶頂できたけど、今はお尻の穴で、感覚も全然違うんだろうけど、その……お兄ちゃんの指……ちゃんと感じてくれてるか？」

せっかくやるなら、自分のすべてを恋人に捧げるというポーズだけでなく、玲愛自身にもちゃんと感じてもらいたい。初体験の準備の時は快感を掴めずにただ爆発するだけだったが、今はペッティングもセックスも回数を重ねているので、快感をちゃんと感じられる。その上で聞く、自分の指で、玲愛をちゃんと気持ちよくできているのか……。

「お、お尻で……感じてるって言っても……お兄ちゃん玲愛のこと嫌いにならない？」

ああ、もうなんて言えばいいのだろう……玲愛の可愛さを表現しようとしたら、ノート一冊には収まりきらないだろう。恥ずかしげに、じっとお尻を弄るこちらにアクアマリンの瞳を向け、不安そうに訊ねてくる。

「嫌いになるかっ！　お尻もオマ×コまでとは言わないまでも神経が集まってる性感帯で、感じても全然おかしくないんだ。だからお尻でのセックスがあるんだぞ？」

いくら挿入が可能だからと、快感が伴わなければパートナーがお尻でのエッチを了承するわけがない。感じてしまう人がいるからこそ、綾人が調べたように公の辞書にも知識として載っているのだ。玲愛は綾人の言葉を聞き、頬を真っ赤にしてぷいっと横を向き、それでも数秒後にはおずおずと視線を綾人の方に戻し、

「ま、まだ入り口だけど、オマ×コほどじゃないけど……玲愛、お尻で、お兄ちゃんの指感じて、気持ちよくなっちゃってる……ょ？　お、お尻をくにゅくにゅされるとね……オマ×コまで……ムズムズってしてきちゃう感じなの……うぅ、ふにゅぅ……」

最後はもう、羞恥に消えてしまいたいと思ったのか、ほとんど息を吐くのと変わらないような声で囁き、両手で顔を覆って恥ずかしいーっと羞恥に耐える。

どれだけエッチの回数を重ねても、裸を見られても、慣れない部分はどうしてもあるのだ。それも、今回初めて弄られることになるお尻の穴での快感についての言及、見られることにすら羞恥で綾人に頭突きを食らわせた玲愛には、自らの口でお尻の快楽を説明するのは、とても恥ずかしいことだったのだ。

「そうか……よし！　お尻、準備はこれで大丈夫だと思う……お尻の中にも俺たちのたくさん塗りこんだし、玲愛のお尻の初めてっ、俺のチ×ポでちゃんともらうからなっ！」

丹念にお尻を慣らすために挿入していた指を二本抜き取って、姫割れから溢れてくる体液を集めて入口周辺に塗り広げて、これで何もしないよりは少しはマシなはずと、

綾人は挿入していた方とは反対の手を玲愛の頬にやり、お尻の初めてを奪うと宣言……いよいよなのだと玲愛も緊張に身体を強張らせるも、それが一番挿入にはダメなことだと、性器での初めての時に体験しているので、力を抜き、

「んぅ……玲愛の初めての全部……おにぃちゃんがもらってください……」

緊張から震える唇で言葉を紡ぎ、最後にくちづけをねだるように唇をそっと上向ける。綾人も玲愛のそういう行動が何をして欲しいのかを察せるお兄ちゃんなので、玲愛の唇にそっと自分のそれを重ねる。柔らかさの中に、いよいよだからと、どうしても抜けない緊張の硬さが残っている。綾人はそれを感じ取って、挿入のために玲愛の身体に再び自分の身体を覆いかぶせ、先ほどのセックスと同じで、ほんの少しだけ肉棒の狙いを下にし、お尻の小さな窄まりに肉棒を這わせながら、

「玲愛……これ終わったら……お風呂で玲愛の身体……隅々まで洗ってやる……気持ちいいって言ってくれたお尻も……オマ×コも全部だ……」

「キスも……たくさんしてくれる？　さっきみたいなキスもだけど、痕がつくやつ……」

「ああ……こないだみたいに……首筋でもほっぺでも、痕がつくようにキスしてやる」

「じゃあ、じゃあ♪　お風呂上がり、髪の毛、櫛で梳いてくれる？」

「それ……いつもやってるだろ？」

「んぅ♪　でも、してくれる？」

「ああ、してやる。ってか、俺が玲愛のお願いを断るなんて、玲愛が自分を顧みない無茶なお願いのとき以外は聞いてるだろ？」

ご褒美で釣るつもりは毛頭ないが、緊張が少しでも解ければと言葉を重ね……、

「んぅ～♪……じゃあ、おにぃちゃん……ちゃんと奥までオチン×ン挿入れて……お尻の中でさっきみたいにたくさん射精してくれる？」

ああ、こういうお願いの仕方をしてきたか……お尻が解れきっていなくて、肉棒の挿入が無理そうで、先延ばしにしようという提案をしない……そういうお願い。

「善処はする……でも、本当に無理そうだったら……ごめん……」

「えへへ♪　そういうお兄ちゃんだから、玲愛はお兄ちゃんのことが大好きです……玲愛のお尻の初めて、奪ってください……」

ふっ……と、お尻にあった強張りが消え、お尻の穴に宛がっていた肉棒の亀頭が、にちょっと少しだけ沈みこむ……玲愛自身が身体を少し下にずらし、お尻に力を入れないように頑張ったのだ。だが、そこから先は綾人が挿入に力を入れないと挿入は難しく、というか無理で、綾人はぐっと玲愛の身体を抱き締めながらそっと、ゆっくりと肉棒を押し進める。できるだけ、できるだけ優しい挿入を心掛け、不思議なことに、

指二本分の時は拒んでいた括約筋が、肉棒の挿入には最低限の力でしか抵抗してこない。それが、玲愛の頑張りであること、その頑張りが長くは持たないようだということも必死に肉棒の挿入による異物感に耐えている玲愛の表情から読み取れる。

「玲愛っ、痛くないか？　お尻、裂けてないかっ！」

「大丈夫……ちゃんと、おにぃちゃんの挿入ってきてる……受け入れ、られてる……」

　お尻でのエッチにおいて、唯一の救いと言うか、膣内との違いは初めての時に処女膜という痛みを与えるものがないこと、括約筋の締めつけは確かに強いが、肉棒の挿入を拒むのがそれ一つだということ、括約筋の締めつけは、自然の摂理ゆえに完全に緩めることはできず、ほんの少しの緊張ですら固くその穴を閉じさせる。

「痛く……ないから……奥まで一気に、来て？　お兄ちゃんの全部……玲愛にちょうだい？」

　肉棒の全長は中指よりも長く、太さは指二本分よりも太い……解すにしても不十分だったのは明白で、しかし玲愛は、お兄ちゃんの肉棒の一番太い雁首の部分までをその内に呑みこみ、腰を押し進める綾人の力強さ、そして、先のセックスによって溢れさせた精液やらの体液がきちんと潤滑液の役割を果たし、肉棒を奥へと運びこむ。

「んぅっ！　うぅっ、ぅぁあぁぁあ！　ふぁあああ！　挿入って、挿入ってきてるっ！　奥まで、ぉにぃちゃんの、おにぃちゃんの硬いのぉ！」

　正常位で、少し腰を上げた状態で玲愛は綾人の肉棒をすべて受け入れ、綾人の下腹部と玲愛の股間がぶつかる。

「っくはぁぁ！　玲愛……玲愛……奥まで、挿入ったぞ？　お兄ちゃん、玲愛のお尻の初めて、ちゃんと受け取ったぞっ！」

「はぁはぁ……あぁ……はぅ……うん、んぅ……わかる……お尻の中……奥まで、お兄ちゃんのが……挿入ってて……えへ……へへへ……しゅごく、変な感じ……」

　膣のように襞が肉棒を擦り、締めつけるのではなく、直腸の肉壁が、入口付近の括約筋が肉棒をこれでもかと締めつけて、腋の下などの体温よりも高い身体深部の直腸の温度に肉棒は溶かされそうな快感を得ていた。

「玲愛の……お尻の中、すごく熱くてっ！　チ×ポが、溶かされそうだっ！」

「玲愛も、おにぃちゃんのオチン×ンの存在感すごくて……ふぅぅ……喉の奥から出てきそうなくらいっ！　オチン×ン……指と、全然違うぅ！」

　兄妹は挿入後互いに動かず、挿入する感覚と挿入される感覚が落ち着くのを待った。

　綾人は玲愛をぎゅっと抱き締めて、異物感に苛まれる玲愛の苦しみを少しでも和らげようとする。先ほど一度射精しているとは言っても、初めてのお尻の感覚は鮮烈で、お尻自体に、玲愛自身にもその気はないだろうが、肉棒への締めつけは膣が精液を搾り取ろうとする動きに近いものがあって、しかし綾人は射精させられそうになるのをどうにか耐える。今、一番つらい状況の玲愛に対して追い打ちを掛けることはできない。

自分の快楽よりも、まずは玲愛が挿入されている肉棒の感覚に慣れてくれるように、呼吸一つにも、玲愛の呼吸に自分の呼吸を忍ばせるように気を遣う。時計は見ていないが五分は過ぎただろうか、激しく乱れていた呼吸が少しだけリズムを取り戻す。

「どうだ？　少しでも、マシになったか？」

「うんうん……全身の感覚が……お尻に入ってるオチン×ンに向いてる感じで……すっごく、変な感じ……おにぃちゃんは？　玲愛のお尻、ちゃんと気持ちぃ？」

「ああ、射精我慢するのが大変なくらい……ごめんな……玲愛は嫌な感じなのに……お兄ちゃんだけ気持ちいいって感じて……」

胸は平均よりも豊満だが、身長的には同学年の中では小さい方で、スポーツをしているので華奢とは言わないが、どうしても高校一年男子の平均身長よりも高い綾人と比べると、結合部の作りの違いが目立ってしまう。玲愛の姫割れも、お尻も、もっと言えば口も手も、綾人の肉棒を受け入れるには少しサイズが小さい。それを、互いの合意の上とは言え、こうして重ねて、無理をしているのはどう考えても玲愛の方だ。

「うんぅん……おにぃちゃんが、ちゃんと気持ちよくなってくれて、玲愛……嬉しぃ……ちゃんと、前も後ろも、お兄ちゃんにもらってもらって……玲愛、すごく幸せだもん……大好きな人に初めて捧げられるのは、幸せ以外の何でもないんだよ？」

覆いかぶさる形で玲愛を抱き締める綾人の首を、玲愛がぎゅっと腕を回して近付け、頬と頬を擦り合わせる。

「大好き……おにぃちゃん……大好き……玲愛、大好きって、いくら言っても足りないくらい、お兄ちゃんのことが好き……おにぃちゃん……お兄ちゃんも、玲愛に、好きって言って？　そしたら、お尻平気になるから……」

「ああ、玲愛……大好きだ……この好きって気持ちをどうやったら全部玲愛に伝えきれるのかって、悩むくらい大好きだ……」

アクアマリンの瞳がにこりと微笑んで、お祭りデートに行くために、和装に合うように編まれ、それを解いてわずかに型がついてベッドに広がる金髪が、綾人の言葉に艶を増していく。女の子は好きと言われればそれだけ輝くのだということを体現していた。

「おにぃちゃん……もぉ、動いていいよ……玲愛の中でたくさん気持ちよくなって？」

「玲愛っ、その、まだつらくないか？」

「んぅ……ぶっちゃけちゃうとそうだけど……多分、今日はこれ以上マシにはならない……初めてで、こうやってお尻でお兄ちゃんを受け入れられたのだってすごく頑張

ったんだもん……ちゃんと、最後までして欲しぃ……っきゃ！」

綾人は言葉で返すよりも、身体を動かして玲愛のおねだりを叶えた。

腰を引き、お尻から肉棒が抜けない程度に抜いて、再び先ほどまで埋めていたところに戻す。玲愛のお尻の括約筋は拒まず、一度受け入れた肉棒を奥まで通してくれた。

無論、締めつけは強い……それでも、力強く、玲愛の括約筋に肉棒を締めつけられながら抽送を開始する。それはもうゆっくりと、オマ×コでの初体験のときを彷彿とさせる動きで、ただ、あのときとは経験が違う……たった四回でも、オマ×コでのセックスの経験が生きているのだ。

それが意味するところは、玲愛との結合の一回一回をちゃんと大事にしている、一度だって適当に愛したことがないという証明……それは勿論玲愛にも伝わって、

「はぅぅ～っ！　しゅごいっ！　しゅごぃよぉ！　おにぃちゃんのが、玲愛のお尻出たり入ったりしてるっ！　おにぃちゃんの太いので、お尻の中掻き回されちゃってるよぉ！　ちゃんと、ちゃんと大好きって、伝わってくるよぉ！」

「ああっ、当たり前だろっ！　玲愛のこと、一度だって適当に扱ったことないっ！　ずっと、大好きだった玲愛の二つ目の初めてを、今味わってるんだっ！　いっぱい愛してやりたいって、気持ちよくなって欲しいって、思わないわけないだろっ！」

ごくごく、ゆっくりでも、リズム感ある抽送運動に、玲愛は身体を蕩けさせていく。

ただ、やはり初めてのお尻での抽送、幾度となく絶頂を重ねたとは言っても、それはすべて胸や姫割れを弄っているからこそ得ることのできる性感で、同じく性感帯であっても、玲愛は指で愛撫されている時も、今、肉棒で貫かれている最中も、まだ一度としてお尻では絶頂していない……それは、やはり体験したことのない部分での性感で、性感よりも異物感の方がまだ大きいからなのかも知れない。

「玲愛……お尻で、お尻でイケそうか？」

「んっ、んぅっ！　わかんないっ！　オチン×ンの出し入れ気持ちぃけど、でも、お尻だけで絶頂できるかって聞かれたらぁっ、無理だよぉ！」

抽送が気持ちよくないわけではないのだが、まだ身体が快感を享受しきれていない。

初体験のとき、性感を捉えきれない玲愛に、自分は何かして絶頂まで引き上げさせた……そう……あの時はくちづけだった……しかし、玲愛の絶頂を気に掛ける一方で、三日間の禁欲を経た肉棒は、二度目の射精を求めていて、一緒にイキたい……玲愛も、自分が射精するタイミングで絶頂させたい。その思いが、綾人にある閃きを生ませる。

綾人はベッドの上に置かれた財布などが入っている鞄から自分の携帯を取り出し、画面を操作、その間、抽送は止まって、玲愛はお兄ちゃんの手にある携帯を訝しみ、

「玲愛、オマ×コの方が気持ちよくなったら、お尻も、もっとちゃんと気持ちいいって、絶頂できるくらい気持ちいいって、感じられるかも知れないぞ？」

そう言って、玲愛に懸念を抱かせる前に、携帯を玲愛の姫割れへと押し当て、

「ふぇっ？　ひ、ひぃにゃぁあああぁ！」

室内に玲愛の激しい嬌声と、ヴゥーンという音が響く。綾人は携帯のマナーモード設定で、バイブレーション機能をオンにし、震える携帯を玲愛の姫割れに当てたのだ。

綾人はローターという性具があるのは知っていたが、ズバリそのものを買うのは恥ずかしくて、その代用として、前々から携帯のバイブ機能を使うことを考えていて、それを実行したのだが、玲愛の反応は顕著で、

「ん、んっ！　んぁぁあ！　ふ、ふ、震えてるよぉ！　オマ×コにっ、け、携帯がっ、ふぁぁあぁあ！　お、ぉにぃちゃっ！　おにぃちゃっ！　おにぃちゃっ！」

姫割れへの今までに味わったことのない機械的な振動に戸惑いつつ、その声は確実に性的快感を得ていて、同時にお尻への締めつけがきゅ〜っときつくなる。

「お、お尻変だよぉ！　さっきまでより、ずっとおにぃちゃんのオチン×ン感じてるっ、玲愛、玲愛っ、エッチな娘になっちゃう、お尻でイッちゃうエッチな娘にっ！」

曖昧だったお尻での性感が確かなものになり、姫割れの快感に引き上げられる形でお尻での快感を摑んだ玲愛は、もっとお尻での快感を欲し、綾人に抽送をねだる。

「玲愛、玲愛ぁっ！　お兄ちゃんも、もう限界だから、一緒にイこうっ！　玲愛のお尻に射精するから、玲愛もお尻の初めてで、最高に気持ちよくっ、なれっ！」

綾人は抽送の速度をほんの少しだけ速め、子宮口という行き止まりのない直腸の中を肉棒で擦り上げる。

「んぁ！　イクっ！　イッちゃうっ！　子宮の裏側ぐりぐりされてるみたいな、オチン×ンにお尻の穴たくさん愛されてっ！　玲愛、イッちゃうよぉ！　ふにゅぅぅ！」

「っくぅっ！　俺も、おにぃちゃんも、イクっ！　玲愛の中で、玲愛のお尻の中で、玲愛にイかされてっ！　イクっ！」

絶頂の瞬間、綾人は玲愛を抱き締めて、携帯は二人の下半身に挟まれる形で震え続け、玲愛の身体が大きく痙攣し、姫割れから大量の潮がびゅくんびゅくんと勢いよく放出されるのを感じながら、綾人も深く肉棒をお尻に埋め、射精の引き金を引いた。

玲愛は絶頂に絶頂を幾重にも重ねながら、小さく震えたり大きく震えたりを繰り返し、綾人はそんな玲愛に十数秒の長い射精を続ける。

兄妹は、一緒にイケた……絶頂に至ることができたという幸福に包まれ、汗ばむ互いの身体の体温を感じながら呼吸を乱し、動けずにいた。

「おにぃちゃ……玲愛、オマ×コで絶頂して、お尻でも絶頂できたよ……おにぃちゃんの精液……お尻の中で、すごくあっつぃよぉ♪」

報告せずにはいられない。弱々しくも、嬉々とした口調で絶頂の余韻にたゆたいながら初めて味わったお尻での絶頂について言葉を紡ぎ、綾人もそれを聞いて嬉しくな

り、繋がったまま玲愛の頭をぽんぽんと優しく叩き、

「二つ目の初めて、おにぃちゃんにくれてありがと……世界で一番大好きだ……」

乙女の処女、お尻の処女、身も心も、すべてを捧げてくれているという玲愛からの主張に対し、綾人はそれに精いっぱい応えるように玲愛を抱き締める。

「うん♪　玲愛の全部、もらってくれて、ありがとう♪　大好きだよ♪　お兄ちゃんっ！」

玲愛の方も、兄に抱きつき、弛緩している身体で、精いっぱい力をこめて抱擁を返す。

行為の後始末をして、お尻への挿入直前にした約束通り、お風呂に玲愛をお姫様抱っこで連れていき、有言実行して身体中を清めた後、浴槽に張った湯船に浸かり、

「でも、携帯の機能であんなエッチなことするなんて……うぅ、玲愛たくさん潮吹きしちゃって、水没したらどうするつもりだったの！」

玲愛はお兄ちゃんに背中を預けながら、携帯の扱いに関してのお説教と言うか、ある恥ずかしさを拭い去ろうとぷんぷん怒っていた。

「いや、うん……反省してる……」

「け、携帯に絶頂させられるなんて……」

玲愛にしてみれば、お兄ちゃん以外のヒトではないものに絶頂させられたことが少

し引っかかっているのだ。

「気持ちよくなかったか？」

「気持ちよかったけど……よかったけど……うぅ……」

それに性感を引き上げられたことは否定できないので、玲愛はぶくぶくとお湯に口を浸けて息を吐く。この玲愛の態度が、綾人には嬉しくて仕方ない。絶頂するにしても、その絶頂に至る過程も大事なのだと、お兄ちゃんの手や唇、肉棒以外では絶頂したくないっ！　と、告白されているようで、恋人冥利に尽きるとはこのことだ。

背中を預けてくる玲愛のおなかへと腕を回し、ぎゅっと後ろから抱き締める。

「玲愛がして欲しくないなら、もうしない二度としない……ごめんな……」

「に、二度とって、うぅ、玲愛が、もし、してって言ったら……またしてくれる？」

「おおっ♪　その時はちゃんとしたの買って、いっぱい気持ちよくしてやる♪」

二度としないと誓うには惜しい快感だったと、赤くなる玲愛の首筋に、綾人は約束通りくちづけて痕を作り、帰宅した両親にそれらをネタにからかわれるのだった。

8月25日 ウエディング、妹と誓う永遠の愛

夏休み三十六日目の八月二十五日。夏休みももう終わりが近い。

夏休み前の一週間に、兄妹の人生で一番どうしようもなく寂しい一週間を過ごし、一学期の終業式の夜に、我慢できない相手への思いを伝え合って初体験をして、初々しい初体験から一週間、週五の部活で汗を流し、玲愛の練習試合での頑張りのご褒美にパイズリをはじめとするペッティングを覚え、次の日から庭での朝練が終わってかららペッティングを施し合うようになり、海へ出掛けて水着デート、大好きな妹の水着姿に独占欲を掻き立てられ、恥ずかしがる玲愛に男らしい発言をして羞恥心を払拭させ、もうバカップル丸出しで遊んで、海の家で昼食後に疲れたからと休ませてもらい、寝ている綾人に寝ぼけ眼でフェラチオ奉仕……そして二度目のセックスを体験し、夏季休暇中登校日に学校への奉仕活動を終えての帰り道、公園でクレープをエッチに食

べて野外エッチ、胸だけで玲愛を絶頂させ、三度目のセックスをした。

玲愛が風邪を引いて綾人が献身的な看病をし、楽しみにしていたお祭りに浴衣を着て出掛けた浴衣デート、花火が空に咲く中で告白……帰宅して、何とも情けない四度目のセックスと、お尻に肉棒を挿入するという二度目の初体験をした。

ひと夏のうちにどれだけのことをしてきただろう……振り返ればほとんど毎日のようにセックスに発展はしないもののペッティングで互いを絶頂させ合い、スキンシップ過剰な甘すぎる蜜月な日々を送ってきた。

夏休みがあと一週間ほどになって、夏休みの課題はきちんと七月中に終わらせ、八月中は一学期の復習、二学期の予習を計画的にやって来た兄妹は、あと一回ぐらい、何か思い出作りをしようと、朝食を終えてリビングのソファーで話し合っていた。

無論、ソファーに座った綾人の膝に玲愛が頭をちょこんと乗せる体勢で……そんな兄妹に、朝食で使った食器の洗い物を済ませた母が口を挟んでくる。

「ああ、そう言えばね、こないだ携帯で二人の浴衣姿を撮った写真をお母さんに送ったら、二人のことをパンフレットの写真に使いたいんだけど、モデルのバイトしてみないかって、昨日の夜にメール来てたんだけど、どう？」

浴衣姿でじっと見つめ合う二人の写真を玲愛の祖母に送り、その写真を見た祖母が、自身の経営するウェディングプランナー会社のパンフレットに二人をモデルとして使いたいと言ってきたらしい。

「でも、グランマのところに行くとなると、泊まりがけでないと行けないんじゃ……」

新幹線を上手く利用しても三時間近く掛かる。綾人の心配は当然で、

「あ、撮影の予定は二日間で、撮影する結婚式場の入ってるホテルとお母さんの会社が提携してて格安で連泊できるんだって、しかもスイートルームを取ってくれるみたいだよ？　これもひと夏のアバンチュール、何事も経験じゃないかな～」

確かに、撮影するというホテルの名前は兄妹も一度は聞いたことのある有名なところで、そこのスイートルームに泊まれるなど、なかなか体験できることではないし、ウェディングプランナー会社のパンフレットのモデルになるバイトと言うことは……、

「そのモデルのお仕事って、グランマの会社ってことは、ウェディングドレスとか着させてもらえるのかな？　玲愛たち二人で新郎新婦の衣装、着れるってことなのかな？」

目をキラキラと輝かせ、バイトの内容に飛びつく玲愛。

「ん～まぁそうだよね♪　そういう書き方だったし、期待していいんじゃないかな？」

「お兄ちゃんっ！　このアルバイトしようっ！　お願いっ！」

ホテルのスイートに泊まれる、花嫁衣装が着られる、それも、隣に立つのはお兄ち

ゃんなのだから、断る理由はないと、期待に胸を膨らませる玲愛。

「そりゃ、玲愛がしたいって言うならいいけど」

「やったぁー♪　お兄ちゃん大好き♪」

バイトをするかしないかの返事は今日中に、ということで……妹の食いつきのよさに玲愛がしたいならば自分も付き合おうと祖母の申し出を受けることにする。

いや、付き合うという言い方は正しくないか……花嫁衣装の玲愛を見たいと期待に胸を膨らませているのは、綾人も一緒なのだから……。

バイトを引き受け、早速明日の昼前から撮影を開始することになり、翌朝、兄妹は早く起き、新幹線に乗って三時間の旅情、朝早いと言っても、朝練と同じ時間だったのだが、新幹線に乗って一時間というところで、その独特の雰囲気と言うか、揺れに玲愛は眠気を催し、こてんと頭を綾人に凭れさせる。

両親に頑張れ、お土産をよろしくと送り出され、兄妹だけで初めての遠出、電車やバスで海や山に行くのと新幹線は少し違い、玲愛は妙なテンションで気を張っていて、しかしそれも長続きせずに疲れてしまったのだろう。

――ぅわ……もう可愛すぎだから……って、凭れてほっぺに痕でもつかないだろうな？

これから行く先は観光ではなく、いくら身内の仕事の手伝いと言ってもバイトはバイト、それもモデルの仕事なので、預けられる髪の毛が変に跳ねたり、ふにっと密着する柔らかな頬に痕でもついたら……なんてちょっと心配になるも、すぅすぅと気持ちよさげに眠る妹を起こすことはできなくて……兄馬鹿である。

「ふにゅ……おにぃちゃ……」

――っくぉ～ああ、もぉ可愛すぎてつらい……。

寝ていても自分のことを考えている寝言に胸がきゅんきゅんと高鳴って……。

「……ふぃ……ぅにゅ……しゅごく硬ぃ……おふぃっはふっ！」

なんとなくそれ以上言わせてはいけない気がして、起こさないように、さっと素早く玲愛の口に手を当てた……夏休みも終盤、最後の旅行にと始発で出掛ける人も多いのだろう。乗客数は決して少なくない……そんな中でTPOを弁えない寝言を口にされそうな気がして……自分たちにとっては確かに日常的に行われている過剰なスキンシップだが、さすがにこういうところではまずいだろう……口から手を離すと、わずかに息苦しそうに顰めていた眉が元に戻り、寝言も収まったようだ。

――昨日の夜と今朝しなかったから、ちょっと欲求不満気味なのか？

預けてくる頭に愛しさを感じつつ、優しく玲愛の髪を撫でる。

「……ふにゅ♪……おにぃちゃ♪……大好き♪」

くすぐったそうに口元を緩め、とても甘い寝言を囁いて……ぐりぐりとおでこを擦りつけてくる。玲愛の気持ちを疑ったことなど、ただの一度もない綾人だが、起きている時に囁く言葉を、寝ている時にまで囁くのは、心の底からの偽りない想いであると、綾人は思うわけで……今の囁きの威力は、家ならば唇を奪ってしまうほどのレベルだが、先ほど玲愛の発言を止めた時と同じく、ＴＰＯを弁えなければという理性によって、何とか防がれた。

二時間後、ねむねむと目元を擦りながら綾人に手を引かれて新幹線を降りると、駅のロータリーに祖母が車で迎えに来てくれていた。

「アヤト、レア、よく来てくれたわね♪　春休みに会ったのが最後だから五カ月ぶり？」

「んぅ♪　グランマ久しぶり♪」

「迎えに来てくれてサンクス、グランマ」

お祖母ちゃんと言われるのが複雑らしいので、兄妹は祖母のことをグランマと呼んでいる。祖母は純粋な外国人、仕事で日本に来て祖父と出会い、そのまま根を下ろした。なので、玲愛の母はハーフ、玲愛はクォーターということになる。

外見的に、玲愛の母は玲愛のお姉さん、祖母が玲愛のお母さんと言ってしまってもいいくらいに若々しいので、確かにお祖母ちゃんと言われるのは複雑だろう。

兄妹が車に乗りこみ、祖母が周囲確認の後、車を発進させる。

「このまま現場って言うか、作業するところに行っちゃって大丈夫？」

「予定組んでもらってる方だから、俺らは大丈夫、ってか、玲愛が……」

「そう、グランマっ！　素敵なドレスいっぱい着れるんだよね？　お兄ちゃんも、格好いい衣装たくさん着るんだよね？」

恋する乙女な玲愛は、一刻も早くウェディングドレスを着てみたいらしい。

「ええ、たくさん着れるけど……大変よ？　今日はもう衣装の採寸と試着の繰り返し、着ては脱ぎ、着ては脱ぎ……ほら、衣装のサイズを二人に合わせないといけないでしょ？　だから、今日中に撮影っていうのは、ちょっと無理かな～」

ウェディングドレスを着れることは着れるが、既存のドレスにデザイン画から起こしたばかりのドレス、撮影しようと思っているドレスすべてを玲愛が何度も着て、直さなければいけないらしい。それは綾人も同じで、現場に着き、初めてのアルバイトに玲愛は少し緊張し、綾人の後ろにぎゅっとくっついていたのだが……試着は当然それぞれ別の部屋で行うわけで、それぞれ壁一枚隔てた先で自分の役割を果たしていく。

初めは緊張していた玲愛だが、やはり綺麗なドレスを前に徐々に解け、壁の向こう側から綺麗だとか素敵だとか、玲愛の感嘆の声が響いてくる。

「あちら、すごく賑やかですね♪」

「やっぱり彼氏さんとしては気になります？」

「それを言ったらお兄さんとしてもじゃないですか？」

「はい……その、やっぱり気になります。すごく見たいです……」

綾人の衣装担当のスタッフさんたちに尋ねられ、正直に見たいと答える。

「そうですよね、でも、玲愛さんのドレス姿は明日のお楽しみですね。花婿は花嫁のウェディングドレスを当日までは見ないもの、というジンクスもありますし♪」

一般的に思い浮かべる純白のウェディングドレスに、玲愛が包まれているところを想像すると、今日は見れないと言われていても背筋が伸びる。

自分が、玲愛のように美しい女の子の隣に立つと思うと緊張してしまうのだ。

「玲愛さんも今すごく見たいって思ってますね♪　綾人さんの礼服姿、とても素敵ですから♪」

「そうですよ？　玲愛さんと綾人さん、とてもお似合いです♪　今はやっぱり着慣れない感が強くて緊張されてると思いますが、お二人が並ばれたら服が負けてしまうかも♪」

「いや～それはないと思います。少なくとも自分は……やっぱり馬子にも衣装で……」

「そんなこと、全然ありませんよ♪　社長がお二人を推薦された理由がわかります」

「そうです。私たちも浴衣姿で初々しいお二方を見ましたが、あの雰囲気はモデルさんでは出せません。本当の恋人同士のお二人だから出せる雰囲気です♪」

「年若い甘々カップルのための結婚式というコンセプトにぴったりだったんですよ？」

何でも着こなしてしまう玲愛はそうかも知れないが、自分はどうだろうか、疑問を覚えつつ何度も着ては脱ぎを繰り返し、礼服を綾人に合った物へと補整していく。

一方で玲愛も、綾人と同じくドレスを試着し、一枚一枚直しをしていた。

「おにぃちゃん……玲愛のこと、綺麗って言ってくれるかな……」

「言ってくれるに決まってますっ！　今の玲愛さん滅茶苦茶に綺麗ですっ！」

「そうですよ？　素材は勿論大事ですが、玲愛さんはドレスを着こなす才能をお持ちです。ドレスのよさも自身の魅力も引き出せる玲愛さんのことを褒めない男なんていませんん♪　それは、玲愛さんが一番言って欲しい人も同じです♪」

ドレスを直すスタッフさんたちに褒められ、赤くなる玲愛。部屋に入った瞬間に、目に入ったドレスの美しさに瞳を輝かせたが、実際に袖を通した時、再び緊張に身体が硬くなってしまった。そんな新婦は珍しくないだろう。今回はあくまでもパンフレットの撮影のためのドレスの直しだが、スタッフの女性はその対処をちゃんと心得ている。

――そっか、玲愛、ちゃんとドレス着こなせてるんだ♪　お兄ちゃんに早く見せてあげたいな♪　お兄ちゃんの方はどうなんだろ、新郎さんの服をお兄ちゃんが……は

ふぅ～♪

　玲愛が口元を緩め、綾人がいるであろう壁の向こうを見たからか、

「ドレス姿、早く見せてあげたいですね♪　私たちも、精いっぱいの仕事をさせて頂きます♪」

「ふふ♪　やっぱり玲愛さんは笑った顔が一番輝いてますね♪　彼氏さんのこと、お兄さんのこと、考えられましたか？」

「あ、玲愛……わ、わかりやすい……ですか？」

「ええ♪　とても可愛らしいです♪　でも、それも含めて玲愛さんの魅力で、だから、その魅力を明日の撮影のときにこれでもかってくらいにアピールしてください♪　綾人さんを見る玲愛さんの表情が、何よりも魅力的な表情です♪」

　自分の心情が表情に出てしまうのは、バスケットボールのプレイヤーとしてはちょっと問題だが、スタッフさんが言いたいのは、好きな人を見つめる表情が、何よりも輝いていますという意味で、

「私たちウェディングプランナーやデザイナーができることは、その場を整えるだけで、逆にそれ以上のことはしてはいけないし、できないんです」

「モデルさんに恋人という役を依頼すれば、一応は上手に演じられますが、お二人のように自然と溢れてくる雰囲気までは出せません。今回の撮影で撮りたいのは、そう

いう雰囲気なんです。ですから、下手に役を当て嵌めないでください。玲愛さんは綾人さんにいつものように甘えてください♪　それが何より魅力的な絵が撮れます♪」

「が、頑張ります！　一生懸命頑張らせて頂きます！」

一枚、また一枚と、着ては脱ぎ、着ては脱ぎ、用意されたドレスが直されていく。

祖母が言っていた通り、これは一日仕事で、二人が解放されたのは夕方で、明日撮影する教会の入っているホテルに向かい、夕食は今回の仕事に関わるスタッフさんたちとの食事会も兼ねていた。

明日の撮影のこともあるので、早めに休むように祖母に言われ、兄妹は用意されたスイートルームのソファーに倒れこんだ。祖母をはじめとするスタッフはホテルを引き揚げて自宅、会社に戻り、兄妹は二人になったのだが、気疲れやら、休み休みとは言え、立って静止した状態を保ったままの採寸やらで疲れてしまっていた。綾人が身体の沈みこむ高級なソファーに座り、その前に玲愛が座って綾人のおなかにぎゅっと抱きつき……そんな甘えん坊な妹の髪を綾人は優しく梳いて、

「玲愛……ウェディングドレスどうだった？」

「んぅ……一生分のウェディングドレス着た気がする……じっと立ってるだけっていうのも、結構疲れちゃうんだね……」

「そうだな、玲愛にしてみれば、そっちの方が大変だったか♪」

「んぅ♪　だからお兄ちゃん……玲愛のこと、たくさん撫でて欲しいな……」

じゃれつくように綾人の腹部にぐりぐりとほっぺやらおでこやらを押しつけ、お兄ちゃんの匂いを味わいつつ、自分の匂いをお兄ちゃんにつける……本当に動物のマーキングを思わせる仕草が愛らしくて仕方なくて、玲愛のおねだりに応えるようになでなでと頭を撫でると、さも嬉しげに微笑んでくれる。

ペッティングとまではいかないまでも、ちょっと過剰気味なスキンシップで互いを労い、兄妹は明日のために早めに休む。さすがにスイートルーム、浴室は広く、浴室に入ってきた扉と、もう一つ奥の扉を開けた先には二十四時間汲み上げられている露天風呂があり、寝室に二つ並んだベッドも大きいが、逆に部屋の中で一人になると怖いと、玲愛は綾人にずっと密着していた。明日の撮影がこのアルバイトの本番で、それに差し障りがあれば、祖母をはじめスタッフの人たちにも迷惑が掛かる。

なので、綾人も玲愛も、一線を越えさせるようなスキンシップはしなかった。

もどかしくも、アルバイトの疲労が上手く二人を眠りに誘ってくれて、同じベッドで身体を密着させていても、それ以上に発展することはなかった。

翌日、兄妹は万全の体調で撮影スタッフに挨拶した。

ホテルの教会と、そこに一番近い部屋を貸しきり、昨日採寸し、直しを行ったウェディングドレス、礼服にそれぞれ着替え、教会の前で互いの姿を認める。

「っ！　玲愛……すごい……綺麗だ……」

「んぅ……ドレスが？　玲愛が？」

浴衣デートの時と同じ台詞のやり取り、綾人は前回の経験からその受け答えは学んでいたが、そんな経験がなくても、今の玲愛の姿を見れば答えは一つだけ、

「そんなの玲愛が、に決まってるだろ……」

「はうぅ……おにぃちゃ……」

あまりの即答に玲愛は照れて真っ赤になり、

「お兄ちゃんも礼服、すごく格好いい♪」

「おお、こんな格好いいの着せてもらった」

「ふ、服もそうだけど、お兄ちゃんが……格好いい……」

少しだがお化粧もして、髪の毛も編みこまれて、白いグローブをつけた手でぎゅっと綾人の袖を摑む……自分の目の届くところにいて欲しい。誰にも渡さない。自分だけを見ていて……様々な意味の含まれた玲愛のその仕草に、周りのスタッフはまだ準備中だったのだが、今自分のしている作業の手を止めて兄妹の様子を見ていた。

ウェディングプランナーにドレスのデザイナー、専属カメラマン……全員この仕事に携わるプロフェッショナルが、兄妹の生み出す雰囲気に吞まれて沈黙が場を支配する。兄妹にしてみれば、ただ見つめ合っているだけなのだが、二十秒ほどの静寂の後、

祖母がまず意識を取り戻し、パンパンと手を叩いて兄妹、スタッフに準備を促す。

「アヤト、レア、その……今のその雰囲気でいてくれたらいいから……難しいこと考えずにね。カメラマンの指示に従って立ち位置とかにだけ注意して？」

かくして撮影は始まり、玲愛は綾人の隣でもう幸せいっぱいで仕方がないと言うほどで、

「こちらに目線をください。玲愛さんっ、すごく自然な笑顔ですね♪　素晴らしいです♪」

立っているだけで雰囲気のある玲愛が、隣に立つ綾人に笑顔を振り撒き、その笑顔を拾うようにカメラマンが撮影する。

玲愛は才能もあるのだろうが、本番となれば堂々としていて、その笑顔はいつもと同じく綾人への愛情に溢れていて……対して、逆に綾人は緊張してしまい、

「綾人さ〜ん、もう少し肩の力抜けますかーもっと自然で大丈夫ですよ〜」

撮影を開始する直前の兄妹の様子を見ているカメラマンが、どうにかその時の綾人に戻そうとフォローするのだが、どうも肩の力を抜くことができない。

撮影に入って兄妹は今、祭壇の前、神父さんの前にいて……、

「お兄ちゃん？」

「あぁ……ごめん……ちょっと、いや、かなり緊張してる……」

もっと自然にと促されたが、これが緊張せずにいられるだろうか……パンフレットのための撮影だとはわかっていても、隣にいる花嫁姿の玲愛の美しさに圧倒されてしまって……しかし、そんな綾人を落ち着かせるのも、恋人である玲愛だった。

「すいません！　ちょっとだけ時間をください！」

玲愛がスタッフさんたちに頼み、綾人の手を引いて教会前の庭園へ、

「ごめん……いざとなったら……すごく緊張して……だって、これ……結婚式だぞ？　緊張しない方が無理だ……撮影なんだってわかってても……」

玲愛の持つ魅力が、パンフレットの撮影を本当の結婚式のように意識させる。

「相手が玲愛だから？」

「ああ、悪い意味じゃなくて、いい意味でだぞ？」

もし、これが他の……そう、普通のモデルのアルバイトだったら、新郎新婦の着るドレス、礼服姿の撮影でなかったら、綾人もここまで緊張しない。

教会での撮影で、それも新郎新婦役で、綾人にすれば、それはいつか実現させたい光景、そんな意識が身体を強張らせるのだ。

「うん、わかってるよ？　玲愛も一緒だもん……相手がお兄ちゃんだから、すごく嬉しくて、幸せで、でも、お兄ちゃんはそれが緊張する方に向いちゃったんだね♪」

玲愛は微笑みを絶やさず、綾人の考えていることを自分も考えてるよと言って、

「玲愛はね、パンフレットの撮影、ただのアルバイトだとは思ってないんだ……玲愛とお兄ちゃんは兄妹だけど、義理のだから結婚できるよね？　お兄ちゃんはあと二年で十八歳、玲愛はあと一年で十六歳だから、玲愛が先に結婚できる歳になる……」

禁断の兄妹愛でも、義理の兄妹の自分たちは結婚できる。それを知らず、兄妹は結婚できないという一般的な認識を知った小学生の玲愛は理由も告げずに綾人に追いすがって泣いたことがあった。大好きなのに兄妹だと結婚できないの？　と、お母さんに聞き、貴方たちは義理の兄妹だから、本人たちがしたいと思えばできると言われた時の安堵は今でも忘れられない。法律上、男は十八歳、女は十六歳で結婚できるとあり、

「玲愛は……お兄ちゃんが十八歳になったら、結婚して欲しい。お兄ちゃんは？」

「そんなのっ、俺も玲愛と同じ気持ちだっ！　俺も、玲愛と結婚したいっ！　玲愛以外との結婚なんて俺、考えたこともないっ！」

強い語気での主張、幾度となく仄めかし、それが当然と思っていたからこそ、兄妹は互いに明言はしなかった。それをこうして告白し合うのは、綾人の緊張を解くためで、

「ぇへへ♪　そんなまっすぐ言われたら……嬉しくて濡れてきちゃうよぉ♪」

自分から言わせた言葉だが、あまりの即答、簡潔で素直なお兄ちゃんの言葉に、抱

きつきたい衝動に駆られるも、それはドレスに余計な皺を作ること、薄くではあるがお化粧をしている自分がお兄ちゃんに抱きつき、お兄ちゃんの衣装を汚してしまってはと、その衝動を必死に抑え、ただ、ぎゅっと手は握ってそこから愛情を流しこむ。

「お兄ちゃんが十八歳になるのを玲愛は一年待たなきゃダメでしょ？　でも、こうやって初体験した夏に、恋人になれた夏に、本当なら結婚できない歳なのに、写真の撮影でウェディングドレス着て、教会でお兄ちゃんと並べる。こんな幸せなことないよ♪　緊張するのは、本番に取っとこうよ♪　この結婚式は楽しもう？　ね？　お兄ちゃん♪」

緊張の方向に向いていたベクトルを、玲愛に矯正され、

「ああ……そうだな……本番以上に……リハーサルで緊張してちゃな……」

「んぅ♪」

玲愛からぎゅっと握られていた指に、自分の指を絡ませるようにして握り返す。

「さぁ、戻って、玲愛が最高の笑顔でいられるように、お兄ちゃんも頑張るか♪」

「んぅ♪　行こ、お兄ちゃん♪」

その後の撮影は、本当に幸せいっぱいなカップルとしての写真がたくさん撮れたと、カメラマンさんに、これまで撮ってきた写真の中で、貴方たちは一番幸せそうな恋人ですよと言われるほどだった。特に、指輪の交換をするシーンの兄妹の表情は、まさ

に本当の結婚式のような、これから自分たちは幸せになりますと、そんな雰囲気を周りに撒き散らして、祖母曰く、ため息が出るくらい自分たちは輝いていたという。直したドレス、礼服ですべての撮影を終え、兄妹はそれぞれ別々に祖母に相談を持ち掛けた。

それは、昨日のドレス、礼服の仕立て直しの時、休憩時間に部屋に置いてあったブライダル雑誌をそれぞれ別室で見て、思いついたことだった。

綾人はアルバイトにもらうお金と、貯金箱から持ってきたお金で、できるだけいい指輪を、今日の撮影で使用した指輪ほど立派でなくていいから、玲愛に贈りたいと言い、玲愛もアルバイトのお金に貯金箱からのお金を上乗せし、ウェディングドレスは高すぎるので、ウェディングドレスに見える白いドレスを一着買いたいと言って……。

夕食を終え、ホテルの部屋でシャワーを浴び、そろそろ寝ようかと就寝の準備をしている兄妹それぞれに祖母に頼んだ品が届いた。

兄妹はそんなに早く届くと思っていなかったので、少し慌てた。

先に届いたのは玲愛の頼んだドレスで、玲愛は何が届いたのかをお兄ちゃんには告げず、お兄ちゃんに入ってこないでね？　と念を押し、寝室に閉じ籠った。

届いた箱をどきどきしながら開けると、純白のドレスが入っていた。

ウェディングドレスと言うには布地が少ないが、いや、少なすぎるが、ウェディングドレスの特徴は残した品で、ドレスだけでなく、ガーターベルトやレースの手袋、ティアラなど、その他のオプションもついていた。

それらは決して安物ではなく、祖母に渡したお金ではとても揃えられない物なのだが、箱の中に入っていたメッセージカードを見ると、

《今日の貴方の笑顔は、私たちが今日与える物以上に価値あるモノです。そう思ったからこそ、スタッフのみんなで最高のウェディングドレスを仕立てました。気に入ってくれるといいのだけど……貴方の大好きな人を幸せにしなさい》

と書かれていて……今、自分の手にあるドレスが既製品ではなく、撮影後の疲労のあるスタッフの人たちが作ってくれたオーダーメイド……玲愛のことを魅力的に見せるために、綾人に見せるためだけのドレス一式を作ってくれたのだ。

──ああ、すごい……みんなの気持ちが……詰まってるんだ……。

人に支えられる、背中を押される……周りの人たちの優しさに、涙が溢れそうになってくる。ノースリーブのウェディングドレスをぎゅと抱き締め、ドレスに誓う。

──玲愛……頑張る……お兄ちゃんに、いっぱい愛してもらえるように、頑張るっ！

玲愛に遅れること十分ほど経ってから、綾人が祖母に相談した指輪が届いた。

指輪一つが入るにはちょっと大きい箱を開けると、指輪はサイズの違う指輪が二つ

入っていて、それらは自分が祖母に預けたお金ではとても買えないような立派な物で、玲愛と同じくメッセージカードが添えられていて、

《これは貴方が玲愛を幸せにしてくれると思うからこその先行投資です。貴方以上に玲愛を幸せにできる人はいない。撮影、ご苦労様でした。疲れたと思いますが、玲愛をお願い。明日はお昼前に迎えに行きます。寝不足にならないように気をつけて？》

――寝不足にって……グランマ……直接的すぎるだろ……。

暗に、今夜は夜更かしすることを仄めかしている。

――ああ、こんな後押しされたら……やばぃ……泣きそうだ……。

指輪の箱をぎゅっと握って、玲愛のいる寝室のドアをノックする。

「玲愛……その、開けていいか？」

「お、おにぃちゃっ！　ちょっと、待ってっ！」

返事が返ってきて、数分もしないうちに向こうから扉が開き……、

「玲愛……あのっ……っ！　えっ……」

そこにいたのは、昼間の撮影の時に着ていた花嫁衣装よりもずっとシンプルだが、花嫁衣装の特徴を保ったまま、肌の露出をこれでもかと増やした純白のドレス姿の玲愛で……恥ずかしそうにもじもじしながらも、レースの手袋をはめた手でぎゅっと、動けずにいる綾人の袖を引っ張り、部屋の中へと導く。そして、

「どう？」

「すごく綺麗だ……」

短く感想を求めた玲愛に対し、綾人も言葉少なく褒め、ぎゅっと握っていた箱から祖母が用意してくれた指輪を取り出し、

「これ、本当は玲愛に贈るやつだけ頼んだんだけど、グランマが先行投資だって、玲愛を幸せにできるように頑張れって……俺の分も用意してくれた……多分、預けたお金の何倍もすると思うんだけど……」

「玲愛もこのドレス……生地代だけでも預けたお金じゃ全然足りないやつだと思う……オプションも全部、グランマの会社のスタッフの人たちが作ってくれたって……お、お兄ちゃんにいっぱい見てもらえるようにって、誘惑できるようにって……」

袖なしで裾も短くて、ガーターベルトがストッキングを固定しているのが丸見えの、玲愛のすらっと引き締まった足の絶対領域をこれでもかと魅惑的に見せる少しエッチなデザイン……撮影のために編まれていた髪は下ろされ、キラキラと光るティアラを金糸のような金髪の上に乗せ、お姫様のような気品と愛らしさを醸し出していた。

こんなデザインの花嫁衣装を綾人に見せるために作ったということは、当然、それを着た玲愛がその先どうなるかを予想した上でのことで……、

「夏休みの終わりに……すげぇサプライズだな……」

「だね……」

「玲愛の存在が、俺の人生で一番のサプライズだけどな……」

「そ、そうなんだ……」

自分の花嫁衣装をお兄ちゃんに見せるだけでも真っ赤だった頬が、さらに熱を持つ。

「俺との距離……諦めないでくれて……ありがとな……」

「んぅ♪……これからも、絶対に離れない……」

一度は距離を置こうとして泣かせて、悲しませて……それでも諦めずにお兄ちゃんに思いを伝えた玲愛の勇気が、今の自分たちの関係に繋がっているのだ。

「今日、撮影で指輪をはめるとき……神父さんが言ってたことさ……玲愛が綺麗すぎて全部覚えてないから……一番大事なとこだけ言うぞ？　俺、里桜綾人は……生涯里桜玲愛のことを愛すると誓います……」

「私、里桜玲愛も……生涯お兄ちゃ……里桜綾人のことを愛すると誓います……」

綾人はそっと今日の撮影の時にしたように、玲愛の左手の手袋を外し、その薬指へと指輪をはめ、続いて玲愛も綾人のために用意された指輪を兄の左手の薬指にはめる。

二人揃ってペアリングをはめた指をじっと見つめ、視線を上げて互いの視線を交わらせ、あまりに大きな幸せに耐えられなくなったように満面の笑顔を浮かべる。

っと、指輪の交換の後にすることを忘れてはと、綾人は玲愛の肩に手を置き、小さな唇に自分のそれを重ねる。撮影スタッフの前では恥ずかしくて一瞬で離れてしまったくちづけだが、今度はそれはもうひたすらに優しく長いくちづけを玲愛へと捧げた。

「っちゅぷはぁ！　今のキス……今までしたキスの中で三本の指に入るかも……」

「ははっ♪　そか、その記録を更新できるよう、これからも頑張るからな？」

冗談交じりに玲愛の項の辺りをそっと撫でると、こちらを見つめる玲愛の表情が変わった。緊張にきゅっと口を結んだのとはちょっと違う、不快感を示したのでも勿論ない。それは、初体験の時に自分への愛情を必死にぶつけてきた泣き顔に近い感じで、

「け、結婚式が終わったら……その、しょ、初夜……だよね？」

「しょ、初夜って、玲愛……俺たち……」

すでに初体験はしているし、初めてという意味ではお尻の処女も捧げられている。

「うん……でも、ほら……恋人としてじゃなく……夫婦としてのエッチは……は、初めてなわけで……はぅ……こ、このまま、ウェディングドレスで……したい……」

ほとんど毎日、玲愛の甘えん坊な顔、頑張るときの一生懸命な顔、エッチな表情を見せてもらってきた綾人だが、今日の玲愛の表情はそのどれとも違った。

いつもの無邪気に甘えてくる妹の顔でも、バスケに汗する一生懸命な顔でも、恋人としてエッチに誘惑してくる顔でもなく、それらをすべて含んだ妖艶な幼妻の表情を向けてきた……男子だけでなく、女子も虜にするような玲愛の表情、この艶っぽさに

欲情しない人間なんているだろうか……抗える人間なんて、存在しないだろう。

「グランマがさ、明日は昼前に迎えに来るって、朝は起きられないだろって……」

「え？　えっと、どういうこと？」

「結婚初夜は当然エッチするだろってこと……」

「ふぅ？　っ！　は、はうぅ……グランマ……」

綾人の言葉に、玲愛もグランマからのメッセージの意味を理解したらしい。

指輪をはめた手で顔を覆い、イヤイヤと恥ずかしがる……そんな玲愛に一歩の距離を詰め、そっとベッドへと押し倒す。

「しかし、すごい綺麗なドレスだな……部屋着とか部活のユニフォームとか、水着とか制服とか浴衣とか……それなりにエッチするときの服装には気を遣ってきたけど……まさかウェディングドレス姿の玲愛とエッチすることになるとか……考えなかった……ってか、本当にこのドレス着てしていいのか？」

「んっ……丈夫な生地使ってあるから……ちょっと無茶しても大丈夫みたい……」

そうか……と、ベッドに横たえた玲愛の身体をぎゅっと抱き締め、唇を重ねる。

「結婚初夜のエッチ……この夏一番の思い出にしような……」

「んぅ♪　ちゅぷっ……おにぃちゃん……今日のエッチ……玲愛が……していい？」

お兄ちゃんの抱擁が心地よくて、あまり体重を掛けてはと、気遣ってくれる抱擁が嬉しくて、今日を夏で一番の思い出にと言われ、以前から考えていたことを口にする。

「玲愛、今までのエッチでセックスするとき、いつもお兄ちゃんに動いてもらってて、だから……今日は……玲愛が動いてお兄ちゃんのこと……気持ちよくしたげたい……」

手や口、腋……胸など、ペッティングの域を出ないエッチは玲愛も主導権を握ってご奉仕という形でお兄ちゃんに施しているが、セックスする時の玲愛は肉棒を受け入れる側、いつもしてもらう側で、主導権をお兄ちゃんに預けっぱなしだった。

だから、結婚初夜の今夜は……と、勇気を出して切り出してみると、

「おお♪　じゃぁ、玲愛の言葉に甘えさせてもらおうか♪　まずはどうする？」

綾人としては、お兄ちゃんだからリードしたいという思いがないわけではない。

しかし、玲愛の頑張る意欲を無視してまで守るお兄ちゃんの矜持など綾人にはない。

プライドの話をするならば、玲愛を守ること、玲愛が幸福であることが綾人にとっての誇りなのだから……。

「えっと、んぅ……ゆ、指……ふにふにしていい？」

セックスをする前の前戯をしたいらしい。それも、できるだけ甘い前戯を……ちょうど、浴衣エッチで綾人が玲愛の全身にくちづけたように、兄がしたことを参考に行為の実行の許可を求める妹、綾人は押し倒していた玲愛の身体から退き、ベッドの上

に座り直し、玲愛も起き上がって、そっと両の手を差し出し、綾人は妹のその手に自らの手を乗せることで、玲愛の求めに応じる。

——なんか、お手ってされてるみたいだな……うぁっ……柔らか……。

妹の手に乗せた自分の手に、はむっと玲愛の唇が当たる。柔らかな玲愛の唇の感触を指の爪の先に感じ、指の腹、指の関節、指の根元……丁寧に丹念に、片手に対しての愛撫にしては念入りすぎるのではないかと思うほどで、くすぐったさと玲愛の艶っぽい顔に、ドキドキと胸の高鳴りが大きくなる。

「玲愛の身体……いつも、気持ちよくしてくれるお手々だから……大好きなお兄ちゃんのだから、あむ、はむ……キスしてるだけなのに、すごく興奮しちゃうよぉ……」

指にくちづけながら囁かれる玲愛の感情は、綾人も何度も覚えた感情で、ああ、大好きな人の身体にくちづけていると、やはりそういう感情を覚えるのか、同じ気持ちを共有できていると思うと興奮もひとしおで、片方が終わると、次はと言わんばかりに逆の方の手を求め、左手は指輪、右手は手袋をした両手を差し出してくる玲愛に、自然と訓練されたわんこのように反対の手をさっと差し出す……まさに犬のお手で……、

——これは……妹に軽く調教されている感じが……なんとも……。

綾人の思いとは別に、玲愛は玲愛でさも美味しそうに綾人の指を唇でふにふにと愛

撫していく……そして、手が終わると、いい？　と首を傾げてきて、それにこちらも首肯で応えると、肩を摑まれてベッドへ押し倒される。

「ウェディングドレス姿で覆いかぶさられるのって……なんかすげぇ迫力だ……」

下着や裸で覆いかぶさられたことは、もう両手両足の指でも足りない回数、日常生活の中で、パジャマ姿や制服、私服姿で上に乗られて甘えられた回数は数えきれないほどだが、ウェディングドレス姿の玲愛に押し倒されたのはさすがにこれが初めてで、

「そう？　玲愛はお兄ちゃんが押し倒して可愛がってくれるの、すごく嬉しくて、格好よくて、気持ちよくて……次はどんなことしてくれるんだろう。撫でてくれるのかな……キスしてくれるのかな、あぁ、愛されてるんだって、どんどん身体敏感になってくけど……玲愛がお兄ちゃんの上になるの……嫌？　もしかして……重い？」

「あ、いや、そういう意味で言ったんじゃなくて、玲愛の花嫁姿があんまり綺麗だから……迫力って言葉使ったんだ……すげぇ綺麗で、可愛くて、エッチで……」

お兄ちゃんに甘え慣れた玲愛の伸し掛かりは、体重移動が上手で上に乗られていてもそれほど不自由を感じさせない。しかし、玲愛は自分が上になることを綾人が不快に感じたのではと退こうとして、慌てて言葉の真意を伝える。

「じゃ、じゃあ、続けていい？」

「おお、どんな風に気持ちよくしてくれるんだ？」

綾人の真意はちゃんと伝わり、綺麗やら可愛いやら、綾人が口を開けば口にするようなその言葉に、それこそ子供の頃から言われ続けてきた言葉に素直に顔を赤くして、

「んぅ……上手にできるか……わからないけど、頑張るから……たくさん感じてっ！」

ペッティングは気持ちを確認しながら相手を絶頂させることが目的だが、今から玲愛がしようとしているのは前戯で、前戯は後のセックスのための準備、互いに気持ちを昂ぶらせ、仮に絶頂に至ってもそこが終着点ではない……玲愛にとってこれは初めて主導権を預けられての前戯、必死さがこれでもかと伝わってくる。

「ふ、服……脱がせるから……お兄ちゃん、ばんざいして……ん、ありがと……」

玲愛に促され、ばんざいして寝間着代わりのTシャツを脱がされ、玲愛の上体が下りてきて、ぴたっと密着する。

「いつもと違う匂いだね……」

「使ってる石鹸が家のと違うからな……」

「でも、玲愛の大好きな匂いはちゃんとしてる……お兄ちゃんの匂い……」

首筋にきた玲愛の小さくて可愛らしい鼻がすんすんと綾人の首筋を通り、そっとくちづけたかと思うと、鎖骨、肩、腋……いつも自分が玲愛にしている愛撫の順に玲愛も唇を這わせてきて、くすぐったさと、腋へくちづけられるなど、普段玲愛に与えている羞恥を理解するのと同時に、玲愛もする側としての気持ちの高揚を感じている。

「お、おいっ！　それ以上行くとっ……」

「行くと？　どこ？」

焦らし方まで模倣しようとしているのか、それとも弄られる側から弄る側となって、自然にその言葉を紡がせるのか、ただ、弄るにしても綾人なら最後にするが、前戯に不慣れでいっぱいいいっぱいの玲愛にそこまでは無理のようで、早々に性感帯の真上に唇を置き、

「いや、男の胸なんて……っくぁ！」

「ちゅ……お兄ちゃんもお胸感じるんだ……」

新しい発見とばかりに、玲愛は綾人の引き締まった胸元を刺激した。

予想外に玲愛の唇に感じさせられ、綾人は困惑する。刺激されたことがなかったわけではないが、いつもであれば玲愛のおでこや顔に凭れられる場所、預けられる場所で、唇を這わせ、ふにふにとされる感触がここまでとは予想していなかったのだ。

幸いにも、乳首への刺激はほどほどに玲愛の唇は下に降りていき、うっすらと割れた腹筋に差し掛かり、腹筋の筋にすぅ～っと唇を這わせ、おへそへのくちづけを果たし、

「うぅ……おにぃちゃんはいつも玲愛を気持ちよくするためにいっぱい我慢してくれてるんだね……玲愛、お兄ちゃんの身体にキスしてたら、オマ×コうずうずして……

我慢できなくなっちゃった……えと、シックスナイン……だっけ？　したいな……いい？」

いつも玲愛が絶頂するまでちゃんと可愛がってくれるお兄ちゃんの凄さを再認識し、男女が相手の顔へと互いの性器を向け、互いに刺激し合う体位……また聞きかじりの知識を一つ綾人へと披露してくれる。

「ああ、いいぞ……ってか、結構やばかった……玲愛のキス……もうちょっと念入りにされたら……チ×ポ刺激されてないのに射精するくらい……」

「ほんと？　えへへ、またさせてね♪　んしょ……えっと、これでいいのかな……」

玲愛は一度起き上がり、綾人の方へとお尻を向け、再び身体を下ろす。

「ヤバい……ガーターベルトとストッキング……見えてる肌色の部分が……」

ショーツをやっと隠すような短いドレスから覗く太腿、それを彩るガーターベルトが絶対領域の魅力をさらに引き上げている。もっと恥ずかしい場所を見せ合う仲なのに、服装一つで違う種類の興奮を掻き立てられるのかと、お兄ちゃんとしての理性と性欲がせめぎ合いながらも、目線を外せずにいる中で、玲愛もそっとお兄ちゃんのハーフパンツとトランクスを一緒に脱がせ、肉棒との接近を果たしていた。

――ふぁぅ～……玲愛が、玲愛がエッチなドレス着て……たくさんちゅっちゅしたから、もう先っぽ……先走りで光ってる……お、美味しそうって……見えちゃうよぉ……。

すっかり勃起し、尿道口から先走りまで溢れさせてくれているのは、自分が頑張って、お兄ちゃんが興奮してくれた何よりの証、それに感激し、玲愛は、かぷっ！　と、亀頭部分を口の中へと収めた。

「っくぁあ！　玲愛っ！　ちょっ、行動早すぎだからっ！」

焦らす前戯に先に我慢できなくなり、自分から気持ちよくして欲しいとお尻を差し出してきたはずの少女が、先に肉棒にしゃぶりつくとは思っていなかった。

互いに感じさせる体位はとっても、自分はまだ主導権を握っているのだという主張だろうか、ただ単に、お兄ちゃんのオチン×ンを美味しそうだと我慢できなかっただけだとは綾人はちょっと考えつかなくて、主導権は預けたままでいいが、この体位で自分だけ絶頂させられるのは情けない……それに最初は我慢できないからとこの体位になったはずだ。肉棒の先を包みこみ、ゆっくり味わうように動く舌の感触に身体を悶えさせながら、こちらも感じさせてやらなければと、綾人は妹のドレスを捲る。

「ひ、紐パンっ？　玲愛、こんなの持ってたか？」

両サイドで蝶々結びになった純白の紐パンが、玲愛の姫割れを覆っていた。

「ドレスのセットに入ってたの……ガーターベルトを誤って外す心配がないみたい……初めて着ける種類の下着だったけど、お兄ちゃんが喜んでくれるならって……」

確かに、シックスナインの体位になった後にショーツを脱がすとなると、一度退かなければならないが、紐パンならば結び目を解いて脱がすことができる。

ああ、だからこの体位をしたいと言ったのかと納得しつつ、

「じゃあ、工夫を味わうためにオマ×コへの刺激は敢えて紐パンの上からだな♪」

はむはむ、ちろちろと肉棒を味わっていた玲愛が、綾人の宣言にビクッと一瞬身体を硬直させる。やったぁ♪　お兄ちゃんにオマ×コ刺激してもらえるんだ♪　という喜びと、でもショーツの上からって、あぅ……直接じゃないんだ……とちょっと残念に思ったりと、様々な思考を巡らせていたのだ。綾人の手が玲愛の小さく引き締まったお尻にやんわりと触れ、そっと唇をショーツの上から姫割れに密着させる。

「ちゅぷ……ふにゅぅ！　はうふぅ！　ぉにぃちゃ……ぉにぃちゃ……」

ショーツ一枚越しの姫割れとは言っても、求めていたお兄ちゃんからの姫割れへの刺激、感じないわけがなく、フェラチオ奉仕のリズムが狂う。

玲愛はこの体位になって、自分は肉棒を口に含んでお兄ちゃんを感じさせようと頑張ったが、自分からむずむずする、もどかしいとこの体位をおねだりしたにも拘らず、お尻は綾人の顔の上から下ろさなかった。本当に快感を求めるなら、ぐいぐいと姫割れを押しつけてきたはずだが、主導権を握っていても、その辺りで引っこみ思案にお兄ちゃんの出方を窺うと言うか、自分からお兄ちゃんの顔にお尻を下ろすなんて、と

いう遠慮があったのだ。綾人は玲愛のそんなところが好きだったりする。

だからこそ、綾人は玲愛を激しく感じさせてあげたいわけで、上になって腰を下ろしすぎないように気を遣う玲愛の腰をぐいっと自らの顔へと落とした。

「ひゃ、ひゃぅぅ！　お、おにぃちゃ、ダメっ！　おにぃちゃん息できないよっ？　苦しいよ？　無理しちゃやだよ！」

――ああ、息ちょっと苦しい……でも、そんなの二の次三の次なんだよっ、玲愛が気持ちよくなってくれるなら、俺はちょっとやそっと苦しくったって我慢できるっ！

自分の口奉仕に玲愛のフェラチオ奉仕がゆっくりに……と言うか完全に止まり、腰を持ち上げて快感から逃れようとする力も抜けたことに、自分の奉仕にちゃんと感じてくれているのだと嬉しくなり、はむはむふにふにとショーツ越しの姫割れへと唇だけでなく、顔全体を押しつけての愛撫を加え、

「ぉにぃちゃっ！　そんなにされちゃったら、玲愛イッちゃうよぉっ！　ぉにぃちゃんのこと、気持ちよくさせなきゃいけないのにっ、玲愛が先にイッちゃうよぉ！」

――ああっ！　このまま絶頂させるつもりだからなっ！　主導権を預けてるからって、玲愛を絶頂させない理由はないんだからなっ！

「ふにゅぅっ！　しゅどぉけんをあじゅけてくれたってことは、れあのぺーしゅでってことだとおもって、ふにぃぃ！　イク、いきゅぅううう！」

びくんっ、びくびくんっ！　身体を大きく痙攣させて、玲愛はウェディングドレス姿で絶頂に至った。快感に滑舌がおかしくなって、さらには綾人自身も愛撫に夢中で、若干聞き取り難かったが、玲愛は確かに綾人が心で思ったことに対して返事をするような内容を喋っていたように思う。

全身を巡る絶頂の余韻に、くたっとなる玲愛をそっと抱き起こし、身体の方向を普通に戻す。直前まで肉棒を口に含んでいたため、口元は涎でべちゃべちゃになっていて、どれほど夢中に肉棒をしゃぶっていてくれていたのかがわかる。

綾人の上に倒れた状態で、玲愛が意識を覚醒させ、

「うぅ……おにぃちゃんのこと、気持ちよくしたげたかったのに……先にイかされちゃったよぉ……ふにゅ……せっかく、セックスで主導権もらったのに……」

「悪い……でも、玲愛があんまり可愛かったから……俺も我慢できなかった……でも何終わったって顔してるんだ？　今夜はペッティングじゃ終わらないんだろ？」

「ふぅ？……あっ、そっか……これ、前戯だったんだ……」

肉棒にくちづけた瞬間に頭の中にはそれ以外のことを考えられなくなり、お兄ちゃんに愛撫され、絶頂させられたことで、何を目的としたシックスナインだったのか意識を欠落させていた。頭をはっきりさせ、まだ余韻抜けきらない身体を少し持ち上げ、

「おにぃちゃ……まだ、主導権持っててていい？　ぉにぃちゃんのこと、セックスで気

持ちよくしたげたい……玲愛のオマ×コで、お兄ちゃんのこと、射精させたい……」

「ああ、勿論だ。今度は玲愛が求めることにだけ応える。玲愛がしたいようにしてみてくれ、お兄ちゃんはそれをサポートするから」

「じゃ、まず……ショーツ……脱がせて？」

「おお？　あ、ああ……」

玲愛は今、綾人を押し倒すような体勢だが、ショーツは紐パン……別段脱ぐのに手間取りはしないだろうが、これは玲愛が綾人に甘えているのだ。

綾人は玲愛の腰元へと手を這わせ、蝶々結びにされているショーツの紐を左右に引っ張り、それによってできた結び目も器用に解き、綾人によって兄妹の眼前に持ってこられる。そのショーツには、布一枚分ではない重さが加重されていて……、

「やっぱ……愛液吸ったらショーツも重くなるんだな……ってか、できてる滲みが笹の葉とかじゃなくて楕円……オマ×コの当たってた場所、全部ぐっしょり……」

「ショーツに興味持つお兄ちゃんは変態だと思う。普通はショーツ脱がせたらオマ×コに目がいかない？　ましてや、脱がしたショーツを穿いてた女の子に見せるなんて」

変態だよ……と、顔を真っ赤にして綾人からショーツを奪取、ベッドの脇に投げる。

「ふみゅ……でも、変態なお兄ちゃんが大好きな……変態さんな玲愛のこと、好きで

いてくれる？　これから見せる玲愛の格好とか、動きとか、全部受け入れてくれる？」

「誰に言ってるんだよ、さっき自分で言ったばっかだろ？　絶対に離れないって、俺も玲愛を離す気なんてこれっぽっちもない。大好きな妹で、愛した女なんだから……」

エッチをしている最中の変なテンションで、滅茶苦茶に恥ずかしいことを言ってしまっている。きっと後に冷静になって、うわ、俺何言ってんだと羞恥に悶えるだろう。

しかし、言った言葉を後悔はしない。口にした言葉は本心以外の何物でもないのだから……それが玲愛にも伝わって、顔を真っ赤にしながら口元をきゅっと結び、

「じゃぁ……玲愛から、お兄ちゃんのオチン×ンをオマ×コに挿入れて、セックスするから、お兄ちゃんは動かないでね？　今日は玲愛が頑張らなきゃダメな日だから……ただ、ちゃんと見てて？　玲愛から一瞬も目、離さないで……んっ……」

玲愛は少しお兄ちゃんの頭上を越え、ベッドの掛け布団を引き寄せ、お兄ちゃんの上半身を高くしていく。見ていてと言って、背中を預けるモノがなければ身体が痛くなってしまうだろうと、こんな状況でもちゃんと気配りのできる優しい妹で、綾人は行為に移る前にもう一度と自分の上にいる玲愛の身体をぎゅっと抱き締めた。

「お兄ちゃん、ありがと♪　玲愛が頑張る勇気、いっぱいもらったよ♪」

「玲愛っ……」

抱擁を終え、玲愛は上体を起こし、綾人の太腿辺りに身体の軸を持っていく。

「えへへ……一昨日の朝にしたのが最後だから……オチン×ンも射精したいって、こんなにおっきくなってくれてる♪　ちゃんと挿入れられるかな?」

すでに一度絶頂し、ショーツにあれだけ愛液を滲みこませるほどに姫割れは潤んでいるならば、また、肉棒も先のフェラチオ奉仕で快感を得て、射精こそしていないが先走りを根元まで垂らすほど溢れさせている今ならば、玲愛が自分から挿入するに当たっての潤滑液は十分だろうか……ごくんっと、玲愛の喉が鳴るのが聞こえた。

「玲愛……無理だけはするなよ?　怖かったら、いつでもお兄ちゃんが代わって――」

「んぅ……んぅんぅ……大丈夫……だって、玲愛のオマ×コ……こんなに濡れてお兄ちゃんのオチン×ンが欲しいって、疼いちゃってるから……」

女の子が自分から腰を動かして抽送運動をする体位は限られる。そして、玲愛が選んだのは騎乗位でのセックス……大丈夫、大丈夫と、自分に言い聞かせ、玲愛は腰を上げて肉棒の上へと股間を持ってくる。肉棒に手を添え、自らを着飾ったウェディングドレスの内側へと導き、兄妹どちらにもはっきりとは見えない中で、にちゅにちゅと姫割れと肉棒が密着する。以前、公園で体位は違うが似たような状況になったことがあった。あの時は綾人が指示に従って玲愛の身体を上下させて挿入を果たそうと右往左往した。今回は玲愛が自分で挿入するために、ドレスの中で照準を合わせようと擦れ合っているのだが、前回のときほどは時間を掛けず、亀頭が膣口の位置を捉え、視線で挿入れるね？　と言って、腰を下ろしていく。

「ん、んぅっ……おにぃちゃんの……熱くて、気持ちぃのに……太くて、大きくて、思うように、はぁあっ！　挿入れられない……はぅ……」

玲愛が困ったように微笑む。互いに性器を密着させただけでも感じる快感は大きい。ただ、幼膣を広げて肉棒を膣奥へと迎えるのは、快感と異物感の板挟みで、お兄ちゃんにしてもらう時には最小の異物感が、自分から腰を下ろしていくときには最大になり、思うように腰を下ろしていけないのだ。

「はぁ、はぁ、はふ……ぉにぃちゃ……ぉにぃちゃ……うっ、うぅ……」

数回の荒い呼吸の後、力をこめて肉棒を数ミリ受け入れ、再び呼吸を乱すことを繰り返す。お兄ちゃんにしてもらうのがいかに楽だったか、いつも動いてもらうばかりで、快感に呑まれて愉悦を与えられてばかりだったかを自覚し、お兄ちゃんをたくさん感じさせたい、お兄ちゃんと感じさせ合える関係に発展したいと、腰をすべて下ろし、ぺたんとお尻をお兄ちゃんの太腿へとつける。つまりは、膣内で肉棒をすべて呑みこんだのだ。

「は、挿入ったよ……全部……お兄ちゃんの全部、玲愛、受け入れられたよ♪」

大きな快感とわずかばかりに息が詰まりそうな挿入感に嬉しげに微笑む玲愛の目元

から涙が零れる。これで、自分はお兄ちゃんにしてもらってばかりの女の子ではなく、自分からお兄ちゃんを受け入れられる女の子になれたのだと、喜悦と感動で涙腺が崩壊した。お兄ちゃんの腹部に手を置いてバランスを取り、挿入した肉棒の熱さと、血液を集中させて膨張させている肉棒の血潮の流れを感じながら、呼吸を整える。

「ああ、玲愛のオマ×コの締めつけ、熱さ、俺から挿入するのとは感じがちょっと違うな、玲愛がチ×ポ頑張って受け入れてくれてるのがすげぇわかる。よく頑張ったぞ」

目元からつーっと流れる涙をなぞるようにそっと頬に手をやり、もう片方の手でぎゅっと腹部に置かれた手を握る。

「んぅ……玲愛、頑張った♪　でも、まだなの……お兄ちゃんにちゃんと、気持ちよくなってもらわなきゃダメなの……でも、ちょっとだけ……待って……」

抽送運動に移るには、まだ呼吸が整っていなくて、五度目のセックスとは言っても、今回は自分からの抽送、もう少し肉棒の感覚に膣内を馴染ませたい。

呼吸を整え、肉棒を膣内に馴染ませること数分、綾人はその間に誤って射精しないように力をこめていた。射精するならば、動く玲愛に対して射精してやりたいと我慢するが、花嫁衣装で自分にまたがり、必死に膣内を抉る肉棒の感触を馴染ませようとする蕩け顔、ふにゃっと緩んだ口元、時折ぴくんと身体を揺らし、綺麗なティアラをちょこんと頭に乗せ、下ろされた金糸の長髪がさわっと揺れ、じっと自分を熱っぽく見つめるアクアマリン色の視線を前にその我慢は非常につらくて、

「お待たせ……じゃあ、動くね……我慢……しないでいいから……好きな時に、玲愛に出してね？　玲愛、お兄ちゃんが射精できるように、いっぱい動くから♪」

もうその台詞だけで射精しそうなくらい昂ぶっているのだけれど、あまりに簡単に射精してしまうのは玲愛に申し訳ない。頑張って小さな膣内へ太い肉棒を受け入れてくれたのに、動く間もなく射精されてしまうのは可哀想だ。だが、一刻も早く射精し、玲愛を楽にした方がいいのではないかという意見もなきにしも非ずで……と、どうしようか逡巡しているところへ玲愛の抽送が始まった。動いてもらうのと自分で動くのと、快感を覚えるという同じ結果なのに、いつもと全然勝手が違うのに戸惑う玲愛。

「ん、ンんう、ふにゅ……慣れたって思ったのに……やっぱり太くて、硬いよぉ……」

十五秒掛かって腰を上げ、二十秒掛かって腰を下ろす。決して速い抽送ではないが、互いに得る快感は大きい。玲愛のペースでの抽送は、肉棒を膣襞で舐り回すような、咀嚼するような動きで、綾人が肉棒を動かして快感を得るのとは違う種類の快感に綾人は玲愛が自分の腹部に置く手をぎゅっと握る力が強くなる。

「にぃちゃ、ぉにぃちゃ……ちゃんと、気持ちぃ？　玲愛の、玲愛のオマ×コ、ちゃ

んとお兄ちゃんを気持ちよくできてる？」

「ああっ、すげぇ気持ちいいっ！　ああ、もぉこんな可愛くて美人で、頑張り屋さんのお嫁さんがもらえて、俺すげぇ幸せ者だっ！」

「くぅん♪　うれしぃよぉ！　もっと、もっと気持ちよくなって、たくさん感じてぇ！」

　適温に調整された部屋の中だが、必死な玲愛は汗を掻き、うっすらと首に纏わせた水滴が艶っぽく、綾人を感じさせたいと抽送する中で、やはりこれまでの四度のセックスで自分が感じるポイントもちゃんと覚えていて、そこに肉棒を当てに行くような動きもしたり、ぐいぐいと挿入したまま股間を押しつけより深く膣奥、子宮口を刺激したりと、拙い動きでも、精いっぱいお兄ちゃんを感じさせようと頑張る姿に興奮させられ、エッチ開始時のフェラチオ、挿入から数分の膣圧と膣熱によって与えられた性感があったとは言え、綾人はそれほどの我慢もしないうちに、

「ぁあっ！　もぉダメだっ！　こんな気持ちぃの我慢するなんてっ、絶対に無理だからっ！　っく、ぅぁあああ！　玲愛っ、出るっ、出るぅ！」

　玲愛の膣内へと白濁を吐き出した。それは、抽送の最中、抜いて挿入れて一番深く挿入された瞬間の射精で、子宮口が肉棒に抉られながらの吐精……子宮内に勢いよく流しこまれる精液に、玲愛も目を白黒させて快感に綾人の胸元に頭を落とす。

「あ、あぁ、あっ……あ……流れこんできてる……熱いの、お兄ちゃんのせーえき……たくさん……うぅ……ぁう……おにぃちゃ……」

自分で必死に動いて、その報酬を払われるように膣奥に広がる熱い奔流……大きな絶頂には至れなかったが、玲愛も小さく身体を痙攣させてお兄ちゃんと快感を分かち合う……十数秒の長い射精が終わり、そのすべてを膣奥に留めておきたいのに、いくら締まりがよくて、隙間ないように見えていても相手は液体、ほんのわずかにできる隙間からでもとぷんと溢れてしまう。騎乗位ゆえに二人の結合部から漏れ出る愛液やら精液やらの体液の流れを感じる中で、綾人はぎゅっと倒れてきた玲愛のことを抱き締め、ちゅぷっと絶頂に震える唇へとくちづけた。

「玲愛……俺、まだ満足できない……せっかくの新婚初夜、これ以上ないってくらい玲愛のこと愛したい……だから、今度は俺も動きたい……いいか？」

「んぅ、玲愛もお兄ちゃんのこと、たくさん感じたい……玲愛まだ上手に動けないけど……一緒に動いていい？」

「おお♪……体位はもう一回このままな？　玲愛はこの格好の方が動きやすいだろ？　下から玲愛のこと、いっぱい愛してやる♪　ちょっと動き難いけど、お兄ちゃん頑張るな♪」

今までのセックスでは主に綾人が動き、今回初めて玲愛が主導権を握って自分から動いた。ほんの少しだが今までにも一緒に動いたことはあるかも知れないが、一度主導権を握って自分で腰を上下させての抽送運動によって兄の精液を搾り取った。

その経験がある今、お兄ちゃんが動いて自分も動いたら、今までで一番気持ちいいのではないかと、期待に玲愛は胸を高鳴らせる。それは綾人も同じだ。

そして、一度射精されるまで腰を上下させ、綾人に快感を与え、自身の快楽も貪り火照った身体は汗だくで、必死で今の今まで気にしなかったが、ドレスの中で胸元は汗を掻き、少しだけ気持ち悪い……。

――ほんのちょっと……ちょっとだけ……んっしょ……ぁ、気持ちぃ♪

玲愛は背中にあるウェディングドレスのジッパーを下に下ろし、胸元を露出する。

新婚初夜エッチなので、すべては脱いでしまいたくないが、これくらいはセーフだろう……適温に調整された室温だが、汗を掻くほどに上下運動で火照った身体には涼しく感じ、露出した胸元がひんやりと気持ちいい……と、姫割れに挿入されたままの肉棒がみちみちと太さと硬度を増し、玲愛はその分姫割れを広げられ、激しく脈動する肉棒に快感を与えられる。

「お、おにぃちゃ？　ど、どしたの？　オチン×ン、いきなり硬く、太くなって……」

「あ、当たり前だっ！　脱ぐなら脱ぐって言ってから脱げっ！」

「でも玲愛、今までお兄ちゃんに着替え隠したことないし……お風呂の時も別に……」

「チ×ポ挿入れた状態でそんなっ、思いきりよく脱がれたらさすがに慌てるわっ！」

「でも……お兄ちゃん玲愛の服いつも脱がせてくれるし……風邪引いたときもパジャマ脱がせて汗拭いてくれて……玲愛の裸なんて見慣れてるって思って……」

玲愛が綾人の前で脱衣するのは恋人になる前からのことで、恋人になってからはエッチするときには積極的に脱がせてくれるし、お風呂に入るときにも玲愛が甘えれば脱がせてくれる綾人が、まさかここまで慌てるとは思っていなかった。

「裸だけじゃない、玲愛はほんと魅力的で、それが一秒毎にどんどん更新されてるような女の子で、見慣れるなんて絶対ないんだよ……風邪のときはお兄ちゃんとしてで、エッチのときはそれなりに気を張ってて……でも、今のは本当に油断してた……」

自分の狼狽を恥じて手のひらで顔を隠す綾人……その手をそっと剥がし、視線を合わせると、また肉棒の脈動が激しくなる。

「玲愛のこと、たくさん考えてくれてるって、オチン×ンから伝わってくるよ？　玲愛のこと、たくさん思ってくれてありがとう♪　玲愛もお兄ちゃんが大好きだよ♪」

玲愛は今、綾人の深層心理が一番表に出る場所を包みこんでいるので、お兄ちゃんの考えることなどお見通し、何より確かな嘘発見器のようなもので、綾人が口にする自分への気持ちがすべて真実だと理解し、玲愛自身も微笑みが隠せなくなってしまう。ドレスをずらして胸を露出させた上半身をお兄ちゃんの身体にぎゅっと密着させ、

「動いて……お兄ちゃん……一緒に気持ちよくなろ？」

そんな玲愛の言葉にいつまでも羞恥に喘いでいても仕方がないと思わされる。

甘えるようにそっと差し出される小さく可愛らしい唇に自分の唇を重ね、さらには舌でその唇を割り開き、玲愛の口内に舌を這わせる。

「ちゅぷっ、ん……んっ、ぉにぃちゃ……んっれちゅ……ぺろっ……れちゅはむ……」

玲愛の方も挿し入れられた綾人の舌に自分の舌を絡ませる。

——ふにゅぃ……気持ちぃょ……頭の中、真っ白になって……オマ×コの気持ちぃの、身体の全部に滲み入っちゃうよぉ♪

自重が掛かる結合部は、じっとしていても互いの鼓動で脈動し、次から次へと快楽を生み、それがくちづけによって全身に伝達されていく。数分間に渡る長く激しいくちづけのあと、唇を離し、呼吸を乱しながら数瞬視線を合わせ、綾人が玲愛の金糸の髪を撫で梳き、手を玲愛の腰にそっと添える。それが抽送開始の合図で、綾人が下から腰を持ち上げ、玲愛の身体を突き上げ、ぺたんとお尻をお兄ちゃんの太腿に預けるほど肉棒を呑みこんでいた姫割れは、落ちる瞬間に少しだけ子宮口に密着していた肉

棒が隙間を作り、繋がったままではあるものの、腰を再び落としたところで開いていた少しの間隔が埋まり、玲愛の自重もあって膣奥へと肉棒がぶつかる。

「ひっぐぅ……ふ、ふぁあっ……ひゃんぅっ！」

騎乗位において初めての綾人からの抽送、玲愛が一緒に動くということで、激しい抽送ではなく、極めて優しい抽送だが、玲愛は持ち前の敏感さから動けずにいた。

幾度かの挿入で膣奥へと放出されていた精液は外へと溢れ出し、二人の結合部、身体を伝ってベッドの、すでに二人の分泌液でびちょびちょのところへ染みていく。

「も、もちょっと、ゆっくり、もぅ、ちょっとでぃいから、ゆっくり動いてぇっ……」

抽送に揺らされる身体、強弱が曖昧で、消え入りそうな必死な懇願に応えるように、ゆっくりな抽送をさらにゆっくり、腰の上下と言うよりは、肉棒を挿入したまま身体を前後させるような動きに変える。それでも快感に耐えるように数分間身体を硬直、痙攣を繰り返し、ぎゅっと握った拳を先ほど自分で動いた時のように綾人のおなかの上に広げ、自分からも腰を動かす。

「うぁ……俺が動きながら玲愛も動いてくれるの、気持ちよすぎっ、やばいっ……」

「れぁも、だよぉっ！　ぉにぃちゃんのオチン×ンたくさん感じてるっ！　これでもかってくらい、いっぱい感じちゃってるっ！」

前後させる綾人の腰の動きに、玲愛のほんの数センチの上下運動が加わることで、今までどちらか一方が動いて快感を得るのとは一線を画すような快感が結合部から全身へと広がり、より強い快感を求め、兄妹はそれぞれが担当する動きを激しくする。

綾人の動きに合わせて腰を振る玲愛は、持ち前の美しさゆえに女神が快楽に溺れているような神秘的な光景を作り出して、綾人は性的興奮を掻き立てる。

動きが激しくなったことで、玲愛の豊かな胸がぷるんぷるんと揺れ、綾人は無意識のうちにその片方の果実に手を伸ばしてしまっていて、

「ひゃ、ひゃぅうぅんっ！」

「ご、ごめっ！　つい無意識にっ！」

頂点は愉悦に硬く尖り、柔らかさにおいて他のどの部位よりも優れたその果実から慌てて手を離すが、腰に戻しかけたその手を玲愛自身が掴み、再び胸元に戻させる。

「玲愛の身体は……全部、お兄ちゃんのだから……お兄ちゃんが求めてくれるために、玲愛の全部は……あるからぁっ！」

好意を表すどんな言葉よりもずっと強い、自分自身を惜しみなく相手に差し出すその宣言に、綾人の興奮は最高潮に達し、腰の動き、柔らかな乳房を掴む手にも力が入る。無論、無茶な力の入れ方はしない。痛みを覚えさせるような愛撫は愛撫ではない。

「玲愛っ！　玲愛ぁっ！　好きだっ！　大好きだっ！　愛してるっ！」

激しくなりながら、それでも元々の性格がこんなところでも出て、優しさを忘れない愛撫、ホテルのスイートで防音がしっかりしているため、思いきり声を出し、惜しみない愛情の叫びに、玲愛が感じないはずもなく、玲愛は万感の思い、感涙の極みに自らの腰を激しく振り動かしながら絶頂に至る。

「うれしぃよぉっ！　れぁも、ぉにぃちゃんのことだぃすきぃっ！　ぁぃしてるぅ！」

涙が溢れて切れ切れになるが、綾人の告白に応えるように、心の底から溢れてくるどうしようもない愛情を叫ぶ、何度も、何度も絶え間なく、兄妹は少しでも多くの思いを相手に伝えるために腰を動かし、思いの丈をぶつける。

「ぉにぃちゃ、イクっ、れぁイッちゃ……うぅっ！　あぁっ、また、うぅイクぅっ！」

何度絶頂しただろうか、身体の感覚がなくなってきた。否、気持ちいい以外の感覚がなくなる。互いの身体の境界線が曖昧になるような感覚を味わう。

「玲愛のオマ×コっ、絶頂する度に熱くなって、ぎゅーってチ×ポ締めつけてっ！　強すぎるくらいなのに、痛いぐらいなのにっ！　気持ちよすぎてっ！　出るっ！　精液っ、またっ、玲愛の膣内に、子宮にっ！　たくさんっ、出るっ！　くっぁあああ！」

射精を抑制するほどに肉棒をきつく締めつける幼膣、玲愛自身の激しい上下運動、絶頂による小刻みな脈動の二つの膣圧変化、射精を抑制する膣圧、射精を促す膣圧、相反する二つの鬩《せめ》ぎ合いの中で、綾人の射精欲求は限界を超え、一度目の玲愛に搾り取られた時よりもずっと大きな射精感で精液を膣内へと吐き出した。

「ぉにぃちゃっ、ふぅ、ふにゅぅうううううう！」

どぷどぷっどぴゅんどぴゅっ！　音がするほどの勢いで吐き出される精液に兄妹は抽送運動を止め、ビクンビクンと大きく身体を痙攣させ、綾人は二度目の射精にも拘らず、一度目よりもずっと多くの精液を膣奥へと吐き出し、玲愛は熱く滾った精液の奔流を受け入れ、ぴしゃぁーっ！　と勢いよく潮をお兄ちゃんの身体に撒き散らして絶頂……永遠に近いような絶頂感を味わい、横になっている綾人の身体にこてんと倒れこむ玲愛。五分ほど快楽以外に何もない空白にたゆたい……二人はこれ以上ないほどの幸福感に包まれ絶頂の余韻に浸る……、

「はぁはぁ……はふぅ……お兄ちゃん……」

「はぁはぁ……玲愛……」

ぎゅっと抱き締め合って……乱れた呼吸が収まるのを待ちながら結婚初夜の余韻を味わう。どちらからともなくくちづけを交わし……、

「おにぃちゃ……身体……力、入んなくて……お風呂……一緒に入ってくれる？」

玲愛のそんな問い掛けの形を借りた甘えん坊発言に、

「ああ、いいぞ？　身体の隅々まで丁寧に綺麗に洗ってやる……あと三回ぐらい射精して、玲愛がおしっこ漏らすくらい感じさせた後でな？」

「ふぇ？　玲愛、もぉ身体動かないよ？　お兄ちゃんのこと、感じさせてあげられな――」

「俺が動くから……玲愛は感じてくれるだけでいいんだけど……ダメか？」

「きょ、今日は玲愛が主導権を握ってて……玲愛が動かなきゃダメでっ――」

綾人は携帯の時計を見せる……十二時二分、二人のセックスは日をまたいでいた。

「昨日は、玲愛が……奥さんが主導権を握って頑張ってくれたんだ。今日はお兄ちゃんが……旦那さんが頑張らなきゃな♪」

自分のことをまだまだ愛し足りないのだと主張してくれることが嬉しくて、

「いぃよ……玲愛のこと……たくさん愛して？　お漏らししちゃうくらい……たくさん感じさせて？　ひゃっ！　おにぃちゃ！」

綾人は玲愛の返事を聞くが早いか身体を起こし、二度の射精でも萎えることのなく姫割れと繋がったままの形で玲愛を抱きかかえ、部屋の入口まで歩き、部屋の灯りのスイッチを切る。そして、暗くなった部屋を横切って窓際まで行き、ここまで来ると玲愛もお兄ちゃんが何をしたいのかを理解した。

「お、おにいちゃ――」

「大丈夫、ここ結構高いし、真夜中だ。誰にも見えないって♪」

閉められていたカーテンをザーッと引いて開け、部屋の中へ深夜の月明かりを差しこませる。玲愛はぎゅっとお兄ちゃんの首に手を回し、肩に目元を置いて外を見ないようにする。誰かに見られているかも知れないという不安感からの行動だったが、ほら、とお兄ちゃんに促されて窓の外を見ると、美しい夜景が広がっていて、言葉を失う。光源を切っているから外から自分たちの姿が見えないと言われ、不安はなくなった。

「このまま、玲愛のこと抱くから……この間とは違うってこと、証明するからな？」

この間と言うのは、公園でのエッチのこと、自身の力不足で玲愛を抱き上げていられなかったことを綾人は恥じていて、こうやって男が女の子を持ち上げる体位のエッチによって、過去の自分に決別しようということらしい。

「んぅ……玲愛もお兄ちゃんに抱きつくの頑張る♪」

綾人が遠慮なく腰を振るためには、自分がしっかりとお兄ちゃんの首に手を回し、抱きついている必要があると、駅弁の体位を理解し、ぎゅっと抱きつく力を強める。

いくら綾人の身体付きがしっかりしていて、玲愛が平均よりも小柄で体重も軽いとは言っても、すでに二度射精し、疲労が溜まっていないわけではないこの状況で、この体位は少し無茶に思うも、新婚初夜のおかしなテンションのままに綾人は、繋がったままの玲愛の姫割れを穿つ。

「は、はぁあんっ！　さ、さっきと、オマ×コ……オチン×ンに穿られるとこ違くて、これはっ、これですごく気持ちぃよぉっ！」

ずんずんと抉ってくる肉棒の感触に漏れ出る嬌声の大きさが玲愛の興奮と愉悦を物語り、力が入り難いつらい不安定な体勢だが、肉棒を挿入してくるお兄ちゃんの腰へと足を回して自らの身体に安定性を求める。

「あぁっ！　俺も滅茶苦茶気持ちぃぞっ！　玲愛のオマ×コ、少しでも身体を安定させるためにチ×ポにぎゅって、締めつけてくる力強くしてるっ！」

立った姿勢、それも玲愛を抱き上げて腰を振るのは難しいが、玲愛の体重をより感じられるこの体位は、綾人のお兄ちゃんとしての矜持、玲愛をちゃんと支えられているという部分を強く感じることができ、

「おにぃちゃ、気持ちぃよぉっ！　もっと、もっとじゅんじゅんしてぇ、オマ×コお兄ちゃんオチン×ンでいっぱい穿って気持ちよくしてぇ！」

快感に蕩けきった玲愛がさらなる愉悦を求めて囁く甘えた言葉が耳に滲み入り、興奮を煽り、抽送はどんどんと滑らかになり、抜くときも挿入れるときも、きつすぎると言える玲愛の幼膣の感触に肉棒が研磨されているような感覚を覚え、あっと言う間に射精欲求は高められる。一度目よりも二度目、二度目よりも三度目と、射精までの間隔が短くなっているように思う。普通、射精をした後の肉棒は次の射精まで時間を置かなければいけないらしいが、この極上の妹恋人……いや、極上妹妻な玲愛とのセ

ックスで射精の回数、肉棒の耐久に不安を感じたことはない……こうやって、難しい体位でもちゃんと感じさせ合うことができて、兄妹はさらに互いへの思いを強くする。

「ふわぁぁああ！　イッテりゅっ！　オマ×コの奥オチン×ンずんずんてされて、玲愛、イッちゃってるよぉっ！」

「れぁっ！　お兄ちゃんもだっ！　玲愛のイッテるオマ×コの震えに、包まれてっ！」

絶頂特有の膣痙攣が起こり、肉棒への膣圧の変化に三度目の射精に至る。

「っく、ふぅううう！　玲愛ぁああ！　玲愛ぁあああ！」

「あぁっ！　あちゅぃよぉ！　イッテりゅオマ×コにお兄ちゃんのせーし、いっぱいごくごくしてりゅぅ！　あっ、ふ、ふにゅぅ！　またイッちゃうぅ！」

先の絶頂も決して小さかったわけではない。普段のペッティングならば満足するレベルの絶頂だったが、その絶頂を足掛かりにさらに大きな絶頂に至る玲愛、綾人の首に回された腕にも力が入り、本日二度目の潮吹きをお兄ちゃんの股間へと放出した。

「玲愛も出ちゃったか？　これは、潮だな……玲愛、またいっぱい感じてくれたんだな♪」

身体を小さく丸めるようにしてびくんびくんと絶頂の快楽を発散する玲愛の身体をぎゅっと抱き締め直す。床に滴る二人の分泌液に綾人は、

――玲愛、大人な絶頂ができるようになったんだな……嬉しぃような寂しいような

……。

おしっこを漏らすぐらい気持ちよくさせてやると言って、二回とも勢いのよい潮吹きだったのは、玲愛が股間に巡らせる快感神経の弛緩、反応が大人になってきた証、最大限気持ちよくなってくれたという証の潮吹き自体は綾人も嬉しいが、いつまでも自分に弄られてばかりの妹ではないと成長を見せられるようで少し寂しい。

綾人は玲愛をベッドに下ろし、玲愛が主導権を握って騎乗位で腰を上下させた時から挿入されたままだった肉棒を引き抜く。長い時間玲愛の膣内にあったということで、適温のはずの部屋の温度にも、肉棒は少し冷たさを感じる。

ベッドに寝かされ、肉棒を抜く上で捲れたままのウェディングドレスの内側の姫割れから、こぽっどろどろ……と、濃い白濁が溢れてくる。

三度目の射精も、一度目二度目と変わらず量と濃さを保ったということだ。

何気に、抜かず三発をしてしまったと、頑張ってくれた玲愛の頭を撫でる。

「おにぃちゃ……あと、二回は？　それに、玲愛、まだおしっこお漏らししてないよ？」

気絶一歩手前になるほどの快楽を味わって、律儀にも綾人が言った言葉を守ろうとする妹に、綾人は微笑みながら、

「これ以上したら、玲愛のオマ×コが痛くなっちゃうかなって思って……それに、三

回も連続でしたら、さすがに疲れただろ？　ごめん、自分で言ったことだけど――」

今日はこれで終わりに……という言葉が続くはずだったのだが、玲愛が気怠げに、しかし身体をぐいっと起こし、綾人の身体を押し倒す。

「ダメっ、新婚初夜に言ったことを嘘にしちゃダメなの……お兄ちゃんが玲愛のこと思って止めるって言っても、玲愛はお兄ちゃんの言葉を嘘にはさせない！　はむっ！」

玲愛は自分の愛液と潮、綾人の先走りと大量の精液が塗されてキラキラと濡れ光っている肉棒を口に含む。今まで亀頭部分までがやっとだった玲愛だが、今日はそこよりも少しだけ深く呑みこんで、

「ちょ、深く呑みこみすぎだっ！　そんなにしたら、玲愛が苦しっ、くぅっあぁあ！」

「だいふぉーふ……れぁ、ぃままでもぃっふぁい、ひてきふぁからっ、んっ、おにぃふぁんは、んっ、ちゅぷ……ごく、きもふぃよくふぁって？」

口に物を入れたまま喋るので、もごもごと聞き取り難いが、言っていることは伝わってくる。綾人自身、この甘えん坊な妹が一度決意したことをそう簡単に、それもお兄ちゃんに関わることで諦めないのは百も承知だ。だから、自分からは玲愛の口の中へ肉棒を突きこまないよう腰を引き、玲愛に愛撫のすべてを任せることにする。

「んっ、ちゅぷ、れちゅ……ごくんっ……れろれちゅ……ぐちゅん……」

――やっぱり今日最初にシックスナインでペロペロしたときよりもおっきくなって

る。

主導権を譲ってもらったので、セックス前の前戯に選んだシックスナイン、結局自分の方がたくさん感じさせられ、フェラチオ奉仕は中途半端に終わってしまったが、

――今度は、今度は、んっ、玲愛がお兄ちゃんを気持ちよく絶頂させるのっ！

咥えた肉棒をちゅうちゅうと吸ったり、亀頭の頭から雁首を何度も舌でくすぐったり、敏感な裏筋から尿道口を丹念に舐めたり、今まで培ってきた口奉仕のテクニックを絶頂のしすぎで半分朦朧となった頭で必死に繰り出す。

お兄ちゃんも自分の意図を汲んでくれたらしく、びくんと身体を震わせ、耐えるような呻きを漏らしながら自分の頭を撫でてくれている……それが嬉しくて堪らない。

「くぁっ！　イクっ、玲愛っイクっ！　玲愛の口で、舌で、精液搾り取られるっ！」

撫でる手に少し力が入ったかと思うと、口の中にどぴゅんどぴゅんと四度目にも拘らずまったく勢いを衰えさせない射精で精液が流しこまれてくる。

「ちゅぷ、ん、ごくん、ちゅうっ……ごくごく……ん、んっく……んぅ……」

幾度かに分けて吐き出される精液を、その脈動のリズムをちゃんと理解しているとばかりに上手に受け入れ、喉奥へと流しこんでいく。

「んぅ、ちゅぷ、ん～っちゅ、はぁ……はぁ……玲愛のとお兄ちゃんのが混ざったオチン×ン……とっても美味しくて、精液もすっごく美味しかった♪」

喉奥へと流しこまれた精液の熱が身体に巡るのを感じながら、素直に感じた感想を言うと、お兄ちゃんは玲愛の身体を抱き上げてぎゅっと抱き締めてくれた。

「あと一回だね♪　お兄ちゃん♪」

自分の言葉を嘘にさせないために、こんなに頑張ってくれる妹に、綾人はこれ以上ないほどの愛しさをこめて抱擁し、自分の精液の残滓が付着している唇へ、何の躊躇いもなくくちづけた。そして、

「ああ、最後の一回はお風呂場でしよう。五回目……ちゃんと玲愛に出すからな？」

玲愛は綾人にお姫様抱っこで浴室へと運ばれ、さすがに半脱ぎ状態のウェディングドレスとガーターベルトを脱がされ、金髪をより引き立てていたティアラを外され、生まれたままの姿になり、シャワーで身体を清められた。

「お、おにぃちゃ……五回目は？」

「するぞ？　これはその準備だと思ってくれ」

身体を清め終わると、綾人は玲愛を再びお姫様抱っこし、浴室の入り口ではなく、奥のもう一つの扉を開け、外に出る。そこはスイートルームに付属している小さな露天風呂で、密着すれば二人は入れないこともない、それはここに来て最初の夜に試したので兄妹は知っていた。そして、その時から言葉にはしないが、兄妹はここでしたら興奮するだろうな～とか考えていた。

「ま、まさかしちゃうの？　そ、外だよ？　声、聞こえちゃうかもだよ？」

部屋の中ならまだしも、露天風呂は野外に設置されている。防音対策などされてはいないだろう……と言うか、あまりはしゃぎすぎて大声を出さないのがマナーだ。

「そうだな……声はちょっと抑えめでしなきゃだ……お、窓からも見えないことはなかったけど、やっぱ野外だから星が綺麗に見えるな♪」

外部からは見えない構造になった部屋付きの露天風呂だが、しかし天井のない分、夜の暗闇に光る星々をより強く意識させた。先ほどの窓からの夜景とまた違う趣だ。

「んぅ……こんな星空の下で玲愛たち裸で……ふ、ふにゅぅ……」

昨夜も入ることは入ったが、撮影を控えていることもあってエッチな妄想をしても、それを実行に移せなかったが、今日は違う。すでに数えきれないほどの回数絶頂している玲愛と、四度の射精を済ませている綾人だが、あと一回はここですると明言しているわけで、先ほどまでも散々エッチしているのに、野外露出ということで、また新たに興奮と羞恥を覚える玲愛……そんな玲愛を先に温泉に入れ、ちょっと待ってろと、綾人は部屋に戻って冷たい水をグラスに入れて持ってくる。連続でのエッチに汗を掻き、潮吹きで体内の水分も失っている。水分不足での入浴は一番身体によくないのだ。

玲愛は渡されたグラスの水を美味しそうに飲み、兄と自分がぎりぎり入れる浴槽で兄が入る場所を空け、綾人は玲愛を後ろから抱きすくめるように湯船に浸かる。

「んぅ♪　エッチって楽しくて気持ちいぃけど、やっぱりたくさんイッたら身体怠くなっちゃうから、こうして温泉に浸かると疲れが取れる感じで、ふにぃ～ってなるね♪」

「ああ、そうだな……可愛い玲愛を膝に乗せて入る温泉は……本当最高だ……」

「はうぅ……玲愛も、お兄ちゃんにぎゅってされて……幸せ心地だよぉ～♪」

バカップル……否、馬鹿夫婦である。

「あぅ、お尻……四回射精しても硬いままのオチン×ン……ぐりぐりしてきてる……」

「悪い……でも、離さないぞ？」

「うん……♪」

お兄ちゃんの抱擁は、何物にも代え難い幸福であると、自分からぐりぐりと背中を押しつけてきて、当然お尻に密着した肉棒も擦れることになり、肉棒の硬度が上がる。

「玲愛、相談なんだけど、最後お尻でしたい……玲愛のお尻に射精したい……」

「……お兄ちゃんがしてくれるなら……オマ×コでもお尻でも、とっても嬉しぃ♪」

玲愛がおねだりしてお尻の初めてを体験し、今度は綾人の方から二回目のお尻でのセックスを懇願。そしてこの妹は……綾人が抱く欲望すべてを受け入れて、絶やすことなく向日葵のような明るい笑顔を向けて、早速お尻を少し上げる。

「あ、でも一つお願いしていい？」

「お兄ちゃんにできることなら、いいぞ？」

「いつも玲愛ばっかりお漏らしお兄ちゃんに見られてるでしょ？　だから……お尻でしたあと……お兄ちゃんのおしっこするとこ……見せて欲しいんだけど……」

「お兄ちゃんのおしっこ見たいとか……うちの妹は変態だな……」

「ふぅっ！　もう何回も……何回も玲愛がおもらしするところは見てるくせにっ！それで、見せてくれるの？　くれないの？」

「見せてやるって、うわ、妹におしっこ見せるって思ったらまたチ×ポ硬くなった」

「もぉ……変態なお兄ちゃんなんだから……」

「変態な妹のお兄ちゃんだからな♪」

「うん。玲愛が甘えん坊になるのもエッチになるのも、お兄ちゃんにだけだから……」

「ああ、俺もだ……まったく、変態な兄妹だな……」

「うん……お、下ろしてくね？」

玲愛は角度を調整し、お尻を綾人に差し出し、それを抱き寄せるように湯船の中へと導く綾人……浴槽の中で……後背位でのお尻エッチ……玲愛のお尻の谷間を肉棒で割り開き、お尻の穴に肉棒が密着する。

「弄ってなかったけど……多分一気に挿入れてくれて大丈夫だと思うから……」

一気に来て？　幼妻妹に促され、綾人がぎゅっと玲愛の身体を抱き寄せた。

「ん、んぅっ……ふにゅ……ふにぃ……ふぅ、ふぅ……」

息遣いでどうにか括約筋の力を抜こうと頑張る玲愛、その努力の甲斐もあり、綾人の肉棒はみちみちと固いお尻の内側へと呑みこまれていき、凄まじい入口の締めつけを亀頭から根元まで感じ、肉棒すべてを後ろの穴の内側へと挿入することができた。

「玲愛っ、玲愛の言った通り、一気に挿入ったぞ？　締めつけ、相変わらず凄いし、つく、チ×ポ溶けそうなくらい熱い……」

「んぅっ、玲愛も、おにぃちゃんのオチン×ンっ、たくさん感じてる。オマ×コでいっぱい感じたあとだけど、やっぱりお尻でも玲愛、気持ちよくなっちゃうみたい……」

一度目のお尻では掴むことに苦労した快感だが、今回は異物感よりも快感の方を多く感じられる。先の三度のセックスによって身体ができ上がっていたからだろう。

綾人はお尻の奥へ挿入してから動かず、抱き締めた玲愛の姫割れへと手を這わせ、

「お、おにぃちゃっ！」

「ほんと、玲愛……三回もオマ×コで受け入れてくれて……ありがとな……痛くなかったか？　ヒリヒリとか……ズキズキとかしてないか？」

頭を撫で、髪を梳く時と同じように愛しさに溢れた指先で姫割れを撫で、愛撫する。

「お、お尻にオチン×ン挿入ってるんだよっ？　オマ×コ一緒に弄られたら、玲愛っ、簡単にイッちゃうよぉっ！」

お尻と姫割れ、二つの性感帯を愛撫され、イヤイヤする玲愛の首筋に綾人はくちづけた。すると玲愛はほんの少しだけおとなしくなり、綾人の愛撫を受け入れる。

綾人は最初からこのお尻でのエッチを長引かせるつもりはない。射精の間隔が短くなってきていること、お尻の心地よい締めつけに肉棒は抽送なしでもそう持たないだろう。そして、何にしても長湯しすぎるのはよくないからだ。右手で玲愛の姫割れを愛撫し、左手は上半身に這わせ、豊かな胸にそっと手を這わせる。玲愛は敏感に反応を示し、ちゃぷちゃぷと湯船が揺れる。右手で撫でる姫割れは湯船の中にあってなお、特有の滑りを失わない分泌量で愛液を溢れさせ、その中には綺麗に身を清めても膣奥にまで滲みこんでいた精液も一緒に溢れてきているだろう。指に感じるこりこりとした小さな突起、陰核に重点を置いて愛撫すると、玲愛はいとも簡単に絶頂に至る。

「ひぃぁん！　く、クリトリシュ、クリトリシュそんなにふにふにしちゃヤダァっ！」

小さくも絶頂痙攣に身体を震わせながら敏感すぎるそこへの愛撫を止めてと主張するので、綾人は言葉のままに要求を受け入れ、両手を綾人の手の平でも少しはみ出すほどの胸へと這わせ、優しく、そして愛情たっぷりに揉みしだく。

「玲愛の胸……触ってるこっちが気持ちよくなるほど揉み心地いいっ！　玲愛の成長した証、俺今これでもかって感じてるっ！」

「うんっ！　うんっ！　お兄ちゃんが触ってくれて、揉んでくれて玲愛も嬉しぃっ！　あぁっ！　ダメっ、さっきイッたばっかりなのに、おにぃちゃんの手、気持ちよすぎだよぉっ！　また、また重ねて気持ちよくなっちゃうぅ！　イク、イックぅっ！」

両方の胸の頂き、玲愛が興奮している証である硬い尖りを、周囲の膨らみと共に揉みしだき、玲愛はまた一つ絶頂を重ねた。

まだ挿入しただけで、お尻での抽送運動はしていない肉棒は、玲愛が快感から逃れられないように玲愛自らの力で締めつけて抜けないようにした楔《くさび》のようで……、

「お胸もっ、ダメ……れぁ、お兄ちゃんに触られたらどこでも気持ちよくなっちゃう！」

「じゃあ、どうしたい？　ただ、ぎゅって後ろから抱き締めるか？」

「抱っこだけじゃ、ヤダ……やっぱり触って欲しい……オマ×コもクリトリスもお胸も……玲愛の身体っ、全部愛して欲しいっ！　オチン×ンも、お尻、愛して欲しいっ！」

先ほどの絶頂で陰核を責めてはイヤだと言ったのも、胸もダメだと言ったのも、本心ではなく、すべて言葉の綾……もっとしてという言葉の代わりに紡がれたものだと、

綾人も理解している。だから、綾人は胸も姫割れも交互に指で愛撫し、肉棒もほんの少しだが前後に揺れて抽送とは言えないほどのかすかな抜き挿しで快感を与え、

「んぅっ！　きちゃぅっ！　今までで一番おっきぃのっ！　一番気持ちよくなるの、来るっ！　イック、いく、イクイクイクっ！　お兄ちゃんにイかされちゃうぅぅうう！」

声は抑えめでと言ったのに、最後の最後で我慢できなくなった玲愛は星の輝く夜空に向かって大声を出し、湯船の中で今夜三度目の潮吹き絶頂。

身体の絶頂に誘発され、お尻の性感帯でも絶頂できたようで、がくんがくんと大きく身体を震わせ、括約筋をきゅうきゅうと収縮させる。

「ああ、俺もだっ！　玲愛の絶頂にイかされるっ！　精液っ、搾り取られるっ！　っくぁっ！　出るっ！　玲愛のお尻に、今日最後の精液っ！　出るっ！　っくぅぅう！」

最後に玲愛の首筋に唇を這わせ、ぎゅっと絶頂痙攣する玲愛の身体を抱き締め、熱い直腸の温度に溶かされるようにして溜まった射精欲求を存分に解き放った。

「ふにゅぃっ！　出てるっ！　お兄ちゃんの精液っ、お尻の中でびゅっびゅされてるっ！　どくどくんって、お尻の中焼けちゃうくらいびゅっびゅされちゃってるっ！」

一晩のうちに五度目の射精……これ以上は無理なのではないかというくらいの絶頂を味わっていた玲愛がお尻への中出しにもう一段階絶頂を極める。

そして、兄妹は湯船の中での同時絶頂が収まるまでビクンビクンと身体を揺らしていたのだが、玲愛が絶頂感のたゆたいの中でそわそわしだし、ああ、これは……と、綾人は絶頂感に震える身体で玲愛のお尻と繋がったまま湯船から立ち上がり、二十四時間汲み上げられ、露天風呂の縁から溢れたお湯が流れていく排水口の方へと玲愛の身体を向ける。快感に自由が利かなくなっている身体を精いっぱいじたばたし、

「こ、この格好ヤダっ！　玲愛、子供じゃないっ！　ま、まだ間に合うかもっ！」

「いいや、多分無理だ……だから諦めて、お兄ちゃんにしーしーさせられとけ……」

玲愛の言い分では、挿入されている肉棒を抜いて、屋内のトイレに行っても間に合うと言いたいらしいが、恐らく無理だ……綾人は現実を言い聞かせ、促し、玲愛も少しの逡巡のあと、ちょろちょろと尿道を決壊させる。なるほど、確かに間に合わなかっただろう。それほどに玲愛の逡巡は短く、数十秒の長い放尿だった。

後ろから抱えられ、さながら子供のような格好でおしっこをさせられ、羞恥に耐えるように震え、顔を真っ赤にした玲愛のお尻から肉棒を抜き取り、そっとこちらを向かせて抱き締める。湯船にはお尻の穴から溢れた精液の白濁が溶け出していた。

おもらしさせて？　と、玲愛も自分で口にしていたが、いかんせん格好がいけなかったらしく……ぐりぐりとおでこを胸元に擦りつけて拗ねている。

「玲愛……子供じゃないのに……ぐすん」

「ごめん……でも最高に可愛かったぞ?」

フォローになっているか微妙だが、玲愛の快感によってこじ開けられての放尿は、確かに可愛らしかった。力なくお兄ちゃんの胸元に歯を立てて甘噛みし、

「次はお兄ちゃんの番なんだから……約束、忘れてない?」

「っぁ……そうか……」

「忘れかけてた? 玲愛は約束通りお漏らしするくらい気持ちよくなって、お兄ちゃんがあと三回は射精するっていうの、ちゃんと守らせた……お兄ちゃんは?」

こう言われると、もう言い訳のしようもなく、玲愛が見ている前で、先ほどまで玲愛の体内、それも両方の穴に入っていた肉棒を握り、玲愛をしーしーさせた時と同じく、露天風呂の脇にある排水口へ向かって力をこめ、数秒後、じょ～っと溢れ出たおしっこが温泉のお湯と一緒に排水口へと吸いこまれていった。

「はぁ……確かにこれ……滅茶苦茶恥ずかしいな……」

「玲愛の気持ちわかった?」

「ああ……すげぇ恥ずかしい……それと、大事な人に見られてちょっと興奮する」

「うわぁー変態さんだ……って、玲愛も一緒なんだけどね♪」

掛かり湯をして、先ほどまで情事を繰り広げていた湯船へと身体を浸ける兄妹。

勿論、玲愛はお兄ちゃんに背中を預け、綾人も玲愛のおなかの前に手を回して抱き

すくめ、その手に玲愛の手が重なる。

「五回……ちゃんと射精してくれてありがとう……」

「お嫁さん相手だからな……」

何回でもできるさ……なんて格好つけて言ってみる。

「そんな旦那さん相手だから、玲愛……これからもっと甘えん坊さんになるかも……」

夏休みが始まる前は、過激なスキンシップを含む玲愛の甘えん坊ぶりに自分の気持ちを隠して玲愛の甘えん坊を治そうとまでしたのに、今は玲愛のこの甘えん坊発言が嬉しくて堪らない。否、実のところ甘えられるのが嬉しいのは昔から変わらないか、

「玲愛は甘えん坊さんでいてくれていい……だから、俺が十八歳になったら結婚して、本当のお嫁さんになってくれ……大好きだ……玲愛……絶対に幸せにする……」

玲愛の指に指輪をはめた時の気持ちが急にこみ上げ、再度玲愛に結婚を懇願する。

玲愛は自分の指輪をはめた手と、綾人の指輪をはめた手とを絡め、ぎゅっと握り、

「はい。お兄ちゃんのお嫁さんにしてください♪　幸せにしてください♪　お兄ちゃんっ、大好きだよ♪　世界で一番、大好きっ！　チュ♪」

自分を抱きすくめるお兄ちゃんの方へと向き直り、誓いのくちづけをする。唇を離し、愛しさを最大限に高めて喜悦に濡れ光る瞳をこちらに向け、夜の暗闇にあっても

美しく透き通る肌へ張りついた金髪の妹を抱き締め、綾人の方からもくちづける。

結局、兄妹は長湯で逆上《のぼ》せ、温泉でのエッチは控えなければと学び、ベッドに戻って時計を見ると、ウェディングドレスが部屋に届けられてから三時間が経過していた。

ホテルの部屋でのエッチの痕跡をできる限り消し、エッチに使ったベッドとは別のベッドで抱擁しながら眠りに就いた。

翌日、祖母の読み通り兄妹は十時近くまで眠ってしまい、さらには二人とも筋肉痛だった。普段運動している兄妹だが、やはり、エッチに使う筋肉は別らしい。やはりこうなったか……と、迎えに来てくれた祖母は呆れながら、昨日の撮影で撮った二人がモデルの写真を現像し、アルバムにした物を渡してくれる。これは二人用で、パンフレットはでき次第送ってくれるそうだ。そして、祖母と別れる駅のロータリーで、

「貴方たちの本番の結婚式、私の会社にプロデュースさせてくれると思っていい？」

「「勿論っ♪　グランマ♪」」

兄妹の声が揃ったことに、祖母は楽しみにしてるわ♪　と笑みを零して手を振って、

「来年のパンフレットも貴方たちに来てもらうかもっ♪」

なんて声が聞こえてきた時は、おいおいと思いつつ、本番までにもう一回リハーサルができるかも？　と微笑み合って元気に手を振り返す。

「あ、来年はマタニティドレスになる可能性もなきにしも非ずね？　そうなったらち

ゃんと教えてね♪　用意しておくから、そういう特集にするからぁ～♪」

なんて付け加えてきて、いやいやいや……グランマ……駅前で大声でなんてことを、と思いながら兄妹は赤面しつつ、手を振り返す。祖母が言った通り、その可能性は決してゼロではないのだ……新幹線の中で、昨夜の疲れがまだ抜けきっていなかったのか、玲愛はこちらへ来た時と同じく綾人の肩に頭を預けて眠ってしまい……、

「おにぃちゃ……大好き……愛してりゅ」

と、甘えん坊で可愛らしい寝言を漏らし……、

――ああ、俺も玲愛が大好きだ……愛してる。

綾人も玲愛の耳元に唇を寄せ、そっと小さく囁く。

「愛してるぞ……玲愛♪」

これからもずっと、頼られるお兄ちゃんで、甘えられ続けるお兄ちゃんでいるために頑張ろうと、起こしてしまわないように妹の金髪を撫でながら、左手の薬指に光る指輪を見つめて決意する綾人。その決意を感じ取ったのか、玲愛が髪を撫でる綾人の手を眠ったままでぎゅっと握ってきて、それに綾人もそっと握り返して、兄妹は幸せで仕方ないとばかりに、口元を嬉しげに綻ばせた。

美少女文庫
FRANCE SHOIN

妹《いもうと》とあまいちゃ！

著者／衣月敬真（いづき・けいま）
挿絵／鷹乃ゆき（たかの・ゆき）
発行所／株式会社フランス書院
〒102-0072　東京都千代田区飯田橋 3- 3 -1
電話（営業）03-5226-5744
（編集）03-5226-5741
URL http://www.bishojobunko.jp

印刷／誠宏印刷
製本／宮田製本

ISBN978-4-8296-6294-6 C0193

原稿大募集 新戦力求ム！

フランス書院美少女文庫では、今までにない「美少女小説」を募集しております。優秀な作品については、当社より文庫として刊行いたします。

◈応募規定◈

★応募資格
※プロ、アマを問いません。
※自作未発表作品に限らせていただきます。

★原稿枚数
※400字詰原稿用紙で200枚以上。
※必ず**プリントアウト**してください。

★応募原稿のスタイル
※パソコン、ワープロで応募の際、原稿用紙の形式にする必要はありません。
※原稿第1ページの前に、簡単なあらすじ、タイトル、氏名、住所、年齢、職業、電話番号、あればメールアドレス等を明記した別紙を添付し、原稿と一緒に綴じること。

★応募方法
※郵送に限ります。
※尚、応募原稿は返却いたしません。

◈宛先◈

〒102-0072　東京都千代田区飯田橋3-3-1
株式会社フランス書院「美少女文庫・作品募集」係

◈問い合わせ先◈

TEL: 03-5226-5741
フランス書院文庫編集部